蒋韵 著

完美的旅行

海峡出版发行集团 THE STRAITS PUBLISHING & DISTRIBUTING GROUP | 鹭江出版社 LUJIANG PUBLISHING HOUSE

2018年·厦门

图书在版编目（CIP）数据

完美的旅行 / 蒋韵著 . —厦门：鹭江出版社，2018.11
ISBN 978-7-5459-1513-6

Ⅰ. ①完… Ⅱ. ①蒋… Ⅲ. ①中篇小说—小说集—中国—当代②短篇小说—小说集—中国—当代 Ⅳ. ① I247.7

中国版本图书馆 CIP 数据核字（2018）第 157235 号

WANMEI DE LVXING
完美的旅行
蒋韵　著

出版发行：鹭江出版社
地　　址：厦门市湖明路 22 号　　**邮政编码**：361004
印　　刷：捷鹰印刷（天津）有限公司
地　　址：天津市武清区汉沽港镇秀园道16号　　**邮政编码**：301721
开　　本：840mm × 1092mm　1/32
插　　页：2
印　　张：10.5
字　　数：185 千字
版　　次：2018 年 11 月第 1 版　2018 年 11 月第 1 次印刷
书　　号：ISBN 978-7-5459-1513-6
定　　价：49.80 元

不仅是为了纪念

野莽

在一切都趋于商业化的今天，真正的文学已经不再具有二十世纪八十年代的神话般的魅力，所有以经济利益为目标的文化团队与个体，像日光灯下的脱衣舞者表演到了最后，无须让好看的羽衣霓裳做任何的掩饰，因为再好看的东西也莫过于货币的图案。所谓的文学书籍虽然仍在零星地出版着，却多半只是在文学的旗帜下，以新奇重大的事件，冠以惊心动魄的书名，摆在书店的入口处，引诱对文学一知半解的人。

这套文库的出版者则能打破业内对于经济利益的最高追求，尝试着出版一套既是典藏也是桥梁的书，为此做好了经受些许经济风险的准备。我告诉他们，风险不止于此，还得准备接受来自作者的误会，此项计划在实施的过程中不免会遭遇意外。

受邀担任这套文库的主编对我而言，简单得就好比将多年前已备好的课复诵一遍。依照出版者的原始设计，一是把新时期以来中国作家被翻译到国外的，重要的和发生影响的长篇以下的小说，以母语的形式再次集中出版，作为中国当代文学的经典收藏；二是精选这些作家尚未出境的新作，出版之后推荐给国外的翻译家和出版家。入选作家年龄不限，年代不限，在国内文学圈中的排名不限，作品的风格和流派不限，分期分批地进入文库，每位作者的每本容量为十五万字左右。就我过去的阅读积累，我可以闭上眼睛念出一大片在国内外已被认知的作品和它们的作者的名字，以及这些作者还未被翻译的本世纪的新作。

有了这个文库，除去为国内的文学读者提供怀旧、收藏和跟踪阅读的机会，的确还能为世界文学的交流起到一定的媒介作用，尤其是国外的翻译出版者，可以省去很多在汪洋大海中盲目打捞的精力和时间。为此我向这个大型文库的编委会提议，在编辑出版家外增加国内的著名作家、著名翻译家，以及国外的汉学家、翻译家和出版家，希望大家共同关心和参与文库的遴选工作，荟萃各方专家的智慧，尽可能少地遗漏一些重要的作家和作品。这方法自然比所谓的慧眼独具要科学和公正得多。

遗漏总会有的，但或许是因为其他障碍所致，譬如出版社的版权专有、作家的版税标准等等。为了实现文库的预期目的，那些障碍在全书的编辑出版过程中，出版者会力所能及地逐步解决，在此我对他们的倾情付出表示敬意。

目录

北方丽人

去那个小山村，是为了看那条路。

那条路使那个小山村闻名遐迩。

现在，人人都知道了北黄沟，在太行山最深的腹部，和河南交界。

从前，北黄沟没有这条路。出门，去山外办事，可不是件容易事。公社要开会，来人就远远站在对面山崖上，朝着沟底喊：“嗨——北黄沟家谁谁谁！来公社开会！”这个谁谁谁，就背着干粮，先朝东，翻过太行山，来到河南的地界，再朝南，折回来，绕到山西，马不停蹄地走，路上要走三天。

分下救济粮，也是这么喊：“嗨——北黄沟家快来人，驮你们的救济粮！”于是，北黄沟的青壮年，一群人，背着干粮，赶着小毛驴，先朝东，翻过太行山，来到河南的地界，再朝南，折回来，绕到山西，一去一回，要六天。

乡邮员来送信，站在崖头上，还是个喊：“嗨——张毛旦李旺财，你儿给你们捎信来！”喊得还挺合辙押韵。喊过了，就撂下自行车，坐在崖头顶，抽烟看风景。远远地，沟底下的小村庄，炊烟袅袅，果树挂着果，或是开着花。开花时，想来也是蜂飞蝶舞一片喧腾。若坐在顺风头，一阵一阵甜香，若有若无。乡邮员就想，上辈子做了啥孽，这辈子托生在了北黄沟？

张毛旦李旺财，核桃大的人，出现在了崖畔下。乡邮员就用绳子，把邮包拴紧吊下去，就像放下一只吊桶，晃晃悠悠，好深的崖底！若是一个初来乍到的新手，免不了要心惊肉跳打哆嗦。张毛旦们取了信，绳子再晃晃悠悠收上来。所以，跑这一路的乡邮员们都知道一个顺口溜：“北黄村一大怪，送信要把麻绳带。”口口相传，就像习武人的秘诀。

有一年，大概是五十年代初，北黄沟人娶媳妇，娶的是山外河南家的姑娘。那年河南遭了灾，所以才把好好的姑娘嫁到深山里来。姑娘打扮了，穿红戴绿骑毛驴，跟着迎亲的队伍，吹吹打打进了山。那路越走越陡峭，一边是绝壁，一边是悬崖。人屏住了气，唢呐也禁了声。不提防，毛驴失了脚，踩空了，驮着新娘子坠了崖。鲜艳的新嫁娘，香草般的新嫁娘，衣袂飘飘，那坠落的瞬间美轮美奂！

新娘子葬身崖底，北黄沟的老支书秦明柱，当时还是个青壮年，他对着西边的崇山峻岭，对着太行山万丈绝壁，在心里发下血誓，“太行山！太行山！老子不日穿你，老子就不算人！”

几十年过去了。北黄沟人，真的“日”穿了太行山，一尺一寸的，凿出了一条路。那可是一条血路，多少人血洒在这路上。老支书秦明柱也是其中一个，他是被坍塌的巨石压死的。死时他睁着眼睛，愤怒地张大嘴。出殡时，北黄沟人都跪下了，哭成一片。他老伴变花没有哭，变花一边给他换衣服一边絮叨：

“他爹呀，你就睁着眼睛走吧，你就睁大眼睛看娃们的吧！看有一天碗托用汽车给你娶回孙媳妇来！……”

碗托是他的头生孙子，心尖上的一块肉。那年还不满两岁。没等到碗托娶媳妇，路修通了，山凿穿了，汽车开进了北黄沟。

一、年家扬

小田是京城某报的记者，三十出头，已经开始发胖。他穿 LEE 牌牛仔裤，白色纯棉 T 恤衫，看上去很“阳光”也很干净。还有一个老陈，剧作家，是我和小田共同的朋友。再加上司机和我，刚好坐满一辆小车。

老陈是本地人，对太行山很熟悉。北黄沟人和那条路的故事就是他最先报道出来的，他还以此为素材写了一个电视连续剧《山魂》，由于有当红明星出演男女主角，播出后北黄沟一下子名声大噪。许多的人，相干不相干的，都跑到深山里来看这条路，媒体也蜂拥而至。来了，要住要吃，这下子，北黄沟就有了自己的旅游业，餐馆盖起来了，小旅馆盖起来了，卖土特产的小商店也有了，一时间，寂寞千年的一条山沟红火起来，老陈算是一个点火人。

现在，我们就是跟着老陈，去看这条传奇的山沟。

小田带了采访任务，算是公干，我则纯粹是闲游。一路上，听小田不停地说各种笑话。这样的笑话一般最容易在酒桌上盛传，而我是轻易不上酒桌的人，所以小田的笑话就算是老掉牙的我也大多没听说过。起初他说一个我就跟着笑，可渐渐地我觉得自己很傻，就不再笑了。

走运的人总是爱不失时机地炫耀自己的走运，我黯然神伤地想。

小田有一张女人样红润丰满的嘴唇，这使他的牙显得特别白净，白得趾高气扬，显然这是一张被生活格外钟爱的嘴，没吃过什么苦头。想想也是，七十年代人，毕业于名校，又供职于京城著名大报，哪里有什么苦让他吃呢！这么一张被生活百般惯纵的嘴，要是换了我，还不知道要伶牙俐齿到怎么一个地步，一口气说一百个笑话还不是小菜一碟？可现在，我自己就是一个活生生的笑话。

我供职的学校去年和另外两所院校合并，机构大调整，我的中文系副主任被别人挤掉了。说起来，那个小小的芝麻官，不当也罢，我真不怎么在乎。可问题是所有人都认为我是在乎的，不少人见面就安慰我说：“老年哪，你可别想不开！”那沉痛的样子就好像我是一个被日本鬼子刚刚奸污过的妇女，马上就要投河上吊似的。这么一来我还真有点“想不开”了。是啊，凭什么我要“想开”呢？不说别的，就说我的那位后任，又是何方神圣？一个连断句都断不利索，把“酒肆勾栏”念成“酒肆勾连”并言之凿凿地解释成“酒肆连成一片”的主儿！这哥们儿写文章，洋洋几千言，一半是废话，还有一半就是“海德格尔怎么说，福柯德里达怎么说，詹明信又怎么怎么说”，就是没有一句他自己说。那些半生不熟的西洋名词像酸杏和青梅一样句句咯人的牙。可这家伙却是个新出炉的“博士”！有一张如假包换的博士文凭。这文凭的出处，绝不是方鸿渐的“克莱登大学”之流，说出来也是历史悠久声名远播。你说他这博士是怎么当上的？想想令人心酸，真是一个沐猴而冠的时代。更可气的是这新博士上任后，分管教学工作，排课表，我的课被排了个七零八落，这么一来每周我几乎没有一天可供自己支配的整时间。原来这博士还是个白衣秀士王伦！一学期下来，疙疙瘩瘩的事儿碰上不少。到了春节，家家贴春联，也是一口气堵在那儿，我就在自家门前贴了这么一副对子：“你不是博士，就连狗屎也不是；我若是博士，纵是狗屎也成仕。”横批就是现成的那句话：“沐猴而冠。”也不管对得工还是不工。岂不知这是一副短命的对联，刚刚贴出半小时就被我老婆撕掉了。我老婆出门买年货回来，看见几个孩子围在我家门前叽叽咕咕指指点点，上来一看，一下子就炸了，唰唰几把就扯下了它，然后大哭一场。我老婆说年家扬你不要脸我还要脸，有本事你就别当这狗屎，你也变废为宝，混个博士来当当！我说，我才不和“酒肆勾连”为伍！我老婆气笑了，“哈！”她说，“你以为，人家博士的队伍还哭着喊着请你呀？年家扬，不是我小看你，你们老年家祖坟上没长博士这根草！”这下我真火了，我突然感到很悲愤，我不知道自己的女人原来竟是这样轻视自己。看来天下的女人，都他妈的是朱买臣的老婆！我说：“好，那你就等着瞧。”我老婆随手一指我家的洗脸盆，回答说：“年家扬，你要能考上博士，我就能在这洗脸盆里养鲸鱼！”

我冷笑了，我说：“你以为太平洋是什么？不就是个上帝的洗脸盆吗？”

可我家的洗脸盆终究不是上帝的脸盆，别说鲸鱼，它连条小鲤鱼也养不住啊。下面的话，我想就是不说大家也能明白，那就是，我考博失败了。两所大学，都是因为外语不及格而落马——距离达线差了二十多分，真是惨败。老婆倒是没有再提“洗脸盆”的话，可她搬回娘家去住了。临走她告诉我，她准备明年考博，她说：“年家扬，这个家要是不出个博士，还有脸在这个院里待吗？”

她语气听上去很悲伤。我闷声不响。说来是我把她逼上了梁山。我不知道为什么我的那副对联仅仅贴出半小时却不胫而走，全学院，不，全大学的人差不多都知道了这事，它竟使我名扬全校。有一阵儿，我走到哪儿，背后都有人指指点点，说："看，这就是那个贴对联骂博士，自己考博考不上的人。"

我岳母从前是国营菜店的一个什么经理，现在退休在家，天天早晨出去扭大秧歌。她常常把自己的一身赘肉强行塞进红绸衣、绿绸裤里，看上去像一根硕大的极生猛的肥萝卜。她从来就没喜欢过我，我第一次到她家，过后她这样跟邻居们形容我说："门一开，门口站我闺女，旁边空半截，差点儿找不着他——原来是个一米短三尺！"后来这"一米短三尺"就成了我在她们家的绰号。我去云南出差，被高原的阳光晒黑了脸，她就说："那还能叫脸？黑得就像个驴鞭！"她仿佛有一百条理由可以对我说三道四盛气凌人，其实真正的理由只有一条，那就是，她原指望自己这个最出息的小女儿钓一个飞黄腾达的金龟婿的，却不料偏偏自甘下流嫁给了我这么个无权无势的教书匠、穷小子，眼看好端端一朵鲜花插在了牛粪上，实在叫她咽不下这口气。可我老婆不承认这点，她说是我自卑和多心。她说她妈就是这么一个口粗心也粗的人。我暗自冷笑，是吗？是这样吗？当然不是，你瞧她对另外两个女婿，也就是我老婆的姐夫，我的挑担连襟们，一个仕途得意的处长一个腰缠万贯的公司老总，不是也很知道什么话当说什么话不当说吗？她只是在我面前才这么放肆，比如大夏天光膀子，或是很响亮地放屁，并且肆无忌惮地说粗话。

她之所以容忍了我这么久的唯一理由，是她这鲜花般的女儿是朵永不会结果的“谎花”，在她看来这当然是个致命的短处。随着她女儿生育希望的日益渺茫，她的气焰才渐渐低下来一些，开始对我和颜悦色。可我还是能感觉到这和颜悦色背后隐藏着的委屈和不甘心，为这被迫的举手缴械。这次，我老婆弄出这么大的动静回了娘家，我哪敢去登她们家的门，你想那“大肥萝卜”能有什么好话给我听吗？

老陈是我多年的朋友，比我大十多岁，是我最信任的老大哥。从前他搞戏曲，有一年，我看了他写的一出新编历史剧后写了一篇评论，用“元白”的笔名在报纸上发表了，那时我大学还没毕业。一天，一个中年人揣着那份报纸风尘仆仆来学校找“元白先生”。那就是我和老陈第一次见面，记得那是春天，刮着大风，黄尘滚滚，那时还不怎么流行“沙尘暴”这个词，可那其实就是沙尘暴。老陈在一个沙尘暴的天气里坐三百公里长途汽车来省城“以文会友”，他是一个多么浪漫的人！一见我，他半天合不上嘴，他说：“哎呀，原来你这么年轻！我还以为元白同志是位老先生呢！”

果然，他随身带来一本送我的书，是他的剧作集，扉页上用毛笔老气横秋地写着：请元白方家赐教。我俩同时哈哈大笑，我说：“喝酒去！”那就是我们友谊的开始。八十年代，那是一个多么让人怀念的浪漫的年代，这样的故事，只可能发生在那样一个单纯和激情的年代。

后来，老陈问我，你这么年轻，怎么会如此喜欢地方戏曲？

我不知道。

也许，那就是血里的东西吧。我这样告诉老陈，因为我来自草根阶级。小时候，在乡下爷爷奶奶家，草台班唱大戏的日子就是我的节日。

至于小田，田平坝，他是怎么跟老陈认识的，我不知道，当然要比我晚许多年。老陈后来改行搞电视剧，常出入京城，认识了不少京城“名记”，想来小田是这“名记”中的一个。不知为什么我不怎么喜欢小田，第一眼看见他，我就想起了那位“酒肆勾连”，我说不出他们长相上有什么相似之处，可他们的确散发着相同的气息，就像同一种品牌的香水，或是同一种植物——热带的植物，骄纵和霸气。那种“天下谁人不识君”的名校生派头，简直就像相互克隆出来的一样。

这次出游，是老陈力邀。他说这个季节的太行山真是美极了。我知道，老陈是想让我散散心，这个浪漫的老大哥也许真的以为山水可以疗救一个人处境的尴尬。我不愿拂他的好意，何况，这对我又没有什么损失，这学期我刚好轮空没课，连假都不用请。就算要受“黄段子”的骚扰，可说实话，有几个人不喜欢听“黄段子”和“民间笑话”呢？我只是不喜欢说它的那个人。

从前，这条路，从省城到长治，三百公里，汽车要走七八个小时，要过子洪口，翻大山，汽车在陡峭的山路上爬行就像一只笨拙的甲虫。那时，过往车辆都要在子洪口休息打尖。子洪口有好几家路边饭店，都是国营的，苍蝇云集，卖极难吃又肮脏的饭菜。现在新修的公路撇过了子洪口，从太谷东观直奔沁县，下长治盆地。漂亮的路面，平坦而宽阔，只用三小时，我们的桑塔纳 2000 就驶进了黄昏中安静的长治城。

我们要在长治住一宿，明早进山。

小田问老陈：“我们住哪儿？”老陈没回答。我微笑了，我知道我们将住哪儿。果然，桑塔纳 2000 没有开往任何一座旅馆酒店，而是径直开进了那条铺满泡桐树落叶的僻静小街，开进了那座种着向日葵、西番莲和如今已极少见的蓖麻果的院子，它停在了一幢普通的红砖家属楼前，那是老陈的家。

老陈的妻子，景玉大嫂掐着时间为我们准备下了晚饭，现在它们一样一样被端上了餐桌：葱花千层饼、炒绿豆芽、酱肘花、辣椒炝土豆丝，还有一大锅香气四溢的小米粥。新下来的“沁州黄”，金子一般纯正灿烂，没有一颗稗谷，里面煮了南瓜和长山药，那是我最爱喝的粥。大嫂把粥碗端到我面前，默默看我一眼，仿佛不经意地说道：“小年哪，新小米下来了，多喝两碗粥，心里就舒坦了。”

我鼻子一酸，眼泪差点落在粥碗里。这是几个月来，我听到的最温暖的一句话。

二、他们在路上

早晨，天阴得很沉，天气预报说有小雨，可他们还是准时上路了。昨晚年家扬和老陈同住一屋聊天，一直聊到凌晨。联床夜话，烟也抽得太多，今早起来，就感到嗓子有些嘶哑了。

小田却仍然像一棵地里的青菜一样水灵和精神。他套上了一件牛仔马甲，有很多口袋的那种。那种马甲就像是记者的名片，老百姓一看都认识。他随身携带 IBM 超薄笔记本电脑、数码相机、MP3 随身听，此外还有一个精巧的傻瓜“奥林巴斯”，这全套行头使他看上去很有底气也很愉快。

“你们说会不会下雨？”车驶出城市后他问大家，还把头伸出车窗外看天，那样子就像个孩子。他坚持坐在司机旁边，说他喜欢这个位置，还说，如果司机开累了，他可以替换一把。

他说这话时，年家扬就想：那我们今天能不能活着到北黄沟还是个问题了。小子，你见过太行山没有？

司机是个复员兵，有个生龙活虎的乳名：二豹。二豹回答小田说：“预报说华北地区有大面积降雨，不过看样子，上午问题还不大。”

“这雨要是昨天夜里下就好了，”小田回头冲老陈他们笑，“猜个谜语，‘昨天夜里下雨’，打一句古诗。”

老陈哈哈大笑，他知道这是小田在戏谑他和年家扬昨晚几乎是彻夜的长聊。那的确是一个对情对景的典故，这正是老陈喜欢这个“小朋友”的缘故，老陈喜欢聪明的人。

“与君对床听夜雨，”老陈回答，“苏东坡的诗。”

“正确。”小田说。

年家扬有些惊讶，他没想到这簇新的“时尚中人”这“新人类”竟然还有一点古典诗情。不过他仍然看不惯他那副得意的样子，存心要找点小别扭，于是就说：“不完全对吧，也可以是白居易的一句诗，‘能来同宿否？听雨对床眠’，你这谜语出得不严谨。”

“可你这不已经来了吗？还问什么能来不能来，岂不多此一问？”小田很无辜地反问。

“可昨天晚上不也没下雨吗？”年家扬强词夺理地回答。

大家都笑了，年家扬也就笑起来。阴沉沉的天气里，小田的牙齿像银鱼一样一闪一闪，馨香和腥气四溢，那是生气勃勃的青春的味道。一路同行，何必找不痛快呢？这么一想年家扬有点不好意思，觉出了自己的小心眼。

“下雨这山路还能不能走？”年家扬岔开了话题，问老陈和二豹。

“没关系，真要下起来的话，我们可以住在王莽岭，那上面有小旅馆，四周都是松林，夜里可以听林涛。”老陈笑着回答。

那倒真不错。年家扬觉得自己的心情渐渐好起来。

“年老师，”小田回头叫他，“我还从来没碰到过一个姓‘年’的人，历史上也只知道一个年羹尧，再想不起还有谁姓‘年’了。”

“还有个年四旺。”年家扬脱口回答。

“年四旺是谁？也是清朝人吗？”

这一问，让老陈和年家扬同时感到了时间的飞逝。他们和小田不是一个时代的人，甚至，不是一个星球。沉默了一小会儿，年家扬告诉小田，年四旺是一个英雄，二十世纪七十年代的英雄。可他的英雄事迹是什么？年家扬自己也想不起来了。

“年四旺是怎么死的呢？”他转脸问身边的老陈。

“不记得了。”老陈回答。

“还有个门合，也是个英雄。门合是怎么死的？”

“想不起来了，”老陈摇摇头，“我只记得刘英俊拦惊马。”

“还有金训华，”年家扬说，“在洪水里捞木头。”

“你说起金训华，我倒想起来了，”老陈忽然说，“有一次在电视里看了个纪录片，是说金训华的一个同学，七十年代末，别人都回城了，走了，只有他没有走，他留在了当地，好像是做了一个养路工。原来他不忍心把金训华一个人留在那儿。他说当初大家是红红火火一块儿来的，现在怎么能撇下他孤单单一个人？他就留下来和金训华做伴，常常一个人到金训华坟前坐坐，清明节给他烧纸、扫墓，这一留就是二十多年。”

金训华的坟在哪儿？他埋葬在何处？年家扬也早就忘记了。只记得那是东北，东三省辽阔而广袤的黑土地，孕育了松花江、牡丹江、黑龙江和茂密的森林，与寒冷的俄罗斯原野毗邻，到处是木刻楞的小屋、马爬犁和冰雪……那早夭的生命就安息在这白雪的墓园。年家扬忽然感到有点难过。汽车飞驶着，以八十迈的时速渐渐接近了山区。他们走进了太行山里。公路变成了盘山的路，蜿蜒而安静地通向太行山深处。路上，几乎没有什么车辆，偶尔驶过一辆汽车，会车时，喇叭的鸣叫显得特别空旷和悠长。雨终于下了起来，小雨中，汽车穿越了一些村庄，那仿佛都是一些无人的画一样的村落，安静极了。可路边屋顶上架起的“大锅”——卫星接收天线，还有屋檐下悬挂的一串串艳丽的红辣椒、黄玉米，以及偶尔传来的狗吠，让你知道这里同样有着新鲜的人间的生活。

雨慢慢变成了小冰粒，唰啦啦地打在车顶、车身和窗玻璃上，清脆的响声像某种民间乐器。汽车越爬越高了，路边再没有了村庄的影子，盘山路紧紧贴着山梁，另一边就是万丈绝壁。当汽车爬到山顶上的时候，老陈让车停在了一片开阔地，这时候，雨忽然住了。

他们走下汽车，扑面就是山的清香。那是松林、草和各种植物雨后的气味。这气味一下子竟使闻惯了城里污浊空气的他们感到晕眩。四周的山峦，壁立千仞，那神奇的肃穆使他们不敢大声喘息。他们这是走进大自然的内心了，他们这是走进神的内心了，年家扬不禁这么想。他看着云雾缓慢而庄严地从千沟万壑不动声色地卷过，感到一种震撼和感动。

许久，身边的小田忽然说道：“太行山真是一座有神性的山啊。”

“这就是王莽岭。”老陈告诉他们。

深秋的松林，呈暗绿色，那是绿色中最沉郁也是最隐蔽和坚韧的一种色彩。从王莽岭上望出去，四周都是松林，没有杂树。不知道那是红松、油松还是鱼鳞松，不管它们是什么，总之它们是永不会被惊扰的庄严的生灵。老陈告诉他们，这里并不是太行山的主峰，太行山主峰在黄岩洞，那里的山势比这里还要奇伟。

有王莽岭，自然就有刘秀峰。果然是这样。这一带到处流传着东汉年间的传说和故事，刘秀的拴马桩、王莽的马蹄印，等等，地名也因此而有了曲折的故事性。这可是千年的故事。正因为如此，当地政府准备把王莽岭开发成旅游地。山上一些地方，已经盖起了旅舍，类似小度假村，后来他们的车经过时，看见了隐在树林中的色彩鲜艳的小屋。

雾气消散了一些，天似乎要晴了，有一阵儿阳光从云缝里钻出来，盘山公路刹那间明亮得像河水一样晃人的眼。他们决定继续上路，赶到北黄沟吃午饭。司机二豹说，山里的天气，谁也摸不准它的脾气。车驶出王莽岭后山渐渐变得色彩斑斓，那是树的缘故。云杉、桦树、辽东栎等针叶阔叶混交林经霜后呈现出黄、橘黄、金黄的颜色，有时，衰草中，忽然会有一株红叶的灌木迎风招摇，猩红如血地一掠而过。路却是越来越陡峭，也越来越狭窄，远远地，如同拦腰悬挂在万丈绝壁上。汽车无声行驶，拐弯时骤然鸣响喇叭，听上去喇叭声仿佛是从很远的地方传来。他们在车里说话，声音也好像来自遥远的地方。寂静涨满了他们的耳朵，发出电流般嗡嗡的声响，隔绝了其他的声音。现在汽车走在了一个巨大的山岩下，公路掏空了这山岩，使它像一个长长的有顶的廊桥，一面依山，一面则是深不见底云遮雾罩的悬崖。老陈说，看见了吧，这就是北黄沟人凿出的山路。

真是惊天动地的壮举！年家扬想，和这壮举相匹配的该是多大的勇气和动力。二豹熟练地把车紧靠着山岩停下来。这条路，他已经带参观的人走过了许多次，他就像一个导游一样知道哪里是需要停车的“景点”。年家扬和小田他们走下汽车，来到路边，小田开始拍照。这一带的山势，岩石裸露，几乎没有了树，只有灌木和衰败的枯草。小田也给老陈和年家扬拍了合影，他们站在岩顶下面，说话回声很大，就像在幽深的隧道里。

雨果真又淅淅沥沥地下起来，接近正午的时分他们看见了雨中的北黄沟。那真是一个如画的小山村，湿漉漉的，美极了。村口，大概是收获过的菜地里，亮汪汪地积着水，像一面小池塘。水中，赫然站立着一棵柿子树，那柿子树，树叶落尽了，而红红的果实疏疏落落地坚韧地挂在枝上，像一个个被点亮的温情的红灯笼。北黄沟就以这样的奇观迎接了他们。

远远地，村路上，走来了一群孩子，打着伞，或是戴着草帽，雨中他们的脸色像刚摘下来的苹果一样新鲜。那是放学回家的学生们。他们饥肠辘辘地奔向各自的家门口。一时间有许多条狗叫起来，也许是听见了汽车的喇叭，也许是迎接小主人回家。家家炊烟袅袅，被雨打湿的炊烟，像某种凝固的可以触摸的物质，而整个村庄里，都飘散着“沁州黄”迷人的香气。

三、还是年家扬

这是一条很长的山沟，分布着七八个小自然村落，从前，每一个村落就是一个生产队，它们共同组成了一个生产大队。现在，它们则属于北黄沟村。

村里，不少人家都盖起了新房，新房是石头的材地，一块一块巨大的青石板整齐地砌出了屋身，屋顶则是灰色的鱼鳞瓦。房屋都很高大，是二层的楼房，底层的窗户上镶嵌着玻璃，楼上的窗棂上则糊着麻纸。想来那上面不住人，只存放农具、种子、粮食和杂物。我注意到这里很少有人家用马赛克装饰墙面，所以，整座村庄，在秋雨中看上去有一种古朴的风貌。

村委会则建在一块开阔的高地，也是二层的楼房，有长长的前廊，整座建筑呈凹字形，中间留出了一块空地可以作停车场。正面的楼房被当作了招待所，有十几二十间客房。我们被临时让进了楼下一间房间里，有人一盆一盆端来了洗脸水，看来此地是不太缺水的。客房完全模仿着城里旅馆的布置，有床，有沙发，有电视，只是没有卫生间。也许是因为下雨的缘故，屋子里很潮湿，我们几个人洗罢脸，地上湿漉漉的，看上去更潮了。

吃饭时，村长、支书都出现了，坐了一大桌子人，我也没有记住谁是什么职务。大家的泥脚把地板踩得很脏。餐厅和伙房挨着，听得见里面鼓风机热火朝天的响动。他们频频地向老陈敬酒，看得出这里人很尊敬老陈，也轮番进攻小田，叫他“田记者”。至于我，老陈介绍我时说我是他最好的朋友，省城的“著名评论家”，人们就说：“老陈的朋友就是我们北黄沟的朋友！”可我看出谁也没怎么把我这个“著名评论家”当菜。这是一些见过世面的山里人，亦是官场中人，他们当然懂得一个“京城名记”和一个八竿子也打不着的写文学评论的人孰轻孰重。

“来，田记者，敬你一杯，”村长又一次端起酒杯，那酒杯像小茶碗一样大，“还请你们再好好宣传宣传我们呀！”

北黄沟人深知“宣传”的利害，没有“宣传”，就没有今天的北黄沟。可是，那“宣传”的热潮已经过去了，人们从四面八方拥到北黄沟看路的盛况也过去了。北黄沟又渐渐地恢复了往日的平静，可人的心却难以再回到往日了，生活也难以再回到往日了。不说别的，就说这新落成的客房，需要人来住啊！那一家家由村里人创办的饭店，需要人来吃啊！可这里毕竟路远山高，比起那些如雷贯耳的风景名胜，专程来此地旅游的人毕竟太稀少了。

“田记者，这次来，多住两天，秋天是咱太行山最好的时候，瓜果也都下来了，新小米也打下了，枣也脆了，你看看咱这儿的风光山水，我看不比它黄山差！”村长把酒一饮而尽，抹着嘴说。

大家随声附和。

“田记者，你顺着咱这山沟往里走，就知道了，有一回省电视台的人来拍电视，他们都说，九寨沟也不过如此呢。”另一个人大概是治保主任的说。

“田记者，田记者”的叫声，此起彼伏。看来他的魂是不会丢了。我低下头沉默地吃菜，好在桌子上有好几样菜是我非常爱吃的，像山蕨菜，它配着鲜肉丝炒那滋味真是妙不可言。还有山蘑炖土鸡，是真正家养的土鸡，北京人叫“溜达鸡”的，里面煮了几段红辣椒，味道好极了。正吃着，又端上来一大盘蒸南瓜，金红的瓜瓤，像最灿烂绚丽的晚霞，香气四溢。我毫不客气地抛弃了筷子，索性下了手，一口气吃下去好几块——他们对付“田记者”，我对付美味，倒也不错。

看来田平坝还有些酒量，面对人们的进攻，应付裕如。

也是，一个成天在酒桌上泡的人，想不会喝也难，熏也熏出海量来了，何况他这么年轻健康。他们喝一种河南产的白酒，是曲酒类的，度数不高，不算烈，我则喝啤酒，迎泽鲜啤酒。当然，从省城出厂运到这里也鲜不到哪儿去了。酒越喝越热闹，没有了禁忌，村长就叫人端出了一只小碗，里面盛着几粒骰子。原来这是一种酒桌上的游戏，盛行于晋东南一带，大家轮流掷骰子猜点，输了的喝酒，有点像划拳，不过没有划拳那么激烈。旁边有好几人给我讲解玩法，可我听了半天好像仍然不得要领。可能是喝了酒的缘故，反应迟钝，我甚至听不明白他们在说什么。

结果我每掷必输，罚了好几杯酒。我开始厌恶这游戏。可人人都玩得兴高采烈。尤其是田平坝，虽说他和我一样是新手，可玩起来竟如鱼得水。大家都恭维他，说："田记者好聪明！"言外之意就是我太笨了。轮到我，我说什么也不肯再玩了，我告诉大家我醉了，头很晕，我还说我根本不会玩。别人还没来得及说什么，田平坝抢先开了口，田平坝说："年老师，别扫大家的兴啊，这有什么会不会的，你尽管支，输了，我替你喝就是了！"

听他说话的口气，简直就是个重情重义的江湖豪杰，及时雨宋江或者令狐冲之流。这一来把我比得更加灰暗和萎缩，果然大家都叫起来："听听！还是田记者痛快！"我冷笑了一声，说道："好啊，田记者，你有多大的海量，敢夸这样的海口？”

“海量不敢当，充其量也就是江河量，”田平坝笑着回答，“有一次和老谋子一起喝酒，我们一人干掉一瓶五粮液。”

这大概就是“京城名记”的说话方式吧。没说自己和小平打桥牌和镕基对饮，已经够谦虚的了。老陈大概看出了我不高兴，忙站起来打圆场，说：“实不相瞒，我这兄弟，平时滴酒不沾，今天因为高兴，已经破了例了。有什么好主食，先上来让他吃着，咱们喝咱们的。”

“有油糕，新磨下的糜子面，香得很呢。”村长忙回答。

黄米油糕端上来了，果真又香又糯，里面包了枣泥和豆沙。如果这样的好东西还堵不住人的嘴，也就太不识趣了。同时端上来的，还有一盆酸辣粉汤，里面煮着山里的黑木耳和金针，还有新鲜卤水豆腐和粉条，是解酒的佳品。热热的、又酸又辣的一碗喝下去，果然心里舒服了许多，也静了许多。听他们那边说得正热闹，满耳朵都是“张艺谋、张艺谋”的。

“田记者，你认识张艺谋啊？”村长大概听见刚才田平坝和我叫板时提到了老谋子，“那可太好了，要是能把张艺谋请来拍场电影，那咱北黄沟可就有办法了。”听村长的口气，张艺谋好像就是上帝。

“听说，那个拍大红灯笼的乔家大院，一年下来，旅游收入好几百万呢！”书记在一旁插话。书记是个三十出头的年轻人，有文化，比村长还要年轻。

“田记者啊，你再见了张艺谋，就跟他说说，让他来我们北黄沟看看，咱这地方拍出电影来，比他那《一个不能少》，美得多呢！那地方光秃秃的，哪有看头？”村长进一步做工作。

“田记者”连连点头，豪迈地说：“好，包在我身上。”这“田记者”倒也不怕闪了舌头，看来他是喝高了。我用筷子夹起一块黄米糕，狠狠咬了一大口。只有用这样的方式才能使我把冲到嘴边的话咽回去。那些话像新核桃一样在我肚子里骨碌碌滚来滚去，怎么也不肯服帖。我真不敢设想，假如有一天，这地方被彻底“开发”成一个乔家大院那样的旅游景点，到处挂上那种舞台布景似的大红灯笼，把民风民俗统统包装成观光项目，会是什么样的情景？世界难道不应该为自己留下一块诚实的朴素的地方吗？

对所有的旅游景点我几乎都没什么好印象。有一年在大理，带去的胶卷用完了，就在洱海边买了一卷柯达。那次是在昆明开一个比较文学的会议，我写了一篇有关中外悲剧比较的文章，宣读后居然挺有反响。那是一个愉快的会议，会后组织我们游苍山洱海。同行者都很有趣，其中有一个云大的女孩儿，是个非常活泼的姑娘，喜欢唱歌，眼睛又大又干净。我们在大理著名的洋人街上喝过一次咖啡，只有我们俩。我还记得那咖啡馆的名字，有些古怪，叫“一线天”。那天的晚餐大家三三两两自由组合，我忘了什么原因自己落了单，就随便走进了路边那个有异域情调的小咖啡馆。一进去，就看见了一双明净的大眼睛，在望着我微笑。

“我运气真好，”她说，“我坐在这儿，一直在等一个有趣的同伴，真让我等到了。”

那是我听过的最好听的恭维话。那也是我此生度过的最奇异的一个夜晚，浪漫而温馨。我们聊得畅快淋漓。聊旅行，聊南方和北方，聊会议的感想和同伴，聊美食和茶，我们几乎没有触及那些私人性质的话题，可奇怪的是我们彼此感觉到了一种亲人般的默契和亲近，好像我们共同走了很远，好像我们正在守着火塘回忆往事。真奇怪啊。烛光下，她的脸是小麦色的，也像小麦一样散发着干爽迷人的芳香。烛光像精灵般在她脸上跳跃，她身后的墙壁上，涂抹着一些奇怪的文字和崖画般的图案。我们品尝了一种叫作“苏尼玛”的酒，是纳西族人用稗子酿造的，清冽而香醇，很特别，我从不知道稗草也能酿出美酒佳酿。不知不觉夜很深了，我们说出的话像落叶一样要把我们埋住了，就在这时，她望着我，忽然说：“给我拍张照片吧，要不然，我不会相信这个夜晚是真的。”

她的话，让我感动又有些忧伤。是啊，明天早晨，我们就要分别了，回到各自的城市和生活中，也许此生不再相见。我从包里取出相机，拍下了她沉思的亮如星辰的眼睛和微笑，拍下了烛光和杯中喝残的苏尼玛酒，拍下了我今生今世一个神奇的偶遇。但是，我怎么也不会想到，那卷胶卷是假的。白天，在洱海边新买的那卷柯达，鬼知道是什么玩意儿，冲出来一片空白，比白茫茫大地还要干净。就这么我把那个夜晚弄丢了。我一直不敢告诉她这个，从此再没有和她联系。有时候我会忍不住问自己，真有那么一个夜晚吗？也许，那只不过是我旅途中的一个幻觉。在遥远而古老的边地，在亮闪闪的银饰、奇异的文字和歌声，还有美酒的蛊惑下，产生那样的幻觉大概是很自然的。否则，我拿什么来证实？

还有那个著名的河谷平原上的古城，我去过好几次，一次比一次感觉糟糕。车停在城门口，你刚从车里下来，马上就变成了猎物。呼啦一下子，那些导游、电瓶车司机、蹬三轮的、开饭店的，就像饥饿的猎犬一样扑上来，围捕你、争夺你、堵截你，让你感到自己马上就要被他们撕成碎片分食下去了。有一次，陪一个远道而来的朋友去那里玩，走在明清街口，看见对面一条小巷，名字很特别，叫“鹦哥巷”，是有烟花气味的一个名字。我问巷口一个上年纪的人，这名字有什么说法和来历，那人只摇头，不说话，用手一指对面的铺子，意思是让我到那里去问。原来那儿是卖有关古城各种介绍和说明的，你想知道什么？花钱就是了。在一个旅游地，没有一样东西是不标价的。

刚才大家七嘴八舌，这一会儿，都静了下来，只听见田平坝一个人的声音，他可真能说啊。原来他在那里谈着他的“开发建议”，他说这儿完全可以打造一个山庄窝铺式的旅游景观，办那些家庭式的小旅舍，吃山野菜、睡土炕、游太行山，还可以带领游客进山采药，等等。他说在日本，比如厢根等地，许多这样的家庭小旅舍颇受客人青睐。这样的旅游方式，应该很吸引那些自称为背包客的旅游族，他们其实也是很有规模的一群人，一群新人类，可以制作网页，登录那些旅游网站。

我听他夸夸其谈，没听出什么更新鲜的地方。可我看一桌子的人都听得很认真，我想那大概是出于对贵客的礼遇吧。后来，村长说话了，村长说道：

“田记者啊，真想不到，你怎么对咱这大山这么熟悉？”

田平坝把杯中的残酒端起来，一口喝光了，抹抹嘴，望着村长和一桌子的人，慢慢回答说：“我就是在山里长大的，我的家乡，是比太行山还要深的山区。”

“咦？田记者，你老家在哪？”村长热情地追问。

“贵州。”

“贵州？”

我看一桌人都瞪大了眼睛，村长、支书、会计和主任，一个个都把眼睛睁圆了，我以为他们要说，真远呀！可不是吗，以一个久居深山的人看来，贵州大概和天边也差不多了，没想到他们却说出一句让我吃惊的话，他们抢着说："呀，田记者，我们北黄沟还有你的老乡呢。"

"什么？"

看来，吃惊的不止我一个，田平坝比我还要吃惊。他一下子挺直了身子，说："这里有贵州人？"

"可不是咋的，贵州女子，嫁到咱这山里，有七八年了。"村长回答。

"都有俩娃娃了。"会计补充说。

"过得不赖，去年盖了新房，养了几口猪，是个能干的婆姨。"主任也说。

看来田平坝还是有些困惑不解，他看看这个，又看看那个，觉得不可思议，"我们贵州姑娘，这么远，嫁到太行山来了？"他问道，"怎么嫁过来的？"

一种微妙的沉默，忽然地，降临在了这酒香扑鼻的屋子里。沙沙的雨声一下子大起来，听上去凄清而惊心。太行山也有不便示人的心事吧？看来是。这里面一定有故事，而且我也已经有点猜到事情的真相了。于是，我脱口问道："是卖过来的吧？"

支书正抽着烟卷，他像被呛了似的咳嗽起来，咳得面红耳赤的。他挥手驱赶着脸前的烟雾，定了定，说道："说是嫁过来的，其实呢，村里人都清楚，是让人贩子卖过来的。那时候咱这条路还没修通，小十年的事了，那会儿我还没复员呢。"

"卖给了个啥人家？"

"老李家三小子，小名叫个石碾，人家倒是个好人家，后生也是个好后生，壮壮实实的，不缺胳膊也不少腿，比银鱼大个七八岁，能吃能受，现在跟着建筑队在河南打工呢。"村长絮叨地说。

银鱼，想来就是那贵州女子的名字了，多浪漫青葱的一个名字，亮晶晶的，带着水和南方的气息。可这条鱼却流落在了北方干旱的深山里，其中的辛酸，不问也罢。远处传来几声牛哞，听上去很忧伤。雨中的太行山真是太静了，静得让人心里一抽一抽的。只听田平坝又开口说道："那个银鱼，是叫银鱼吧？她愿意跟这石碾吗？"

"嗨，开头哪有个愿意的？年轻女娃娃家，背井离乡出门打工，一家伙让人给骗到这山圪旯里，能有个愿意？跑过两回。可咱这地方，有羊走的路，没有人走的路，一个人生地不熟的外路女子，能跑到哪？叫抓回来，打过几次，后来生下闺女，又生下小子，还能咋？也就服帖了，过日子了。"村长回答。

这时伙房的门帘一掀，帮厨的人端着面出来了，一手一碗，放在桌上，绿茵茵的，我闻到了豆面那种略带腥味的香气。帮厨的人来来回回跑了几趟，于是，一人面前便有了一碗漂亮的豆面抿尖。村长忙招呼大家趁热吃面，可我一点也吃不动了。刚才他们喝酒时，油糕和南瓜早已填满了我的胃。老陈和小田分了一碗，只见小田低头望着面碗，半天不动筷子，老陈在一旁推了他一把，他这才“噢”一声抬起头来，说道：“这面看上去就像活物似的好看，都不忍心吃它了。”

他的话，让屋里的气氛轻松下来，大家都笑了。

四、他们和银鱼

雨不知什么时候停了，大概是在他们饭后歇息打盹儿的时候。村长吩咐给他们一人开一间客房，反正房子也都空着。村长说，房子这东西全凭人气来养才精血旺盛，没人住的房子就像没人睡的寡妇一样凄惶。他们也就没再客气，虽说被褥有些返潮，屋子里有一股淡淡的霉味，可这都没有妨碍这几个酒足饭饱的人各自睡了一个舒服的午觉。

雨虽停了，天却还阴着。下午，老陈带他们在村子里到处转悠。大概是酒喝多了的缘故，田平坝看上去不像上午那么精神和生气勃勃，有点沉默。他们参观了新落成不久的小学校，也是一座石头材地的楼房，盖得方方正正的。学生们在上课，他们谁也没有打扰地在空旷的校园里站了站，一根旗杆安静而沉稳地立在那里，顶端是一面鲜艳的国旗。

村委会正对着的，大概就是这村子的主街。学校就是在这条街上。街路是石板铺成的，被雨洗得光滑而干净。两旁依次排列着许多家饭店、旅舍、商店、山货店，山货店里卖黑木耳、蘑菇、金针、干蕨菜和核桃，还有各种药材。年家扬叫不出它们的名字，老陈就告诉他，这是党参，这是杜仲和黄芪，那是柴胡、五倍子，当然，红红的枸杞和甘草是他认识的，他喝过枸杞炖出的鸡汤，也嚼过甘草。小时候他们把甘草叫“甜草根”，去农村参加劳动，常常能在地垄边挖出甘草来。还有一样也是年家扬认识的，就是《盗仙草》里白素贞豁出性命从灵山上盗来的灵芝。

那是不是真的灵芝？年家扬没有问，也不想问。他愿意相信这是真的。它们像一把把小伞，像一只只大蘑菇，又像肥厚的花朵，有点肉感，又有点丑陋，店主人把它们盛在一只大笸箩里，摆在屋角，这使幽暗的房间弥散出欲望的气味。如果“欲望”有气味的话，大概就是这种模样。年家扬感到有点奇怪，他不知道这号称“仙草”的植物怎么会没有一点点仙气。

商店也卖其他的东西，都是一些旅游纪念品，小孩穿的虎头鞋、红兜肚，大人用的鞋垫之类，都是一些手工绣品，绣着那些色彩艳丽的传统图案：鱼莲娃娃啦，龙凤牡丹啦，鸳鸯戏水啦，喜鹊登梅啦，等等，还有一种绣物，满月一样圆润，十分小巧，绸缎面，布里，里面衬着薄薄的一层棉絮，上面却绣着更为精致的花卉虫鱼。这一次，连老陈都弄不明白这是什么物件了。店主是个年轻的媳妇，匀净的瓜子脸，水蛇腰，嘴唇红艳艳的，很适合摆弄这些姹紫嫣红的绣品，她笑着告诉他们，这是女人用的粉扑，当地人叫它“粉擦”。

多么别致，多么美！年家扬望着这些小小的“粉擦”心里忽然充满感动，他见过他老婆用的粉扑，不过是一块椭圆的海绵，平庸极了，没有一点想象力，也没有一点对生活的尊敬和爱意。他忍不住用手抚摸它们，心想，生活中最美的东西都流逝而去了，没有人能挽留住它们。他问老板娘：“你们现在还用它扑粉吗？”俊俏的老板娘笑着摇头说：“早不用啦，谁还用这老古董？”说完却又不忘招徕生意说：“老板这么爱见，买几个回去送人吧，送漂亮的女朋友。”

他也笑着摇头，说：“我没有女朋友。”但是心里却飞鸟般地掠过了“云南女孩儿”的身影。老板娘的话却一下子使一直发蔫的田平坝像服了兴奋剂一样精神起来，他眼睛放出了猫眼般的亮光，挤上来说：“太对了！老兄，这么漂亮的粉擦，不送红粉知己，真对不起天下红颜！老板娘，给我拿几个挑挑！”

老板娘眉开眼笑地答应着，忙把那些存货都取出来，红红绿绿在柜台上摊了一大片。田平坝简直挑花了眼，挑了个蝴蝶的，又想要喜鹊的，拿起绣了人物的，又想要花卉的，挑来拣去麻烦了，索性用两只胳膊一划拉，说：“算了，全买了！只怕还不够送的呢！”这下可喜坏了老板娘，手忙脚乱算账收钱。年家扬在一旁看他张扬的样子，心里有点酸，心想，自己连一个要送的人都没有，他却一撮一簸箕！也巧，货架上，录音机正开着，放的是流行歌曲，一个不知是男还是女的声音在里面唱：“你究竟有几个好妹妹，为什么每一个妹妹都那样伤悲？”年家扬就问道：“听见了吧，在问你呢，你有几个红粉知己？是不是太多了点？”田平坝就嘻嘻笑着回了他一句：“多乎哉？不多也！”俨然就是个濮存昕王志文了，他又用惋惜的口气对年轻的老板娘说：“可惜呀，可惜这儿游客太少，要不，这玩意儿，价钱至少得翻上去四五倍。”

年家扬皱了皱眉头。

他们刚走出小店的门槛，就听见有人直着嗓子喊：“陈老师！陈老师！”只见一个女人从街尾那头跑过来，一路跑，一路说：“早听说你来了，在这儿瞭你半天了，快家去，给你磨好了玉米糁和新小米，就等你来尝鲜呢！”

这是一个中年妇女，银盆大脸，肥硕而结实，大手大脚大嗓门，跑得风生水起的。她气吁吁跑过来，老陈就笑了，说：“着急啥？还怕你的玉米糁没人吃？看见了吧，又给你领来两张嘴，嘴可多的是！”说着就把这女人介绍给小田和年家扬：“王美莲，大名鼎鼎的铁姑娘，开山修路的大功臣。”

这王美莲羞涩地一笑，说：“陈老师，好汉还不提当年勇呢。”

这王美莲确实是个能干的女人，当年修路时，和男人一起掌钎抡锤砸石头点炮眼，没她不敢干的。她卖了家里耕地的黄牛为修路捐款，卖牛时，她老公公哭得老泪纵横，她那时候许愿说：“爹，将来，路修好了，咱买十头牛，咱办个养牛场。”如今，养牛场她倒没办，不过却盖成了新楼房，石头材地的两层楼，屋顶铺着灰色的鱼鳞瓦，楼下是饭店，楼上，除了自家住，还腾出两间做了旅舍。饭店还有个名字，就叫美莲酒楼，门口挂着两只细长的红灯笼。此刻，大概不是吃饭的钟点，美莲酒楼没有一个顾客，空空落落的，几张餐桌都铺着白色的塑料布，很洁净，但因为天气潮湿，还是有一股油腻腻的异味挥之不去。楼梯就在墙角，上去，竟是一个小平台，就像一个小院子。如果在晴朗的月夜，摆一张小炕桌，几把竹椅、板凳，沏一壶茶，坐在这平台上，看太行山的星空、夜色，让透彻的山风吹尽身体中的浊气，该是一件多么惬意的事情。

房门都敞开着，虽说没有人住，但王美莲还是要让它们每天都能拥有新鲜空气和蜜糖似的阳光，让风送来庄稼、熟透的果实和大地的气味，天气好的日子里，她常把被褥晾出去，让太阳把它们晒得又蓬松又清香。田平坝和年家扬一眼就喜欢上了这里，老陈看出了他们的心思，就说，晚上咱就住这儿了。

王美莲把他们让进了自家的屋里，沏茶倒水，捧出一大捧鲜枣让他们尝鲜。田平坝一边喝茶一边对女主人说："我送你这旅店一个名字吧，美莲草舍，怎么样？楼下的饭店，最好也别叫什么酒楼，叫美莲小炒，陈老师，你说这样好不好？"

老陈刚说出一个"好呀"，就让年家扬给打断了："屋顶上没有一棵草，哪里来的草舍，还茅庐呢，就叫小舍算了，美莲小舍，名副其实。"

"也行，大姐，咱这个地方，最好要在'小'字上做文章，那才有意思，"田平坝说，"大酒楼城市里成千上万，不稀罕了。"

年家扬想，又开课了，又该讲日本厢根的温泉家庭旅馆了！可这会儿年家扬不想听这些，他断然地像个狙击手一样拦截住了他的话头："大姐，咱这里，女人们都很会绣花吧？我看下面商店里摆着不少绣花的东西。"

“从前差不多人人都会，现在不行了，年轻人没几个会的了，别说年轻女子媳妇了，就连我，也不大会摆弄这些了，”王美莲笑着摆摆手，“现在咱这村里，还有几个好绣手，绣的最好的是鲜灵家婆婆，叫个王花女，七十多岁了。鲜灵也开店，就卖她婆婆绣的东西。哎，我看你们刚才好像就是从鲜灵家店里出来的嘛。”

“是吗？”田平坝高兴地把手里的塑料袋撑开，让王美莲看，“那我还真买对了。”

王美莲走上来，从田平坝包里随手拎出一只绣物，看了看，说：“对，不错，是花女大娘绣的，一看就知道。”她用手指点着，“现在没有人用这老丝线绣了，都用尼龙线，就是花女大娘还使这老线，还有这花样，你看，这绣的是戏文，《五福堂》，又叫《洞宾戏牡丹》，如今没几个人会绣了，就是会，也不耐烦绣了。”

田平坝一听，呼啦一兜底，把袋子里的绣品全倒在了沙发上，他没想到小小一个粉擦还有这么多的故事和讲究，“这个呢？”他又拿起一个给王美莲看，“这个绣的是什么？”

“噢！这是《兔跳花园》，你看这白兔嘴里衔着箭，这拿弓的是赵光义，穿红裙的是符小姐，赵光义射了白兔一箭，白兔衔箭跑，他在后头追，一追追到花园里，碰上了如花似玉的符小姐，原来那白兔是为他俩穿针引线的，也是一出老戏文。”

“这个呢？”

“这是《张羽煮海》。”

“这个呢？”

“这叫蝴蝶扑瓜。”

王美莲一样一样报出名字，于是粉擦就有了来历。原来它们每一个都有名有姓，有血有肉。那些人，那些花草树木，它们无论住在天上还是人间，生在水里还是山上，都是呼之欲出的一个，永不会在茫茫人海淹没和丢失。这让田平坝他们感到了温暖和感动。

说好了晚上就宿在这美莲小舍，他们就出来了。王美莲说带他们去后沟看看新修好的水库。他们走在铺着石板的村街上，田平坝忽然问王美莲说：“大姐，那个银鱼家住在哪儿啊？”

“银鱼？”王美莲很惊诧，“田记者，你咋知道银鱼？”

“她是我老乡啊。”田平坝回答。

“啊呀，银鱼要是知道来了老乡，还不得高兴死了！”王美莲说，“这个银鱼可是个苦命人呀，是让卖到山里的。这么多年了，从来没来过一个亲戚，没见过个娘家人，孤苦伶仃的，生下娃娃过满月，也没人送面羊。她要是知道来了老乡，还不得——嗨，走，我领你们去银鱼家！”

美莲领他们爬上一个陡坡，七拐八拐，看见一条长长的石台阶，台阶尽头，是一座小院，围了篱笆墙。院里堆着柴火和烂菜叶，角落里是猪圈。果然有一座石头的楼房，旁边还有一座石头的仓房。楼房像所有人家一样，铺着灰色的鱼鳞瓦，仓房则抹了洋灰的平顶，顶上，斜架着一口大锅——卫星接收天线。石头墙壁上，吊着许多串金黄色的老玉米和猩红的辣椒，由于刚淋了雨，看上去颜色十分娇艳。美莲大声喊："银鱼银鱼！你看来了谁？"随着喊声，一个小个子女人从暗沉沉的门框里闪出来，就像一只安静的家畜。

这就是银鱼了，矮小，黑瘦，甚至，枯干。她望着这几个突然闯入的陌生人，受惊似的瞪着眼，一言不发。美莲大概看惯了她这副表情，说："银鱼呀，我把你老乡给带来了！还不谢谢我？"边说边领他们进屋去，银鱼闪在一旁，默默地给他们让路，看他们鱼贯而入，美莲走在前头，倒成了这屋里的女主人。

"快来见见老乡！"美莲说。

"银鱼。"田平坝忽然用家乡方言叫了她一声名字，这一路，他们一直听他说普通话，这句贵州方言让他们心头一凛，觉得他变了一个人似的，是个脱胎换骨的田平坝。

银鱼眼睛亮了一下。

"贵州人？"她问，声音很沙哑。

"贵州人。"他用乡音回答。

“贵州哪个地方？”

“威宁。”

“威宁？”她叫起来，声音颤抖不已，像哗啦啦在风中抖动的庄稼叶，“那真个是老乡了！”

事情接下来发生的戏剧性变化，是他们谁都没有想到的。老陈、年家扬、王美莲，就连田平坝自己，大概也没想到事情在几分钟后将发生什么样的改变。银鱼招呼他们落座，倒水，水倒好后才想起寻找茶叶，刚才那个僵硬木讷的银鱼不见了，现在这条岸上的鱼游进了水里，浑身洋溢着生命的欣喜。田平坝心酸地望着高兴得昏了头的银鱼，忽然用家乡话脱口说道：“银鱼，你不用忙，你真的不认识我了？”

正在四处翻找茶叶的银鱼愣住了。

“你真的认不出我了？”田平坝又问。

她眼睛很大，也很深。那是她埋藏苦难、悲痛、屈辱和忧伤的坟冢，所有幸运的人，所有世上浅薄的同情、叹息是无法抵达那深处的。她凝神望着田平坝的时候，他感觉到了这个。不过他仍然没有退却，他鼓励她回忆。

“银鱼？”

她摇摇头。

“我不认得你，”她说，“我不记得了。”

“我是你表哥呀，我是平坝，田平坝。”他用不容置疑的口气说。

“表哥？田平坝？哪个田平坝？我咋个一点不记得咧？”她摇头。

“你家住老熊洞还是麻窝山？”

“麻窝山嘛。”

“对呀，就是麻窝山，一点不错，你是我表姑家的女孩儿，你妈是我爸的表妹，你该喊我爸表舅嘛。”

“表舅？”她皱起了眉头，努力回想着，“表舅倒是有几个，都不常走动，有一个好像住在鸭子营还是小海，离草海很近，很小的时候，我妈带我去过一次，是去吃喜酒。”

“是小海，就是我家嘛！我记得你，咱们还在一起耍，我带你去草海边看我家的船，我让你上船，你害怕，我们就在岸边捞虾耍。那时候我才上二年级，你恐怕还没有上学，你比我小好多？”

“我属牛。”她回答。

“我属猪。”他子鼠丑牛地掐着指头算了算，说，“大你两岁嘛，想起些没有？”

草海，这千山万水之外家乡的湖泊使她的眼睛变得湿润和水汽迷蒙，她回想着遥远的地方和遥远的往事，慢慢地点头说：“想起来些，那是我第一次见草海，好大的水！”

“草海嘛！”田平坝自豪地说。

“表舅家好像有好多个娃儿，你是老几？”

“老三，你咧？你是不是还有个姐姐？”

“有。”

“叫个金鱼，对不对？”

“对呀！你咋个知道？”

“看你说咧，我是你表哥嘛，”田平坝回答，“我听我妈讲起过，说是你妈妈，就是我表姑怀你姐姐的时候，做过一个梦，梦见一条非常好看的金鱼扑进她怀里，后来生下你姐姐，就取了‘金鱼’这个名字。有这事情没有？”

“你真的是都知道！”银鱼喜悦地、惊奇地叫起来，“你真的是表哥啊！”

她叫了一声“表哥”，声音忽然哽住了。她一扭身转向了墙壁，低头抽泣起来，他们看着她哭泣的背影，说不出一句安慰的话。她哭了许久，后来还是王美莲说话了，王美莲说：“银鱼啊，快不要伤心了，家里好不容易来了亲戚，还不快去张罗割肉打酒？”

就在这时，一个六十上下的老太太急匆匆闯进来，身后跟着一个四五岁的小男孩儿。老太太神色紧张，进门看见老陈，愣了一愣，看来她是认识老陈的。不过她没顾上招呼谁，只是警惕地望着两个陌生人，说：“咋回事？这是咋回事？”

王美莲“啪”地一拍手，说：“喜事，石碾妈，你家来亲戚啦，银鱼的表哥看她来啦，是北京的大记者！”

想来这就是银鱼的婆婆了。田平坝称呼了一声“大婶”，然后说：“我来这儿，是来出差办公事，没想到竟碰上表妹，我一点儿不知道我表妹嫁到了这山里，真是太巧了。”

银鱼婆婆说：“哎呀呀，真是巧事啊，俺家银鱼嫁过来八九年了，从前日子过得紧巴，也没有闲钱让她常回去串亲戚走动，亲戚们见了面也都不认识，她表哥你不要见怪。”一边又喊银鱼，“你看你这娃，高兴还来不及，哭个甚？还不快去割肉包饺子！”

田平坝忙说：“肉不用割，酒我来买，我也不和银鱼客气，就吃家常饭山野菜，陈老师，咱们今晚就在这儿吃饭了，怎么样？”

老陈十分兴奋和激动，忙说：“好啊，那还用说，真是一段想不到的奇遇，一段好戏文呀！我来买酒！”王美莲更是兴奋不已，说：“你们谁也不用买，一会儿去我那儿拿两瓶就是了，我那儿还有冰镇啤酒和饮料，管够！”这时，门口早已围了一些看热闹的孩子，王美莲就对他们嚷嚷：“挤住门口干什么？好狗不挡道！快耍去吧，有啥好看的，谁家不来个亲戚？”

不过那天他们终究没有在银鱼家吃成晚饭，镇上来了人，他们是特地来看老陈和北京的记者的。村长在银鱼家里找到了他们，村长说：“哎呀，喜事呀，想不到田记者是银鱼的表哥！田记者，以后可得好好关照咱北黄沟呀，咱现在是亲戚了！”又问银鱼道：“咦，银鱼，去年你回贵州老家，就没有听见说有个表哥在北京当记者？”

银鱼笑着摇头，说：“我不晓得。”

“怎么？你回过老家了？”田平坝吃惊地问。

“回过了，”她点点头，“去年回去一趟，去年冬天，回家看了看姊妹兄弟，”她顿了顿，“给我爸妈上了坟，他们都过世了。”

“你一个人回去的？”

“一个人。”

“又回来了？”

“回来了。”她回答，“这儿有红菱和莲蓬，我咋个能不回来？”

莲蓬，就是那个小男孩儿，一直像只哑巴小狗似的偎在他母亲的腿边，一声不吭，也不叫人。红菱则是他的小姐姐，已经是一年级小学生。红菱和莲蓬，这是银鱼为她的孩子们起的小名儿，他们让她想起美丽而浩渺的草海。

五、银鱼、红菱与莲蓬

晚饭，自然少不了又是一通狂饮。宾主频频举杯，为不同的理由干了一杯又一杯。这许多的理由中，其中有一个就是，为田记者和表妹的奇遇，为田记者成为北黄沟的亲戚。

老陈说：“真想不到呀，简直就是一个传奇！这样的故事，写进小说里人家准保骂你是瞎编，谁会相信有这么巧？你说对不对小年？”他问我。

我只得点头，说：“真是太巧了。”

巧？是巧合吗？大概只有像老陈这样宅心仁厚的大哥才会相信这个，而我看出来了，这个田平坝，他是想扮演一次救世主的角色，在这地远天高的地方，改写一个不幸的女人的命运。看来，他做到了，至少，在今夜的酒桌上，这个微不足道命如草芥被拐卖来的女人似乎变得重要起来。

我觉得很难过。

当晚，我们真的住在了“美莲小舍”。这一次，我和老陈、司机二豹合住了一间大屋，小田则独自住了间小屋。二豹累了一天，又多喝了几杯酒，倒头就睡，鼾声如雷，搅得我心烦意乱。我索性披衣下地，轻轻开门，来到平台上，看见月光银子般均匀地涂抹在地上。不知什么时候，天放晴了，我看见了最美的一轮山月。

睡不着的，不仅仅是我一个人，如银的月光中，坐着一个默默吸烟的人。就是我不说你们大概也知道那是谁。对，是田平坝。我犹豫一下，还是走过他身旁坐下。竹凳像水一样凉意浸人。他看见我，没说话，却掏出了烟盒，我摆摆手，拒绝了。在这样的夜色中抽烟让我想起“花间喝道，月下把火”这一类最扫兴的事。我们就这么坐了一会儿，直到他把手中的烟头掐灭。

“银鱼不是你表妹，对吧？”我忽然问。

“对。”他回答。

“你根本就不认识她。”

“不认识。”

“那你为什么要这样？”

“不为什么，”他回答，“你看见了，我想让她高兴，我想让她知道生活中除了苦难和不幸，也有意外和惊喜，就为这个。”

“那，你是怎么猜出她姐姐的名字，还有那名字的来历？”

“很简单，”他回答，“因为我自己的母亲就是这样。我母亲怀我大姐的时候，梦见了一碗白米饭，冒着香喷喷的热气，她刚要端碗吃就醒了。醒来后我母亲就哭了，她太想吃一碗白米饭了，白天吃不上，梦里还是吃不上！后来生下我大姐，就给她取名叫‘香米’。”此时的田平坝，一点也没有了白天那种飞扬和嚣张的样子，像个美少年一样沉静和忧伤，“麻窝山那地方，是很深的深山，根本没有鱼，银鱼金鱼，那只能是他们的梦想。”

我沉默了。我不知道再说什么。

“她回了老家，可又回来了，这件事，是最让我难过的。谁都改变不了什么了，生活就是这么残酷。”他声音有些沙哑，像是感冒了。

山风掠过林梢，吹来了秋草、落叶、收获过的田野凄清的苦香，我想那是太行山的呼吸。月光太清澈了，清澈得让人感觉到了某种重量。我问他要了一支烟卷，此刻，除了吸烟，我不知道我还能做些什么。

夜深我回到房间，看见一只小小的萤火虫，一闪一闪，那光芒红亮而温暖——原来老陈也没睡着，我闻到了一股辛辣的烟香。我默默地躺下，我想老陈一定已经听到了刚才我们的谈话。

许久，老陈在黑暗中叹了一口气，仿佛自言自语地说道:“兄弟，有些事情，何必非要追问真相呢？”

第二天，早饭后，我们准备到水库去。太阳出来了，雨水洗过的石头山路非常洁净。家家屋墙上，悬挂着大串大串的黄玉米、红辣椒，屋顶上晾出肥硕的大金瓜，北黄沟看上去绚烂极了。水库就在后山，我们到达那里时雾气刚刚散开，水面碧绿而清澈，一道小石坝使流水形成瀑布似的景观，溅起白蒙蒙的水雾。田平坝拍了许多照片，那一带山沟，景色迷人，我们跟着老陈往深处走了好一会儿，渐渐地，就被鸟叫声包围了。老陈教我分辨各种鸟的叫声，哪是杜鹃，哪是山雀，哪是白头翁，哪又是啄木鸟“嘟嘟”啄木的声音。

回到村里已将近正午，远远地，看见两个小人儿，站在“美莲小舍”门前，朝路上张望。走近了，看清那是银鱼的两个孩子，红菱和莲蓬。红菱背着书包，莲蓬没有。莲蓬认出了我们就跑着迎上来，一言不发，一把抓住了田平坝的手，仰起小脸看他。红菱也过来了，红菱说：“我妈叫你们家去吃饭，包下饺子了。”

“好啊，”老陈笑着对小田说，“走，到你表妹家吃饺子去。”一边说，一边伸手去拉红菱。红菱没有把手伸给他，而是跑过去握住了田平坝另一只手。田平坝笑了，我们也都笑起来，田平坝看见了旁边的一家商店，说道：“走，我们先进去买点东西。”

田平坝给孩子们买了可口可乐还有“醒目”，买了虾条、锅巴、饼干、罐头等一大堆小食品，老陈则买了酒。那些吃的，孩子们一人一包，提在手里，而另一只手，则不屈不挠抓住了田平坝。正午的村街上，有人已经端着饭碗在自家门口吃饭了，我们刚出商店，一个端着饭碗的中年妇女就问道：“红菱，那是谁呀？”

红菱还没有开口说话，小哑巴狗似的莲蓬忽然开口了，他脖梗子一挺，清脆地自豪地回答说：“我舅舅！”

这一声“舅舅”，一下子，叫出了田平坝的眼泪。

我的鼻子不知怎么也酸了。

在北方，特别是北方的乡村，舅舅的地位是极其特殊的，那几乎是母系家族最重要的一位亲人，是孩子母亲的撑腰说话人。所有的孩子，生下来，过满月时，舅舅就要送来一把银锁，挂到孩子脖子上，到孩子长到十二岁，舅舅则要给外甥办“开锁宴”，要亲手给外甥把锁打开。舅舅，在某种意义上，是一个孩子生命成长的见证人。

田平坝把两个孩子朝自己更近地拉了拉。现在他是舅舅了，红菱和莲蓬的舅舅。这舅甥三人走在我前面，这萍水相逢的亲人手拉手亲密地走在中午的村路上，阳光把红菱和莲蓬的头发涂成了金色，他们就像太阳的孩子。远远地，还没到家门口，他家的狗就汪汪叫起来，于是莲蓬大声斥责道：“叫什么叫，连人也不认识？这是舅舅！”

然后，我们就看到了银鱼，她迎到了大门口，换了一件鲜艳的红衣服，甜蜜而凄伤地望着她的孩子微笑。

2002 年 7 月 8 日草成于太原

2002 年 9 月 5 日完稿于爱荷华

朗霞的西街

一、“活泼地”

西街是朗霞的家。她家住在西街一个叫“北砖道巷”的小巷子里。从那条小巷子里出来，一抬头，就看到了巍巍的鼓楼——那是这个小城最醒目也是最壮阔的地标。

鼓楼建于何年何月，朗霞不知道，也从来没想过这一类的问题。在朗霞的眼里，它好像一个自然的、地老天荒永恒的存在，就像城外的田野、远山和那条叫作乌马河的河流。东、西、南、北四条街道，从它巍峨的身下，向四方伸展开来，组成了这小城毫不复杂的端正格局：就是一个初来乍到的陌生人，也很少在这端正清白的小城中迷路。

西街是一条长街，石板路两旁，都是灰砖灰瓦高大的老建筑，长长的出檐，露明柱，坚固的石础。楼上的房屋缩身回去数尺，再宏大的楼宇，看上去也有了一种谨慎而谦恭的姿态，不炫耀，不声张。出檐下，家家挑着两只走马灯，夜晚，走马灯亮起来，无论寒暑冬夏，一团团昏黄的光晕，为夜行人照路。在没有路灯的年代，那是西街的仁慈，也是，西街的一点奢侈。

自古以来，这小城，就是东街穷，西街富。

西街上，曾云集了各种商号：这个隆，那个昌，或是什么裕什么泰的。这些商号，都是大买卖，分号设在全省，甚至全国各地，而西街，则是它们的大本营。所以，西街上的商号，从不在这条街上设门面。迎来送往的，都是大客商。也正是因为这个缘故，平日里，这条街，比起店铺鳞次栉比的南街来，反而要幽静，清冷，就像一条不动声色的幽深的大河。

当然，这是在没有朗霞之前，从朗霞记事之后，那些个商号，这个隆那个昌的，就都慢慢消失了。有的公私合营，有的干脆没了下落。旧时王谢堂前燕，飞入寻常百姓家，所以，朗霞的西街，已是兴衰史落幕之后的那种家常和平淡。尽管如此，走在西街上，那深宅大院，那在一个孩子眼中分外宏大的楼宇，仍旧有一种掩盖不住的神秘，又神秘又衰败。

朗霞的家，北砖道巷，是西街中腰的一条小横巷，窄窄的、长长的，她家在巷底，独门独院，院门坐西朝东。小小一座四合院，进门就是照壁，拐进去，院子齐齐整整，青砖墁地，北屋前，一左一右，种了一棵石榴一棵丁香。春天，丁香开白花，夏天，石榴开红花，也许是因为这两棵树的缘故，通往后院的月洞门上，一里一外，各凿了两个字，一边是“如云”，一边是“似锦”。这树，这字，从朗霞家买下这宅子时，就在那里了。没人知道，它们已经存在了多少年，也没人知道，种这树凿这字的人，如今又在哪里。

拐进月洞门，就是后院。后院里，有一棵老榆树，有茅厕，还有一个地窖：那是为储存冬菜用的。这黄土地上的小城，几乎家家都有这样一个储存冬菜的地窖，平地里深深地挖下去，再将一侧朝里掏空，如同战时的防空洞。只不过，有的人家讲究一些，用砖将洞碹起来，就像碹窑洞，而大多人家，则是一孔裸窖。那地窖里，冬暖夏凉，盖子一盖，是天然的储藏室。

家家后院，差不多都是这样的格局。

朗霞家有一点不同的地方，说来有趣，那就是，她家的茅厕上方，门楣的条石上，竟也凿了几个字，那几个字是：“活泼地”。

幼小时，朗霞不知道那几个字是什么字。后来上了学，念了书，慢慢大起来，每次如厕，进门时一抬头，常常会心地一笑。朗霞想，从前，住在这院子里的人，盖这院子的人，一定是个十分有趣的人。

朗霞自己，则是一个心思细腻的孩子。

这孩子，在西街的这个家里，一直住了十年。本来，她以为自己至少要到十八岁，也就是高中毕业才会离开西街，离开这个叫作“谷城”的小城，却不知道，自己竟会是以那样一种惨烈的方式，和它告别。

马兰花嫁给陈宝印那年，陈宝印还是国军的一个连长。用她娘的话说，人长得还算“排场”，只是，比马兰花大了整整十岁。马兰花刚满十八，而陈宝印，则是二十八。马兰花的爹妈，在百里外的小镇，开着一爿小小的杂货铺。当年，陈宝印的部队，就在那里驻防，常常到马家那个杂货铺去买香烟。那个杂货铺，芜杂、阴暗，气味浑浊，却有一朵鲜花又幽静又张扬地生长着。陈宝印托人去马家说媒，马家甚至没有问陈宝印在自己的家乡有没有结发原配，就一口答应了这门亲事。

穷家小户的闺女，不在乎名分。

陈宝印在家乡，读过几年私塾，通文墨，虽是行伍之人，却也解几分风情。新婚第二天，清早，他学“张畅画眉”，给他的小新娘梳头。他笨手笨脚，捏着桃木梳，生怕扯疼了她。她仍旧有些羞涩，垂着眼皮，不好意思去看镜中的那个男人。他则是费了九牛二虎的气力，也绾不好那个发髻。终于，他放弃了，说：“这家伙，比打场仗还吃力！”

她笑了。

他看着镜中那张笑脸，觉得自己的心化成了一汪春水。

许久，他对镜中那个甜美的女人说：“兰花，这一辈子，我要让你不管什么时候想起来，都不后悔嫁给了我……”

就是这句话，这一句新婚宴尔的诺言，让马兰花心甘情愿为这个男人，赴汤蹈火。

起初，他们小夫妻住在租来的房子里，他总是换防，他们的家，也就总是搬来搬去。他们俩，就像一对不断迁徙的鸟，东飞西飞。几年下来，她总是坐不住胎，最可惜的一次，一个六个月大的男婴，竟然流产。她非常伤心，他却沉得住气，说：“我们命里无儿，何必强求子？”

她生气了，问他说：“我们缺了什么德，会命里无儿？”

他长叹一声，说道：“兰花，这兵荒马乱的乱世，我一个扛枪打仗的，朝不保夕，你又何必要一个拖累？……”

兰花伸手捂住了他的嘴，一边“呸呸呸”朝地上吐了几口：“陈宝印，你想得倒美！你要敢让枪子打死你，我追到阎王殿也要把你揪回来！哼，当我不知道？你是怕你地底下结发的黄脸婆一个人凄惶，想去和她做伴了，对吧？”

陈宝印笑了，一把把马兰花搂在怀里，说：“有你这不讲理的小妖精，我哪敢？”

当马兰花再一次有喜的时候，陈宝印终于为妻子买下了谷城的这一处宅院。那时，他晋升成了营长，又恰逢房主急于将这宅子脱手，再加上一个得力的中人，陈宝印几乎就像白捡的似的拥有了这小院。正是初夏的季节，小院里，那棵石榴树满树的繁花，云蒸霞蔚，他们俩站在树下，陈宝印说：“要是生个女儿，就起名叫个‘霞’。”

“要是儿子呢？”马兰花问。

他抬头看了看月洞门，看见了那砖雕上的字，“要是儿子，就叫个‘云’。”他回答。

“怎么听上去也是女里女气的？”马兰花有些不解。

他没有回答。他心里想，“霞”和“云”，都是易逝和易散的东西啊，人的命，又何尝不是？

陈宝印没有来得及看见出生的小女儿，就随同部队匆匆开拔离开了谷城，开赴前线。这一走，就再也没有回来。马兰花知道，只有两种可能，要么自己的男人是战死在了枪林弹雨里，要么，就是随溃兵一起，去了远天远地的台湾。

不管哪一种，都是生死两隔。

朗霞没有见过父亲。但是她并不十分觉得，有个爸爸是件多要紧的事。

不懂事的时候，很小很小的时候，她曾好奇地盘问过母亲，她说：“人家家里都有爸爸，我爸爸呢？”

母亲淡漠地回答：“死了。”

母亲又说：“有爸爸有什么好？你看引娣，她爸爸喝醉了酒，总是打她。”

“哦——”朗霞恍然大悟，点点头。

确实，朗霞没觉得自己的家有什么不好。这个家，除了她和母亲、奶奶之外，再没有别人。奶奶也并不是朗霞的亲奶奶，原是从前家里的老女佣——孔婶，多年来一直跟随着母亲，无儿无女，早已把这个家当成了自己的归宿。母亲在百货公司的门市部站拦柜卖布，薪水不多，但在谷城这样的小城，养活一个三口之家若精打细算还算勉强。再加上，奶奶在家里，除了做饭理家，还会帮人缝缝补补做衣服之类，给家里赚一些零用，也给朗霞赚来那些吃酸枣面、柿饼、黑枣，以及喝丸子汤的零嘴钱。

何况，她们到底还有一些家底。

奶奶和马兰花，都是那种心灵手巧的女人，也都爱干净。她们的家，永远窗明几净。炕上的油布，纤尘不染，灶台锅盖，让奶奶用一块猪皮擦拭得如同镜面一样明光明亮。向阳的窗台上，常常有养在清水里静静开花的白菜心或是绿绿的蒜苗，使这捉襟见肘的日子有了一点从容而坦然的底色。院子里，奶奶种了十样锦、喇叭花、萱草和凤仙花，凤仙开花的时节，奶奶会让小小的朗霞坐在小板凳上，用石臼将明矾和凤仙花瓣捣碎，裹在朗霞的十个小手指上，给她染红指甲。

晚风吹过，一朵石榴花落下来，又一朵。青砖的地上，静静地，躺着花朵的尸骸。

起初，有人想来租住她们的东西厢房，说这样也能补贴一些家用，但是马兰花没有答应。马兰花说，再等等吧。

来人说："兰花呀，你还等什么？莫非等你那死鬼男人还阳？"

马兰花回答："哎，我实在是舍不得这院子。"

没人知道马兰花等什么。

夏去冬来，又是一年过去了。来年春天，丁香开花时，她做出了一个决定，把半个院子连同东西厢房一并捐给了公家。只是，她提了个要求，让公家紧沿月洞门边给她砌了一堵墙，又在旁边围墙上，开了一个小小的院门。这样，她们的院子，仍旧算是独门独院，却没有了规整的格局，自然也没有了照壁。狭长、局促的一条，离北房的出檐不足三米，一抬头，就是高墙，碰得眼睛生疼。最可惜的，是那两棵树，石榴和丁香，也被阻隔在了高墙之外。奶奶说："兰花呀，看看这碰头墙，咱这就像是坐监一样了。"

马兰花说："横竖是个保不住，婶子，咱得知足。"

奶奶不再吭声。她知道马兰花是对的。

自然，说什么话的人，都有。有人说她是假积极，也有人说，寡妇门前是非多，她这样壮士断腕般决绝，是为了堵众人的嘴。当然，更多的人说，她是识时务：一个死了的反动军官的房产，迟早免不了充公的命运，总比等着公家来没收强。

这样的变故，对于幼小的朗霞，几乎是没什么影响的：狭长的小院，也足够她一个人跑跑跳跳。长大的她，其实记不得旧宅院的面貌了。只不过，偶尔，她会做这样一个梦，梦中，她坐在屋檐下小板凳上，裹着十个小手指，看着石榴花，一朵，一朵，静静地，慢慢地，灵魂一般无声飘落，如同命运的寓言。醒来，她会摸到自己脸颊上温暖的泪水。

新开的院门，仍旧朝东，小小的，只有一扇，漆成黑色，和西边的月洞门，打个对脸。

月洞门通往后院，平日，除了如厕，朗霞很少到后院去。

后院有一种荒凉的气息。

总是有杂草，拔也拔不净，年年拔，年年长。当奶奶发牢骚念叨的时候，朗霞就说："野火烧不尽，春风吹又生嘛！"

奶奶笑了，说："看这学问大的！"

马兰花说："这妮子灵秀。"

榆树长在后院，取"有余"的吉意。可是朗霞觉得榆树长得很慢，似乎，它永远都是那样一个瘦硬的样子。只有当它结榆钱的时候，朗霞才对它有几分兴趣，奶奶会捋下榆钱给她们蒸"布烂子"吃。榆钱做的"布烂子"，是朗霞最爱吃的一种面食，比槐花的“布烂子”要好吃很多，槐花太香了，香得鲁莽，而榆钱，则有一种绵长的清香。

榆钱吃过，朗霞就不再理睬榆树了。

榆树下，是她们家的地窖。据说，这地窖挖得还算讲究，当初买这宅院时，就带了这样一个地窖。只不过，朗霞从来也没有下去过，奶奶、妈妈，谁也不准朗霞到地窖里去，奶奶说，那里阴气重，小女孩子进去，会坐病。

秋天，整个谷城都弥漫着大白菜和芥菜的气味。大白菜要下到窖里存储起来，准备一家人吃一个冬季。而芥菜，则是要切碎了浸到缸里腌制酸菜，那是谷城人一天三顿离不了的主菜。朗霞家也不例外，浸酸菜时，妈妈或许会让朗霞插手，帮忙刷刷芥菜头什么的，下窖存冬菜，则完全是奶奶妈妈两个人的事。两个人，妈妈在窖里，奶奶在地面，用一只绑了麻绳的箩筐，将那些白菜，一棵棵地，输送下去。而朗霞，则远远站着，生怕那不见天日的阴气，或者，不干净的东西，扑着了她。

人人都说，朗霞养得很娇。

想来也是，寡母抚孤，而这“孤”，又是个小妮子，自然是要比别的孩子娇惯一些。

后来，在朗霞的梦中，后院，那块“活泼地”，常常无声地浮现出来，就像一只阴冷而诡异的眼睛，永远不肯仁慈地闭上。

二、湖洼

朗霞的学校，叫“二完小”。就是“第二完全小学”的意思，也就是说，不仅有初小，还有高小。

“二完小”在小城的东街，是从前城隍庙的旧址。庙里的泥胎神像没有了，而墙壁上却还留有一些残缺不全的壁画。尽管年深日久，这些残画却依然有着鲜明而艳丽的颜色，画着一些仿若戏台上的人物。

每天清早，朗霞和她的同学引娣结伴去学校。引娣家也住在北砖道巷，和朗霞家打对门。引娣姓吴，他们家，大大小小，五个妮子，引娣是老四。不用说，是盼着这个妮子给引来个弟弟。可是，引娣引来的还是个妹妹。一口气五个女儿，让引娣的爸爸老吴，很是沮丧。

老吴从前在南街上开饭馆，新中国成立前，破产了。如今，他在一家公家单位的食堂里当厨师。他有一手好厨艺，却没有施展的地方：一个公家食堂，做来做去还不就是那几样大锅菜？老吴不顺心，常常借酒浇愁。喝醉了，抬头一看，一地的丫头片子，更是堵心，觉得自己愧对祖宗，不仅败了家，还绝了后！连个继承香火的人也没了。于是，借酒撒疯，骂老婆，打孩子，砸锅摔碗，弄得女儿们，谁也不愿意在那个家里待着。

于是，水到渠成地，引娣把对门朗霞的家，当作了自己的家。

引娣比朗霞大一岁，却和朗霞同一年上学，俩人做了同窗。上学前，引娣从早到晚，总是腻在朗霞家里，就像一棵移栽过来的植物。常常，到吃饭时，引娣也不愿回家，马兰花就留她吃饭。奶奶虽说也心疼这孩子，可也心疼自家的粮食，有时，忍不住会对引娣半真半假地说："引娣，下个月我可要去你家要粮票了。"

听到这话，马兰花就对引娣说："奶奶是说笑话呢。"背过身，对奶奶说道："婶子，咱不缺孩子这一口吃的，怪可怜的。"

奶奶不知为何，叹口气，不再说话了。

有一天，引娣的大姐吴锦梅敲开了朗霞家的小门，她手里，托着一只粗碗，里面是堆尖的、鲜灵灵的一碗麦黄杏。她对马兰花说："婶子，我们学校去农场劳动，这是从树上现摘下来的，给朗霞吃个鲜。"

马兰花忙接过来，一边道谢，只听吴锦梅又说："我家引娣，给你们添麻烦了。真是不好意思……"

这话刚一出口，她就红了脸。那难以言喻的少女的羞愧，让马兰花，一阵心疼。她忙拉住了吴锦梅的手，说道："快别这么说！我家朗霞，就缺个姊妹呢——她俩，就像一对姐妹，我高兴还来不及呢！"

那是黄昏时分，西天上，有淡淡的晚霞，巷子里很静，西街也很静。有种朦胧的光，笼罩着这个清丽的小少女，使她看上去又美又柔弱。马兰花愣了一下，不禁暗想，这样一朵脆弱的花，怎么禁得起吴家那种浑浊日子的揉搓?

就在朗霞和引娣上小学那年，吴锦梅也考取了谷城中学的高中。谷城中学是一所重点中学，不要说在谷城，就连在省城，也是有名的。这件事，在吴家，自然是件值得庆贺的大事，老吴一高兴，吩咐引娣她妈，说：“去，割两斤肉，我今天给咱妮子露一手！”又说：“从前，谁不知道咱留芳斋的酱梅肉，在谷城，那可是在论的：‘至诚号的饼，留芳斋的肉’，说的就是咱的酱梅肉——”可是那天，老吴没等他的酱梅肉蒸好就喝高了，开始激愤地卷人，结果那个庆贺的夜晚，又是以老吴的发疯和引娣们的哭叫而结束。

隔了一条窄巷，这山摇地动的响动，一巷的人，都听见了，更不用说，街门对街门的马家。

暑假将尽的一天，马兰花在巷子里拦住了吴锦梅，把她拉进了自家院门。

“婶儿给你个东西。”马兰花说。

是一件细洋布衬衫，天蓝的底色，上面撒满白色的小花，丁香一般，碎碎的，抖开来，仿佛，一地的清香，缠缠绵绵，丝丝缕缕，扑面而来。马兰花说：“这是用我的一件旧大褂改的。婶儿不拿你当外人，才敢改给你穿，算是婶儿的一份心……你要是嫌弃，多心，就算你没看见它！”

吴锦梅望着那衬衫，许久，不说话。终于，她无言地脱下了自己的衣裳，把那件天蓝色的新衣，穿上了身。真合身啊。已经发育了的少女的身子，迷人而清香的身子，和这件衣裳是那么的合适，就像一对知己，惺惺相惜。马兰花点着头笑了：“我这双眼睛，就是尺子。”

吴锦梅眼睛一热，说：“婶儿，朗霞真有福气，能做你的女儿……”她说不下去了。

马兰花不知为何也有点鼻酸，她忙岔开了话头，对朗霞说道：“朗霞呀，你要跟姐姐学，将来，也考上谷城中学才好！”

谷城中学在小南街上。小南街，是切开南街的一条长横街，东边，有这城中最古老的寺庙无边寺，西边，从前的旧文庙，现在则做了谷城中学的校址。

谷城中学，是这城中的风水宝地。

谷城中学的对面，便是从前的旧城墙。城墙残破不全，到处是豁口。南城门也在那里，却早已名存实亡。城墙外，是一片深深的大洼地，谷城人把这里叫作“湖洼”，想来，它从前应该是有水的，或许是池塘，或许是护城河。但现在，这里荒草丛生，成了枪毙人的法场。

枪毙人的时候，谷城的大人小孩儿，熟门熟路地，早早来到湖洼边，抢占一个有利地形，居高临下地，等着看那些五花大绑身插亡命牌的死囚，脑壳怎样被子弹掀掉。

但平日里，这一片湖洼，则是寂寞荒凉的，鲜有人迹。孩子们不来这里玩耍，羊不来这里吃草。于是，这人血滋养的湖洼，就成了野草的天堂。那些野艾蒿、白莲蒿、蒲公英之类，长疯了似的，在夕阳残照中，看上去又阴郁又欢畅。

这样的地方，总是生长秘密的。

周香涛是谷城中学的美术教师，他是一个外乡人，从南方一座著名的城市调到了这个小地方，或者，用另一种说法，是“发配”到了这里。这个尚还年轻的艺术家，他和这小城，在精神上，格格不入。这小小的中学，小小的城池，让他感到了人生的局促。他常常在清晨或黄昏，一个人，攀爬到残破的旧城墙上，眺望远方，让没有阻隔的自由的天空，抚慰他被小城的平庸生活所囚禁的眼睛。他喜欢在这无人的城墙之上写生，画那些流云、飞鸟、田野、在四季中变幻的树木和庄稼，以及远处安静的、蜿蜒的北方河流。

他就这样看到了湖洼边总是穿天蓝色衣衫的那个姑娘。

在晴好的日子里，黄昏，他常常看到她，一个人，坐在湖洼边看书。两条长辫子，垂在她柔软的天蓝色的腰际。不知从哪一天起，他开始在速写簿上画她，一张，又一张，画她的背影、侧影，画她脚下的野草，画她和湖洼中盛开的蒲公英，画晚霞中她那一份悠远的宁静……渐渐地，他觉得自己的心，也变得安静下来。

终于，有一天，他也去湖洼边写生了。

偌大的、寂静无人的湖洼，起了一点微妙的、暧昧的颤动。起初，他们俩，保持着一个安全的距离，互不相扰。后来，有一天，她很自然地来到了他的身后，看到了画面上的那个姑娘，那个陌生的自己。她压抑着心跳，说："这张画有名字吗？"

"有，"他回答，"刑场边的花朵。"

他回过头，望着面前这个眼睛漆黑的女孩儿，说："吴锦梅，我想把它画成一幅油画。"

原来，他早已打听出了她的名字，那当然不是什么困难的事。吴锦梅没有惊讶，也没有故作惊讶，她只是安静地笑了："还从来没有人画过我呢。我也从来不认识画家。"

事情就这样开始了，一个孤独失意的艺术家，一个"结着丁香般愁怨"的女孩儿，相遇了，注定要发生点什么。

后来，周香涛问吴锦梅说："吴锦梅，你为什么要到湖洼去？那里是刑场，你不害怕吗？"

吴锦梅回答道："我不到湖洼，怎么会遇到你？我是为了诱惑你呀！"

那当然不是真话。

其实，她只是想找一个安静没人的地方。这个孩子，她是被无休无止的吵闹声欺凌怕了，伤害怕了，只要能让她躲开人声和吵闹，到地狱里她也不怕。

这一年，朗霞读二年级了。有一天，马兰花在单位突然肚子疼，同事们把她送进了县医院，诊断是急性阑尾炎，立刻开刀，动了手术。

县医院前身，是教会医院，给她开刀的大夫，姓赵，也是从前医院里的旧人，叫赵彼得，是这小城的第一把刀。手术做得十分完美，刀口缝合得特别细致。马兰花自然十分感激，出院后，和同事们一商量，给医院送去了一面锦旗。

锦旗送出后，这一天，中午，她正在上班，只见赵大夫走进了门市部，逆着光，这个儒雅的男人身上有一种萧瑟的气息。她忙打招呼，说："来扯布啊赵大夫？"赵大夫回答说："啊不，我从这里路过，顺便进来看看，你恢复得怎么样？"

马兰花微微一怔，忙回答："看让你惦记，好了好了！全好了！你看我这不都上班了？"

"那就好，不过还不能太大意。"赵大夫说。

从此，这个赵大夫，就总是从这门市部前面"路过"，路过了，自然要进来打声招呼说句话。这个清秀内向的男人，话不多，看上去落落寡合。那个门市部，上上下下七八号人，谁也不是傻子，人人心里，明镜高悬。和她相好的姐妹私下就劝马兰花，说：“兰花呀，这么多年了，不容易，你就朝前走一步吧！赵大夫这样的男人，打着灯笼也不好找啊！”

原来，人人也都知道，这儒雅的赵大夫，五年前死了老婆，一儿一女，儿子在谷城中学读初中，女儿在省城念高中，这些年，多少人给他介绍对象，他都不见，说是还忘不了旧人。

“兰花呀，你也三十大几了，过了这村可没这店了！”

马兰花不吭声。

这天，马兰花下了班，一出门，就看见赵大夫站在街边，显然是在等她。果然，赵大夫看见她就迎了上来，手里攥着两张票。

“一个病人送了我两张电影票，是个新电影，星期六晚上的，不知道你有没有空？”赵大夫这样说。

马兰花想了想：“赵大夫，电影我就不看了，这样吧，礼拜天，你到我家来，我想请你吃个便饭。”

到了这一天，马兰花精心备下了一桌酒馔，她使出了浑身的解数，把家里一个月的肉票、油票，都花光了，还到附近的村里，偷偷买了一只鸡和新鲜的鸡蛋。她包了韭菜猪肉鸡蛋的饺子，炖了鸡，烧了肉，炒了几个小炒，有冷有热，有荤有素，摆下了一桌。中午，赵大夫来了，手里拎了一匣点心，一看，就知道不是本地的点心，是省城老字号“老香村”的南点心。马兰花把赵大夫请上桌，解下围裙，打开了一瓶“竹叶青”，将两只酒盅，斟上。立时，“竹叶青”凛冽的那股清香，扑面而来，几乎熏出人的眼泪。

马兰花双手端起了酒盅，“赵大夫，我先敬你一盅——”她说，“自从我男人死后，这么些年，我还从来没有喝过一口酒，今天，我敬你！赵大夫，赵大哥，你对我的这份心，这份恩义，我马兰花心领了！我不是那种不识好歹的女人，我也知道，今生，怕是再也不能够碰到这样的情分！可是，如今虽说是新社会，可我马兰花是个旧人，当年，我对我的死鬼男人发过誓，生同床，死同穴……虽说他死得不光彩，可谁叫我十八岁就碰上了他？谁叫我在旧社会碰上了他？我认命！”她一仰脖，饮干了杯中的酒，烈酒呛了她，她一阵咳嗽，咳出了眼泪，“这番话，不合时宜，是落后话，我知道，让人听见了不得了！这么些年我没有和人说过这些过心的话，今天，我和你说了，是因为，我得对得起你这份真心！大哥，莫怪我不识抬举——”她不说了，眼泪滚滚而出。

“当——”一声，条案上的老座钟，响了一声，长长的余音，在阳光照不进来的堂屋里，震颤着。正午的好阳光，被灰砖的高墙挡住了。这屋里，一切都是旧的。又旧又黯淡。旧的八仙桌、旧的条案、旧的缺了口的粉彩胆瓶，还有，旧的人。赵大夫默默地站起来，端起酒盅，一饮而尽。他是没有酒量的，一杯“竹叶青”下去，眼睛变得潮湿。

“这杯酒，我喝了——以后，遇到难处、难事，尽管来找我！”说完，他起身而去。

走出她家院门，走进阳光明亮的巷子里，这个儒雅的男人心里慢慢浮起两个字：葬花。是，这是一朵被埋葬的花朵。

他一阵心痛。

朗霞三年级了。三年级的朗霞，蹿了个，细胳膊长腿，细细的小辫儿，正是一个女孩儿将要变成少女的微妙的年龄，也是一个找别扭的年龄。

因为，朗霞不快乐。她不快乐的原因是，她还没有加入少先队。

人家还没让她入队的原因是因为她娇气。和同学们比起来，无论穿戴打扮，还是一日三餐，独生女的朗霞，自然显出了优越。何况，她又十分胆小，一只毛毛虫一只“吊死鬼”就能吓得她惊声尖叫。她瘦弱，没有力气，班级里无论任何劳动她都是落后的。再加上她的出身，于是，老师觉得她应该经受更多的考验。

最让她难过的是，引娣在她之前戴上了红领巾。两个小伙伴走在一起，引娣胸前那鲜艳的、飘扬的红色，让朗霞觉得无地自容。

她开始折磨自己，也折磨奶奶和妈妈。

奶奶做好了饭，白面和细玉米面二面擦尖，西红柿调和，爆炒土豆丝，可是朗霞，却偏要吃咬不动的红面钢丝面。奶奶蒸好了嵌着红枣的玉米面发糕，可是这个小祖宗，偏要吃掺着麸子和糠皮的窝窝头。奶奶气得骂她，说：“这世上，还有找罪受的人？你就作吧！”马兰花说：“婶子，你就给她蒸掺糠的窝窝，让她吃三天！”

她真吃了三天，糠皮划着她的喉咙，难以下咽。她一声不吭，到最后，一边咽，眼泪一边无声地流。

从前，天一擦黑，妈就不让她再到后院里去了，说小孩子眼睛干净，怕看见不干净的东西。解手，就解在尿盔里。谷城人家，家家都备着这样起夜用的尿盔。但是现在，朗霞临睡前，坚持要一个人去茅厕，奶奶要提着马灯陪伴她，她不让，说：“都是你们，扯我的后腿！”马兰花就说：“婶子，咱不扯她。”于是，她一个人提着马灯穿过月洞门走向黑黢黢的“活泼地”，把灯挂在门上。风吹来，灯一阵摇晃，厕所里，似乎鬼影憧憧。她头皮发炸，想尖叫。但她忍住了。她想，我要勇敢。

终于，她苍白着脸，从那个可疑的世界大汗淋漓走回家，骄傲地对她的亲人宣布：“这世界上，根本就没有鬼！”

她没有看出她们眼中深藏着的忧虑。

这一年，谷城发生了一件事，一个年轻女人伙同她的情夫杀死了自己的丈夫。案情并不复杂，杀人犯很快落网。判决下来了，两个人均被判处死刑。

枪毙他们那天，谷城很轰动。很多人早早地来到了湖洼旁，将那里围了个水泄不通。那天是个礼拜天，孩子们不上学，大人不上班，人流从北街、西街、东街，如同三条溪流，汩汩地汇聚到鼓楼之下，再涌到长长的南街上，从那里涌出城。已是深秋的季节，野草衰黄了，远处的庄稼，那些玉米、高粱，那些棉花、甜菜，都已经收割一空。空旷下来的大地，有一种坦荡而辽阔的凄清，还有一种绝情，似乎，再也不想掩藏那些属于人的秘密。

清澈的秋阳下，乌马河明亮地无声流淌，流向汾河。

那是朗霞第一次看杀人，也是第一次，来到这湖洼。从前，马兰花不让朗霞到这种凶险的地方，但这一次，为了证明自己的勇敢，朗霞坚决地和引娣，还有几个同学一起出了家门。她们选了一块干净向阳的地方，等啊等，站累了，就坐下来，几个人，嘻嘻哈哈地，在地上玩起了抓羊拐。那羊拐是引娣带来的，小巧、温润，有一面被染成了红色，血的颜色。她们玩得很忘情，有一阵，几乎忘了自己是来干什么。她们背后，是残缺不全的老城墙，不知已是几百岁还是上千岁的年纪，头上，是北方最美好最清澈的秋天的晴空。几个小姑娘，她们玩啊玩，突然间，起了骚动，她们听到了人声，人们喊，来了来了！

刑车来了。

人们等着看的，其实，是那个女人。心狠手辣谋杀亲夫的女人，若是在古代，是要骑木驴的。大街小巷里的人们，几天来兴致勃勃地议论。但是，从刑车上推下来的这个五花大绑的女人，很瘦小，很柔弱，一点也不凶悍，远远地，也看不出她长什么样子。但是，她不害怕，她从囚车上下来，稳稳地，站在地上，甚至还扬起脸，望了一下天空，最后的天空。然后，她顺从地走到了行刑的地方，跪下来，转过脸，去看和她一起上路的情人。可是那个情人，早已瘫成了一团，是被人架着拖到那里去的。他最后的一段路，已经不会自己走。她好像对他说了一句什么，可谁也不知道那是一句什么话，就连行刑的人，似乎，也没有人听清。然后，枪响了。

砰砰，两声。

接下来，是巨大的寂静。

朗霞觉得自己闻到了鲜血的气味，热的血，很腥。其实，她是不会闻到的，她们离那里那么远。但是，朗霞觉得自己闻到了。

她觉得想呕吐。

这天晚上，她发烧了。马兰花知道她是受了惊吓，马兰花和奶奶商量着要去湖洼给她叫魂。她拿着朗霞的褂子下了炕，朗霞一把拽住了她的胳膊。

“妈，你别去，”朗霞望着她，眼里慢慢涌出泪水，“我求你了——”

她从没有对妈说过这个“求”字。

“同学会笑我……”

她的脸，烧得飞红，嘴唇也是鲜红的，这倒比她平时看上去要鲜艳许多，有种惊悚和让人心疼的艳丽。她眼睛里的神情，又忧伤又软弱，不再是一个孩子任性撒娇的眼睛。马兰花一阵心软，她撂下了那件衣衫，说：“宝，妈不去，妈听你的……”

那一夜，马兰花盘腿坐在炕上，守着这受惊的孩子，给她刮痧，给她冷敷，给她喂水喂药。到后半夜，她的烧终于退了，马兰花就在她身边躺下，像小时候一样，把这孩子紧紧搂在了怀里。黎明时分，马兰花睁开了眼，突然看到，女儿的一双眼睛，睁得大大的，正安静地望着她，是那么黑暗幽深的眼睛。母女俩就那么静静地望着，女儿的鼻息，像小羽毛一样，也是静静地，抚着她的脸。许久，女儿小声地说道：“妈，你那会儿要是和赵大叔结婚，该多好啊，我就有个不是反动军官的爸爸了……”

“轰”一声，马兰花觉得身体里有什么东西，在崩溃。

三、惊天动地

这个冬天，似乎分外寒冷。雪一场接一场，谷城大街小巷的屋檐上，都挂上了长长的冰凌，在晴朗的日子里，阳光照射着那些冰凌柱，谷城竟然是璀璨的。璀璨而清冽，有一种迷人的气息。

严寒阻隔了一对秘密的情人，他们找不到可以遮蔽他们激情的地方，湖洼被白雪覆盖了，一览无余，广袤的青纱帐倒了，播种了冬小麦的田野，也是一览无余。那隐秘的激情，在空旷的冬天简直无处藏身。虽然，周香涛在学校里有自己的宿舍，那宿舍是温暖的，生着红红的炉火，可他们都知道那很危险。

于是，他们只能在梦中约会。

梦中，他们缠绕在一起，他说："我的鲜花啊！"她回答："是你的，就把她带回家——"可是在梦中，她总是听不到他的回答，她看到他的嘴在动，在说话，却永远听不见他说什么。然后，她就醒了。

总是这样的梦境，热烈，缠绵，无望和黑。

她忍受不了这样的折磨，就给他写信，她写道："想你，想你，想你……"无数个"想你"，然后，偷偷地，把它塞进他宿舍的门缝。但他不能冒这样的险，他只能用眼睛，告诉她他的想念。偶尔，会有那样一个机会，一个借口，她能到他的房间里来，他把她抱在怀里，又珍惜又恐惧。他知道，这柔软而炽烈的、无限美好的身体，其实，是他的罪孽和深渊。

寒假到了，他回了南方。在那个美丽的城市，他的妻子，在等他回去过年。

她知道这一切。

正因为知道，所以绝望。

她没有勇气一个人去挨过看不到他的那些漫长的黑夜，那个寒假，晚饭后，她变得很喜欢去朗霞家串门。她自己的家，这种时候，常常是孩子哭大人叫，使她忍不住也想发疯。她真想逃啊！可她又能逃到哪里？好在，还有个马兰花，她庆幸还有个马兰花，水一样温存的女人，心有灵犀，却从不多嘴多舌打听别人的闲事或是秘密。冬天的漫漫长夜，在这样的女人身边，盘腿坐在火炕上，让她觉得一直在咬紧牙关和蚀骨的思念搏杀的自己，变得非常软弱。

昏黄的灯光，照着那些旧家具，幽幽的，有一种老时光的沉静。火炕烧得很旺，一壶水，坐在灶火上，等它慢慢变开。炉膛里，常常，埋着红薯或是山药蛋，在她们的闲话中，渐渐地，冒出温暖的香气。奶奶用火钳，将吱吱叫着、淌着糖浆的红薯或是皮开肉绽又面又沙的山药蛋夹出来，分给朗霞和引娣，也分给大人们。马兰花盘腿坐在炕上，做针线，补衣服，或者，用劳保发的白线手套，给朗霞织线衣——这样的冬夜，寂寞的冬夜，她就这么安静地过了十几年！吴锦梅望着她，突然有一种说不出的悲悯。

“婶儿。”她轻轻叫了一声，马兰花抬起眼睛，笑着看她，那一双美丽的清水眼，仔细看，眼角边，已经有了细细的鱼尾纹。

“问你一句话，你别见怪。”吴锦梅说。

“你问。”马兰花说。

“你甘心吗？”吴锦梅脱口说。

马兰花细细地看看吴锦梅，笑了。那笑，云淡风轻，却又似乎有一些诡异。

“那是婶儿的命。”马兰花回答。

这天，吴锦梅和引娣一起，晚饭后又来到了朗霞家。吴锦梅手里托着一只碗，进门就说：“婶儿，亲戚从村里来，捎来点儿酒枣，是自己醉的，新鲜。我妈让给朗霞送来一碗。”

“哎呀，你家那么多弟妹，还想着她！”奶奶嘴里客气着。

马兰花则伸手从碗里拈起一颗枣来，丢进了嘴里，说：“嗯，真香，味道很正。”

酒枣摆到了炕桌上，那是一张红漆小炕桌，马兰花用一只平时舍不得用的白色的细瓷碗盛酒枣，顿时，黯然的屋子里亮堂了起来，有了一点鲜艳的生趣。吴锦梅不禁点点头，说：“要是能画下来，就是一张静物。”

话一出口，她觉得心一痛。

马兰花深深地看了她一眼。

“锦梅，婶儿是个过来人，就劝你一句话：多疼的刀口，结了疤，慢慢也就不疼了……”

吴锦梅险些掉泪。这个马兰花，她心如明镜啊，知道这个少女，这个小城姑娘，正在经受着最疼痛的煎熬。

但那是不能出口的秘密。马兰花知道，所以，她不问。

然后，她们几个人，就围着一张炕桌，吃酒枣。

这是无数个冬夜中最平常的一个夜晚，晴朗、寒冷，没有呼啸的大风，没有落雪。热炕烧得很温暖，灶台上，依旧有一壶咯嗒咯嗒滚着的开水，冒出一缕缕白汽，像从壶嘴里钻出的精灵。它原本没有任何与众不同的地方，没有值得记忆的征兆，但是，吴锦梅却永远、永远地，记住了它。

朗霞和引娣，吃完枣，就在热炕上抓羊拐，还是那副小巧温润的骨头，有一面，染了红颜色。两人玩着玩着，下了地，在堂屋里，叽叽咕咕说笑，不知说些什么。后来大人们都没有太留意，她们俩，提着马灯出了房门。听见门响，奶奶说：“这么冷，这么黑，就在家里解吧，看冻掉耳朵——”

朗霞在外面笑着回了一声：“就不！”

就要过年了，马兰花手里，是朗霞的一件新衣服。中式罩衫，罩棉袄的，蓝底、红色的小碎花。本来平淡无奇的样式，她却别出心裁，用布，压了一道红色的绦子，锁住了四边。顿时，烘云托月，这衣服，绽放了似的，变得新颖，细致。

“婶儿，你手真巧。”吴锦梅这几晚，亲眼看着一块普普通通的花布，一件普普通通的罩衫，突然之间，化腐朽为神奇，她觉得这女人就如同一个谜。

“一年到头，统共这点布票，扯了新布，不花点心思，对不住这布呀。”马兰花笑着回答。

就在这时，一阵急促忙乱的脚步，蹬蹬蹬地，从后院，跑过来。门“砰”一声被撞开了，朗霞和引娣，两个人，惊恐地、连滚带爬似的闯进门，踉踉跄跄挤进东屋，脸色惨白，一进门，引娣就喊：“鬼！鬼！有鬼——”

说完，“哇——”一声哭了，“白毛鬼，就在后院，我，我看见了！”她结结巴巴地、抽泣着说。

朗霞不说话。她在发抖，她的牙齿，“嘚嘚嘚”地敲出那种凛冽而寒冷的声音。她的眼神，直直地，盯着妈妈，却又像是穿过了她望向一个不知道的地方。一种异样的沉寂，一种漫无边际的黑，一种大恐惧，在这屋子里，如同水一样，漫上来，漫上来，淹没了她们的脚、她们的腿、她们的身体。只有引娣的哭声，像没有沉没的桅杆一样，孤独地，露在水面上。

最先开口说话的，是马兰花。马兰花的声音，听上去，有一种虚弱的镇静。马兰花说："朗霞，你不是总说，这世界上没有鬼吗？一定是你们看错了。"

"没错！"说话的还是引娣，她抽泣着，平静了一些，"我看得真真的，就是个鬼，一身白，没有脸，不是，是脸上没有鼻子眼睛……"

"那也不能说明，那就是个鬼。"说话的，是吴锦梅，她沉稳地、安静地望着妹妹，"朗霞说得对，这世界上，根本就没有鬼！"

马兰花看了她一眼，说："我去看看！"

她穿鞋下炕，吴锦梅也下了炕，说："我也去。"

"你？"马兰花迟疑一下，"你个姑娘家，不好，你还是在这儿跟引娣做伴儿吧。"

"婶儿，"吴锦梅安静地、意味深长地说，"我根本不信鬼神之说，我陪你去！"

她凛然得就像一个英雄。那是不能阻挡的。

"行，来吧。"马兰花深深地点点头。

她们去了。从月洞门，从"如云""似锦"的砖雕下，进了后院，自然，后院里，空空荡荡，一无所有，空旷、干净。只有老榆树，光明磊落地站在那里，还有，被那两个孩子惊恐中扔掉的马灯，躺在厕所旁边的地上，一团心知肚明的光晕，在偶尔吹过的风中，晃动着。“喵——”一声，黑暗中，一只猫嗖地蹿上了墙头，她们看到了一团白影，从墙头上，跑了。

马兰花长舒一口气，说：“原来是只猫啊！”

吴锦梅沉思地望着一览无余的后院，回答说：“也许吧。”

后来，引娣在描述这件事时，信誓旦旦地说，那个鬼，只有一张白脸，却没有五官。

吴锦梅说道：“引娣，你给我说说，你到底看见了什么？是怎么看见的？”

引娣说：“就那么看见了，我们一进后院，他就在后院里站着呢！一身白，闪闪发光，头发那么长，乱飘——”

“没有看错？是不是幻觉？”吴锦梅说。

引娣不知道什么叫幻觉。她叫起来：“你才幻觉呢！我明明看得真真的，朗霞提着马灯，一下子就照见他了：他闪闪发光，想不看见都不行！一张大白脸，脸上没有鼻子眼睛！大姐，你说，那是个什么鬼？”

“引娣，这世界上，根本就没有鬼。”吴锦梅这样对她说。

“那，那他是个什么？”引娣不解地问。

“猫。”吴锦梅回答，“大白猫。”

“瞎说！”引娣叫起来，“哪有那么大的猫？除非它是猫变的鬼！”

“引娣，”吴锦梅脸色变得十分严肃，“那就是只猫！——还有，这件事，你出去千万不要跟人讲，听见没有？”

“为啥？”引娣问。她被姐姐的严肃震慑住了。

“你想啊，你是个少先队员，跟人家说这些见鬼见神的话，人家会说你没有觉悟。”吴锦梅这样回答。

引娣想想，然后，点点头。

这一晚，马兰花却什么也没有问朗霞，但注定，这不再会是一个宁静的平常的夜。朗霞沉默地躺在炕上，大睁着眼睛，怔怔地，望着屋顶。这沉默让马兰花担忧，也让她害怕。不知过了多久，马兰花终于小心翼翼地，开了口：

“宝——”

“嗯？”

“宝，那是猫。”

朗霞不回答。

“我看见了，锦梅也看见了，是只大白猫。”马兰花小心地重复着。

朗霞不说话。可是，她知道，不是猫。她在心里说了，不是猫。世界上，没有那样的猫。她的马灯，清晰地，照出了他雪白的身影，那么高大、真实、惊愕……对，他是那样真实而惊愕地望着突然出现的她们，那一刹那，她觉得全身的血，都从她的脚底流走了。可同时，又有一种奇异的感觉，她不明白的东西，让她的心，狂跳不已……

不是猫，她想，不是。

突然袭来的恐惧让她全身冰冷。

“妈，”她轻轻说话了，“你，有没有什么事情，在瞒着我呀？”

“你瞎想什么？我有什么事情，要瞒着你？”马兰花这样回答。

“真的？”

“假的！”马兰花笑了，紧紧搂住了她，“宝，别瞎想了，睡吧。平安无事……”

她终于在母亲温暖而安全的怀抱里闭上了眼睛。黑暗中，她没有看见，马兰花眼睛里的泪水。

立春不久，开学了。谷城中学校团总支书记在这个新学期伊始接到了一封来信。写信人没有署名，内容是揭发该校某个女学生的，说这个学生受资产阶级影响，思想道德败坏，生活作风下流，勾引有妇之夫，破坏别人家庭，等等，建议开除这个女学生的团籍。

信是从邮局寄来的，邮戳很模糊，仔细辨认，却怎么也辨认不出它来自什么地方。

可是，也不能放任不管啊！于是，团总支书记找来了这个女学生，对她说：“吴锦梅，你有没有什么事情，需要对团组织讲清楚的？”

“是什么事情啊？”吴锦梅一脸清纯无辜地问。

其实，她已经知道了事情的来龙去脉。信，是周香涛的老婆写的。此番他回家，不知怎么，让他老婆发现了他生活中这个秘密的女人。他老婆对他说：“我要摧毁她。”

他哀求，甚至下跪，向他老婆保证一定和她断绝关系……然而，她还是寄了一封匿名信来。他老婆说，我已经手下留情了，没有牵扯出你，而且，寄信的地址，也让我做了手脚。

团总支书记说：“吴锦梅，若要人不知，除非己莫为。你今天先回去，好好想想，写一份思想认识。明天，我们继续谈。你是愿意和我一个人谈呢，还是想在团组织的生活会上公开谈呢？”

那天晚上，晚自习过后，吴锦梅在破城门洞下，悄悄地，想等来那个闯祸的男人，但是，他没来。

她知道，这种时候，他来，是冒险，他来，真的有可能毁掉他们俩。可是，她还是傻气地，在这个尚还寒冷的初春，茫然无助地等着一个救赎。

她自然没有写那份思想认识。她想，怎么过这一关呢？

这是她人生的第一个大难关啊！她苦苦地、苦苦地想了一夜，想怎样可以让他们两人，从悬崖边脱身，从深渊边脱身。她想啊想，两只大眼睛，瞪着糊了粉莲纸的窗户，还没有发芽的枯树，剪影一般，把它瘦硬的枝条，映在了窗上，那黑黑的影子，慢慢地，变浅，变淡……天就要亮了。在微明的天光中，她一夜未合的眼睛，血红血红，就像，落在陷阱中兽的眼睛。

当书记再次和她谈话的时候，看见她那双眼睛，心里似乎有了一些底。书记说："吴锦梅，你还是没有什么事情要和组织讲清楚的吗？"

她低下了头，许久，眼泪一滴一滴地，滴下来，那是一些特别沉重的泪水。她慢慢抬起头，透过蒙眬的泪眼，望着书记，说道："有事情……我隐瞒了一件事，我，我很痛苦……"

这件事，一出口，惊天动地。

人，是在半个月后的一个深夜，落网的。公安人员包围了北砖道巷，冲进后院，在地窖里，抓获了那个鬼。无数支雪亮的手电筒，那种特制的聚光手电筒，像光的天罗地网，让那个鬼，无处遁形。

白发、白须、似乎，连浓浓的眉毛都是白的，身上，磷光闪闪，强光让他睁不开眼睛……

同时被捕的，还有他的妻子，马兰花。

小小的谷城，如同一只钟，“嗡——”的一声，震动了，震惊了。天哪，谁能想到，就在他们的眼皮子底下，隐藏了这样一个天大的秘密、天大的罪行！镇反的时候，枪毙了那么多反革命、特务，抓了那么多反革命，居然，还是有漏网之鱼！

这个女人，这个马兰花，真厉害呀！平日里，出来进去，看上去那么绵善，那么清秀、弱不禁风，却谁知，心里藏了这么大的事，一藏，藏了这么些年！她竟然藏着这样的秘密，和整个时代，也和整个谷城，挑衅。

怪不得她不改嫁，怪不得她宁愿捐房也不让院子里住进来租户，真相大白之后，人人，都成了事后诸葛亮。一点一滴地，想起她往日许多可疑之处。比如，从不爱串门，不爱和人闲话，不爱聊东家长西家短，还以为她真是谨守妇道呢，原来，是怕祸从口出。

据说，从那个他藏身的地窖里，没有搜出炸药或是电台之类，也没有密码本什么的。他不是个特务，他只是个军人。

没有什么能够证明他身份的东西，只有一张传单，黄色的纸张，很久远的纸张，又皱又破旧，上面有陈年的血迹，压在他的枕头下面，上面这样写着：

“国军的弟兄们：放下武器，回家团圆！”

还有一小瓶毒药。

四、守墓人

那天深夜，当陈宝印敲开谷城西街的家门时，马兰花简直不敢相信自己的眼睛。眼前这个像是从天上掉下来的男人，又黑又瘦，一身便装，背个褡裢，像个走街串巷的小生意人。“天爷呀！”她惊叫一声，他忙用自己的身体堵住了她的惊叫。

那一夜，不满两岁的朗霞，熟睡着，孔婶把她抱到了自己的房里。这一对劫后余生的夫妻，在黑暗中，心惊肉跳地缠绵。马兰花一次又一次地问道：“是你吗，宝印？真是你？”

陈宝印回答说：“是我，兰花，是我。”

“不是你的魂？”

“不是，不是，有你，我不敢死。”

马兰花哭了：“我以为你让打死了，要不就是撤到台湾了，我以为，再也见不到你了！”

眼泪，像滚烫的蜡油一样，滴在他的胸口。他们在自家的炕上，紧紧紧紧依偎在一起。他告诉她他的经历，城破时，他没有被俘，也没有像有些弟兄那样，自尽。原本，上面是发给了他们这些守城的官兵毒药的，一人一个小玻璃瓶，里面是剧毒，意思是，要让他们和那城共存亡。他原本也没想过要偷生，他毕竟是个军人，可是，在最后的时刻，神差鬼使，一份传单，被风吹到了他脚下。这样的传单，本来，在阵地上有很多，是解放军的攻心战术。他捡了起来，上面有新鲜的血迹，不知是哪个弟兄的血，只见那上面写着那句话：

“国军的弟兄们：放下武器，回家团圆！”

刹那间，他崩溃了，想起了西街，想起了马兰花和他还没有见过的小女儿，一阵心痛。他把那张纸，揣进了衣兜，把毒药瓶，也揣进了衣兜。他想，就是死，也得让我再看一眼她们再死。

城破时，他躲进了城中一个相识的朋友家中，换了一身便装，几天后，趁乱出了城。他不敢贸然回已经解放的谷城去，一路向南奔逃。乘车、乘船、徒步，惊险重重，总算，来到了一个可以让他远走高飞的地方。那时他身上还藏了几条“黄鱼”，他用“黄鱼”换来了一张去台湾的船票。当他把那张珍贵的船票拿在手中，他犹豫了，他想，就这样只身离开，什么时候才能再见到亲人呢？而他，留下这条命，原本，是为了再和她们相见啊。

于是，他做出了一个让多少等船票的人瞠目结舌的举动，他让出了自己的船票，毅然北返。

多少人劝他，说：“留得青山在，不怕没柴烧。只要你人活着，还怕没见面的那一天吗？”他想，是，不错，可是，那一天是哪一天呢？谁知道它有多遥远？

他一路向北，回谷城。他这样想，回去把妻子和女儿接出来，再想办法南逃，去台湾或者香港。他不知道自己这想法有多么天真！北归的路，一次次地，被阻隔，是那样的艰辛和漫长，在已经解放的土地上，一个身份可疑的人，简直寸步难行。他乔装成跑单帮的，去北方收购羊毛，旱路、水路、汽车、火车、牛车，毛驴，过长江、过淮河、过黄河，不知走了多长时间。一路，有许多次，他都以为自己被识破了，却终于又化险为夷。等他在一个黄昏，终于远远地，看见了矗立在河谷平原上安静的鼓楼，魂牵梦绕的谷城的标记，他落泪了。他想：谷城啊，我回来了！这样想的时候，他满心的悲凉，此刻，他已经清楚地知道，入了这城中，凶多吉少。

他在城外的青纱帐里，一直躲到了夜深人静，怕的是白天进城被人认出。谷城太小了，是个没有秘密的地方。那已经是秋天，高粱红了，玉茭子黄了，谷子也黄了。夜风吹来，拂面的，都是庄稼的清香。他掰下一穗玉茭，扯去皮衣，一口咬下，那清甜的粮食、清甜的汁水，霎时，溢满口腔，也逼出了他的泪水……四周，一片虫鸣，他抬头看着天空，真干净，满天的星星，亮得像是要滴落一般，真美！他一个行伍之人，枪林弹雨中厮杀的人，从来也不知道，头上的天空，原来，可以让人这样心软、心疼。他想，行，死在这样的天空下面，也不枉这一场跋涉。

马兰花哭了。她把脸，深深埋进他的胸膛，她说："你呀，你呀，你可真傻！你为啥不走？你为啥要回来啊！"

他回答："我放不下你。"

"可是，你这一回来，天罗地网的，就走不成了呀！"马兰花说。

"听天由命吧，"他回答，"本来，城破时，我就该死，现在，见着了你，死，我也能闭眼了——"

"不！"马兰花激烈地用巴掌捂住了他的嘴，"别说这样的话，别说死、死的！你本来能活，你本来都逃出去了呀，你要是这样丢了命，我可怎么活？你说你身上有毒药，在哪儿？你把它给我——"

马兰花从他贴身的衣服里，摸到了那只小瓶。她把那小瓶紧紧握在了手心，她的手，一直颤抖，她说："这药，让我保管。真到了不得已的时候，哥，咱们俩，一人一半。"

他没有再多说什么，他只是更紧、更心疼地，搂住了他的女人。

天就要亮了，他们俩，茫然地望着渐渐发白的窗外，望着那个就要醒来的谷城，他们知道，此刻，他已是一只困兽。

起初，马兰花和孔婶，将他藏在了西厢房的一间小屋里，那房间，外面挂了铜锁，朗霞推不开。可终究是不安全的，院子里总是会有人进来，有街坊，也有公家的人，来说一些公家的事。有一天，通知说要挨家挨户检查卫生，马兰花知道，那西厢房，是藏不住了。

这天，夜深人静，朗霞睡熟了，马兰花和他，提着马灯，静悄悄下了后院的地窖。他们真庆幸，从前的房主，将这地窖挖得不仅宽敞，还碹了砖，看上去就像一间密室。白天，马兰花和孔婶，已经将它收拾整理了出来：她们卸下了一扇窄门板，放在地上，做了床铺。为防潮，给他在厚厚的棉褥子上，还铺了一块狗皮褥。搬来了一张小炕桌，支在床褥旁，上面放了吃饭的碗筷和一盏麻油灯。她心酸地打量着这不见天日的地方，说：“委屈你了。”

他笑了，说：“这比战壕里强一百倍呢。”

她知道他是在宽慰她，“就先这样，”她说，“天无绝人之路，总会有办法的。”

隐隐地，她确实觉得有个“办法”，不清晰，或者，她还下不了决心，那就是，劝他……自首。

这个解放了的社会，平心而论，马兰花觉得，还真不错，干净、温暖，没有人欺负人。

可是，很快地，镇反运动就来了。

谷城也开始枪毙人，南城外湖洼做了刑场。人们用军用卡车，把那些人拉到了湖洼里。马兰花也去看过一回行刑，十几人，并排跪在雪地里。枪响的时候，她别过脸，闭上了眼睛。等她再睁眼，她看见了雪地上的血，那么猩红，刺目，疼。她从不知道，血，也能把人的眼睛刺伤……

她看了布告，看见死了的人，有国军的连长，比陈宝印的官职，还要小。她吓坏了。当晚，发起了高烧。

孔婶守在她身边，守了一夜。给她刮痧、放血……清早，她的烧退了，她望着孔婶，说:“婶儿，我求你一件事。”

“孩子，你说。”孔婶回答。

她从被窝里，伸出了两只手，把孔婶的手，紧紧握住了，她原本鲜艳的嘴唇，被一夜的高烧，烧得爆出了白花花一层皮。她望着孔婶，说道:“婶儿，你要答应我，将来，不管啥时候，万一,万一出了事，你一定要一口咬定，你什么也不知道！”

孔婶愣了一下，然后，她慢慢地点头，“我懂。”她说。

“你答应我！”

“我应下了。”

“婶儿，真到那时候，你要替我，替我们养大朗霞，我无人可托，我父母都不在了，只能拜托你了！”

“孩子，闺女，咱不说丧气话。可真要有个啥，你放心，朗霞，她就是我的亲孙女！”孔婶安静地含着眼泪这样回答。

马兰花就这样开始，守住了那个黑暗的大秘密，被它折磨、伤害。也许，她曾经有机会救赎自己，也救赎丈夫，可她错过了，她没有登上救赎的那列车，看着它，风驰电掣驶过了自己的站台。那是时代的列车，而她，做了一个旧时代的守墓人。

引娣后来一遍又一遍地追问吴锦梅，她说:“你告诉我，不让我和别人说白毛鬼的事，是不是你那时候就知道，那是朗霞的爸爸？”

吴锦梅回答:“不知道。”

“你不让我说，可你自己为什么要说？”引娣直直地望着姐姐的眼睛。

“你不懂。”吴锦梅回答。

“对，”引娣说道，“我就是不懂。”

“我是共青团员，我不能包庇反革命。我不让你对别人说，是我一时糊涂，丧失了觉悟，行了吧？”吴锦梅望着妹妹的脸，叹口气，“我知道，朗霞是你最好的朋友——”

“别跟我提朗霞！”引娣冲着吴锦梅大叫一声，打断了她的话，引娣愤愤地瞪了姐姐一眼，跑走了。

跑出了家门，引娣才知道，现在，没有什么地方，是她可去的了。

这么多年，引娣习惯了，一出家门，就往朗霞家钻。

算来，她长了十一岁，在朗霞家在马兰花婶婶家的时间，甚至，比在自己家还要长，还要久。那简直就是她的另一个家……可是现在，那个家，她再也不能去了。

对面，黑色的街门，关闭着，里面无声无息，如同坟墓。好多天了，她没有看见过朗霞，朗霞不出门，也没有见她再去上学。她好像，从谷城消失了一样。她呆呆地望着那寂静无声的街门，突然一阵委屈和愤怒：原来，那个反革命，天天和她们在一起啊！可是自己一点都不知道，还当他是个鬼……

她冲过去，抬起脚，蹬蹬蹬，踢那个街门，一边踢一边喊："反革命！反革命！反革命！反革命！——"吴锦梅从她家院里跑出来，抱住了她，吴锦梅说："引娣，你别发疯！"

引娣不踢了，她住了脚，抬起头，吴锦梅惊愕地看见，她的妹妹，泪流满面。妹妹泪流满面地看着她，说道："这下，你高兴了吧？"

五、小燕子，穿花衣

其实，那天，引娣和朗霞在后院撞上陈宝印之后，马兰花就知道，事情，就快走到头了。

第二天，半夜，她悄悄下到了地窖。看到他，她什么也没有说，只是默默搂住了他。这些年，随着朗霞的长大，再加上，时局和必须的警觉，他们俩见面的时间，越来越少。她只是在每天的晚上，用一只拴了绳子的竹筐，把他的茶饭送下地窖，再用一只水桶，将他的便盆，提上来，倒掉，刷洗干净，再放下去。他们在黑暗中，沉默无声地完成着一套生活的程序，无比默契。

他们依偎着坐在他的“床铺”上，一盏煤油灯，幽幽地，将他俩的身影，放大了，投在墙上，有一种惊心动魄的变形和黑。身下，那床狗皮褥子，如今，早已磨掉了毛，磨薄了，有了破洞。马兰花用手轻轻地抚摸那褥子，说道：“宝印，八年了吧？”

陈宝印回答：“是，两千九百二十多天了。”

一句话，使马兰花，几乎堕泪。她抬头望着他，那个从前英气勃勃的男人，她含着眼泪对他笑笑，说：“我带了剪子来，我给你铰铰头发。”

他说：“好。”

她用手巾，围住了他的脖领，她开始给他剪头发。咔嚓、咔嚓、咔嚓，一缕一缕长长的白发，落下来，落在地上，渐渐地，地上就积起了一层霜雪。那层霜雪，让马兰花心如刀割。她剪不下去了，从身后，抱住了他，把他白发苍苍的头，搂在了自己的胸前，像搂一个孩子。

“你真傻啊，你当初，为什么要回来呀！”她哭了。

陈宝印闭上了眼睛，感受着那团热烘烘馨香的血肉，亲人的血肉，这是那个世界的味道，那个有天空，有大地，有日月星辰有白昼有光明的世界。许久，他轻轻说道：“别这么说，兰花，能在你身边，多活这么多日子，值了！”

“这不见天日的日子，不值啊！”

陈宝印微笑了：“你没听人说过那句话吗：牡丹花下死，做鬼也风流啊！”

他玩笑地，说出了那个“死”字。那个字，让马兰花心里一哆嗦。

“还有，不管怎么说，我也算是‘看’着我的孩子长大了……”他又笑笑，“昨天，我看见她了，那个个子高些、提灯的闺女，我一听声音就知道是她……她，吓坏了吧？”他的声音，突然哽住了。

从下到这地窖那一天，八年来，这是他第一次，看见朗霞。可是，她的声音，他是烂熟于心的。从奶声奶气的小闺女的牙牙学语，说“榆钱儿，七（吃）榆钱儿——”到后来的日益流利、清脆、明亮，那声音，就像照在他身上的阳光，就像鸟语花香，就像流云和溪水。那是命运对这个不见天日的男人最大的恩赐，那是——神光。

他记得，第一次，在窖里，突然听见了她的声音，她说的就是那句：“奶奶，榆钱儿，七（吃）榆钱儿——”他像被炸药炸中一样，有一种四散纷飞的感觉。他甚至感到了鼓膜的剧痛，他的耳朵，一下子，承受不了这样的幸福……等那声音终于、终于消失之后，他有生以来第一次，号啕大哭。

从此，在那些个难挨的白昼，他等待着奇迹，等待着，偶尔的，那个声音的降临，等待着阳光，照进没有光明的深深的地窖。显然，她是不常深入地走进这个后院的，所以，每一次，才都更像是一个节日。他记得，那差不多是一年多之前，他甚至听到了她唱歌，她一个人，不知因为什么，来到了后院，一遍一遍地，反反复复地，唱着这么几句：

小燕子，穿花衣，
年年春天来这里。
我问燕子你为啥来？
燕子说，这里的春天最美丽……

这是一支他从没听过的歌，也是他这一辈子听过的，最好听的歌。她细细的清亮的童声，就像又清又温暖的溪水一样，没住了他的脚、他的腿、他的身子，小鱼在他的腿间，游来游去，身旁，是红花绿草的河岸……他想，天堂，大概就是这个样子吧？

其实，他知道，陈宝印知道，马兰花说的，是对的。

当初，他要是不回古城，要是乘上了那只渡海的航船，他也就不会这样拖累他的亲人们。可是，晚了，回不去了，他永远登不上那条船了。

这一夜，马兰花为他剪了头发，剪了胡须，没有剃刀，所以，她尽量修剪出形状。他看上去，清爽了许多，精神了许多。马兰花盯着他看、看，看了许久，说道：“还是个好看的男人。”

泪水夺眶而出。

那一夜，她留下来了。他们挤在那张地铺上，紧紧相拥。她如同波涛一样吞噬着他，激荡着他……他热泪横流地说：“值了！”他又说：“牡丹花下死，做鬼也风流啊！”

他知道，他和她都知道，那是最后的、最后的生死缠绕。

天亮前，兰花走了，临走，留下了一样东西，她说：“哥，我完璧归赵。”

是那只小药瓶。里面，装的是——毒药。

她背对着他，说：“宝印，这辈子欠你的，下辈子补报吧！”

她走了。天要亮了。油灯的光焰，一闪一闪，在这个地心里，是永远没有白天的。他沉思地、久久地，望着那个小瓶，心里一片雪地般的宁静。解脱，现在，变得是这么容易的事，可是，后面的事，怎么办呢？马兰花一个女人，将如何隐藏他的尸首？家里藏着一具尸体，一旦败露，那会有怎样的后果？

陈宝印，你别无选择。他想。

当地窖门被公安人员打开的时候，那些手电筒雪亮的光柱，天罗地网一样罩住他的时候，陈宝印想：现在，我可以死在阳光下了。

六、赵彼得

枪毙陈宝印那天，谷城自然是倾城出动。那已经是夏天的时候，城外的田野，小麦已经开始秀穗。到处矗立起了那种炼铁炼钢的土高炉，冒着浓郁的黑烟。先是开了公审大会，然后，游街示众，最后，自然是拉到了城外湖洼。

而马兰花，则因为包庇、窝藏反革命，被判处五年徒刑。

那一天，西街北砖道巷，朗霞家的门，关得紧紧的，就像一座坟墓。

那天，破天荒地，最喜欢看各种热闹的引娣，没有跟她的同学们一起，去湖洼看行刑。她一个人，在自己家小院的石桌上，玩抓羊拐。一个人，不停地抓，不停地抓。

吴锦梅也没有出门。她坐在炕上，透过玻璃窗，看着院子里那个沉默的妹妹。她想起了那个冬夜，酒枣的红、磁盘的白，如同静物一般的画面，那么鲜明，没有丝毫污浊。还有那些朴素却悠长的食物香气，让人踏实和温暖。回不去了，她想。这样温暖而单纯的冬夜，永远回不去了。

炕上，一只箱子里，底层，压着那件天蓝色开白丁香的衣衫。一切，都是从它开始的。一切。

不久，奶奶带着朗霞，回奶奶的老家去了。

奶奶的老家，在这个省份的北部，那里是山区，寒冷、干旱、出产莜麦和山药蛋。出门，一抬头，可以看见残破的烽火台，还有，古长城的残迹。

出事后，朗霞大病一场。病后，她对奶奶说："奶奶，你带我走吧。"

奶奶说："宝，咱走。"

奶奶又说："城外，那条大河，朝北，走到头，就是奶奶的老家。"

朗霞说："好。咱们走到头。"

奶奶用最快的时间，处理了善后的事宜。房子，已经是公家的了，家具，带不走，卖了。这一天，一大早，祖孙俩，奶奶挎着大包袱，朗霞挎着小包袱，出了家门，去长途汽车站。这是出事后，朗霞第一次，走出那个院子。奶奶回身习惯地，掩紧了院门，上了锁。听到"咔嗒"一声响，朗霞在心里淡漠地说了一声：永别了。

出了小巷，来到西街上，一别脸，就看见了鼓楼，那么巍峨、高大，那么冷漠、无情。朗霞不动声色看了它一眼，扭过了头——她庆幸离开的时候可以不必穿过它的身下。现在，鼓楼在她的身后了，一步比一步远了。就在这时，她听到了一阵脚步声，哒哒哒地，从背后追上来，一只手，拉了一下她的胳膊。

她回头，看见了引娣。

引娣望着她，眼睛红红的，什么也没有说，只是沉默地拉过她一只手，把自己手里的东西，放到了朗霞的手上。

是那几只羊拐。

洁白、温润如玉，有一面，涂染成了红色，血的颜色。那是引娣不离身的唯一的宝贝。

然后，就跑走了。

朗霞握着那几只羊拐，朝前走，一下也不回头。她不敢回头，她怕鼓楼看见她突然涌上来的满眼泪水，她怕西街看见她的泪水。

有一个意想不到的人，在长途汽车站，等着她们。

是赵大夫。

赵大夫说：“大婶儿，你给我留个地址，我也好和你们联系。”

奶奶说：“不必了，赵大夫，不给你添麻烦了。”

赵大夫说：“大婶儿，这都是为了孩子。”

他拿着笔和纸，固执地，要求着。奶奶哭了。她抹了一把眼泪，说出了那地名、村名。奶奶说：“有你这句话，我代兰花谢谢你。”

朗霞默默地，站在一边，就好像没看见发生的这一切。

赵大夫拿过了奶奶手里的大包袱，又去拿朗霞的小包袱，朗霞躲开了。奶奶对赵大夫，轻轻摇摇头。出事以后，朗霞就是这样，对一切人，关上了她的心。她什么都不问，什么都不说，不哭，不闹，就连生病，也生得那么安静。她安静得让人害怕，仿佛，那安静，是另一个世界的安静，是极地的雪原，凛冽、寒冷、死寂。

这个萍水相逢的男人，把这一老一小，送上了北行的长途汽车。他给了奶奶一包吃的东西，他说：“大婶儿，保重——”

他向他们招手，车开了很远之后，他仍然那样站着。只是，朗霞根本就没有回头。

后来，车行到半路上，到打尖的时候，奶奶给朗霞找东西吃，打开了他送的那包吃食，“啊”地叫了一声，原来，里面，还塞了五十元钱。对她们而言，那无疑是一笔雪中送炭的巨款。奶奶落泪了。

朗霞对奶奶说：“奶奶，别哭，不值得。”

她这么说着，一边打开车窗，把她一直握在手里的羊拐，温润如玉的、朋友的宝贝，从车窗里，一把扔了出去，扔在了身后。

“我恨谷城，”她说，“我恨——我妈！”

那时，她不知道，她的妈妈，马兰花，已经生病了。她没能熬过五年的刑期，在饥荒的六十年代初叶，病死在了狱中。

尾声　满树榆钱

新世纪，谷城外，开辟出了一片公墓。和所有新式的墓园一样，这依山坡而建叫作“永安”的墓园里，乍一看，就像是密密的一片碑林。这一天，墓园里来了两个外乡人，两个女人，母女俩，母亲六十开外，女儿，则看不出年龄，很时尚且貌美如花。

她们来祭奠一个亡者。

那亡者姓赵，墓碑上刻着他的名字：赵彼得。

她们带来了鲜花、水果、酒以及纸钱。母亲亲自奠酒，她将斟满的酒杯举起来，说道：“赵叔叔，给您敬酒了！”

然后，恭恭敬敬地，将那杯酒，洒在了墓碑前。

“赵叔叔，您不认识我了吧？我是——朗霞，您看，时间过得多快，一眨眼，我也是六十岁的人了！您活着的时候，我没有跟您说过一个‘谢’字，没有亲笔给您写过一封信。——您寄来钱，回信，都是奶奶求人代写！……这世上，恐怕，再找不出比我更无情更绝情的人了吧？可是，我这么无情，您一点也不计较，还是照样年年寄钱来！叔叔，我嘴里不说，其实，我心里一直在问，这世上，怎么还会有您这样的人？这个让我害怕、让我恨的人世，怎么还会有您这样的人？您和我们，非亲非故啊！叔叔，不瞒您说，要不是您，我不知道今天的朗霞会是什么样。每次，在我最痛苦在我熬不下去的时候，在我想做坏事想做恶事想做狠毒的事想堕落的时候，我就想，给我一个理由，让我不做恶！叔叔，您，就是那个理由，我总是不由自主想起您。我想，这个世界，不是还有一个赵叔叔吗？一个有赵叔叔的世界，就没有坏到底……”

她眼睛里，闪烁出了泪光，可是她的声音，仍旧安静、沉静，她沉静地说出了这一番话，显然，是她身边的亲人，她的女儿，从没有听到过的。女儿惊讶地望望她，又望望墓碑。只见她从手袋里掏出一样东西，是一个小小的、破旧的小本子，几十年前，孩子们常用的那种笔记本：

“奶奶活着的时候，您寄来的每一笔钱，她都要清清楚楚记在这个小本子上，她老人家临终前，把它交到了我手里，对我说：‘孩子，这是一个账本，这账本上，记的不是钱，是咱娘俩，欠人家的恩义！将来，有一天，你要替奶奶，去当面谢谢人家的这份恩德！’……可这么多年了，我一直没有来，因为，当着您的面，我说不出那个‘谢’字，那个字，太轻，太轻，太轻了！……但现在，我的女儿，就要远嫁到法国去了，她临行前，我想，我得带她来，向您辞个行，把这个账本，交到她手里，告诉她这个账本的故事，告诉她，她的妈妈，这一生，欠您的恩义……”她说不下去了，慢慢地，跪下，抱住了墓碑。

铭恩，戴铭恩，她的女儿，在突然之间，明白了自己名字的来历，明白了自己的——前史。

太阳真好，是北方难得的晴朗的春日，风和日丽。墓园很宁静，四周一片鸟鸣。远远望去，这里那里，一树一树的桃花，一树一树的泡桐花，一树一树的丁香，还有，不知名姓的那些山野的花朵，绽放着，北方春天的艳情，似乎，总是这样的嘹亮和直抒胸臆。也因此，它的秘密，才可能埋藏得更深、更隐秘。

比起相邻的那座举世闻名的古城，谷城显然要沉寂许多，大概也是这个缘故，它才有可能，保留下来一些从前真实生活的痕迹。

比如，西街。比如，鼓楼。

西街上，旧式的楼檐下，没有像那些旅游景点一样，悬挂起一盏盏大红灯笼，弄成电视剧布景的模样。仔细看，楼檐下，这一家，或是那一家，还有一两盏从前的走马灯，挂在那里，破得不像样，可是，又沧桑得好看。

还比如，旧宅。

朗霞惊讶地发现，尽管，那座小院，破旧得不成样子，简直如同废墟，尽管，它看上去变得十分狭小、拥挤，尽管，厕所的后墙早已坍塌了一堵，可是，可是，迎面那门框的条石上，那三个凿刻的字，那三个屡屡闯入她梦中的字，经过了五十年的风吹雨打，竟然还在，她一看到那三个字，眼睛就潮湿了。

“活泼地”啊。

“是朗霞吧？”突然，身后传来了这样一个声音。

她扭过头，看见了一个老女人，高高的，瘦瘦的，小脸盘，皱纹很深，烫着碎碎的一头小卷儿，正眯着眼打量她。

朗霞脱口叫出了那个名字，她说：“引娣。”

“啊呀！”引娣叫起来，“真是你呀，朗霞，我从鼓楼那里，就跟上你啦！我心想，会是朗霞吗？可别叫错人呀——”

她们俩，昔日的小伙伴，五十年前的小伙伴，站在那里，你看我，我看你，笑着，时光的大河，在她们身边，汩汩地流，她们都听到了那惊心的声响。

“你过得好吗，朗霞？”引娣含着眼泪问。

“很好，”朗霞回答，“你呢？引娣，你过得好吗？”

引娣笑了，她没有回答朗霞的问话，却说：“朗霞，我就知道你一定会回来的，我就知道。”

“你怎么知道？”朗霞也笑了，“连我自己也不知道啊。”

“你这不是回来了吗？”引娣说，“前几天，我看见婶儿啦，婶儿回来了，就站在那儿，站在那棵榆树下，说：‘你看，结榆钱了，满树都是榆钱儿，朗霞最喜欢吃榆钱蒸的‘布烂子’了！’我一看，真是！那棵树，死了好多年了，可今年，呀，又活了！你看，这满树的榆钱儿，结得多好！今晚上，我给你做榆钱儿‘布烂子’吃——”

“你说谁？”朗霞问，“谁回来了？”

“婶儿啊，”引娣回答，“马兰花大婶儿啊！她有时候会回来看看。”

正午的大太阳，朗照着，唰地一下，朗霞感到全身如同有一股电流通过。那棵老榆树，她的故交，原来，是它在召唤着她，它用满树繁密的榆钱儿，用它死而复生的深情厚谊，召唤着她。也许，不是它，是——母亲。她看见树下的母亲了，站在那里，年轻，美丽，像榆钱儿般清香，望着她，忧伤地微笑。

她拉过了身后的女儿，说道：“妈妈，这是您外孙女。”

然后，她哭了。

2013 年 4 月 22 日草成于太原

上世纪的爱情

上篇

很多年前，在上个世纪，也就是 1971 年，元旦刚刚过去，张采就领到了一张“结业证明书”。

那大概是世上最简陋最寒碜最匆忙的一种证书。如今任何一种证书看上去都要比它正式、庄重、堂皇，比如，市场上个体摊贩的营业执照、为期四十天的美容美发专修班成员的结业证明，它们无论从纸张，到设计、印刷，都远比张采的初中结业证要气派一百倍。张采的结业证，是一张质地粗糙的白纸，勉强够两个巴掌那么大，上面草草框了黑框，看上去倒像一张讣闻。黑框里写着：

最高指示

为人民服务（这是红色）

结业证明书（以下为黑色）

我校初中学生张采，性别，女，现年 16 岁，某某省某某（市）县人，自1969年至1970年在我校二连六排学习，修业期满准予结业。

敬祝毛主席万寿无疆！（这是红色）

T市红卫中学革命委员会

1971年1月12日

张采的中学生涯就这么突如其来地结束了。

事情确实来得很突然。事前没有一点迹象。张采他们这批学生刚刚进校十四个月，离毕业本来还早着呢。学校宣传队正紧锣密鼓地排练着革命现代舞剧《白毛女》，准备参加春天全市的大会演。已经买来了不少服装和道具，比如喜儿的红袄绿裤、白毛女的褴褛衣衫和头套，还有黄世仁、穆仁智的长袍马褂等，花了不少的钱。已经排完第五场了，大春和八路军回到了杨各庄，喜气洋洋的村姑们跳起了红枣舞：

大红枣儿甜又香，
送给咱亲人尝一尝……

多么欢快和充满希望啊。眼见的，深山里的喜儿就要迎来光明，在山洞里和大春相遇了；就要唱起那支歌，“太阳出来了，吆喝咿吆喝……”，象征霞光的红色追光就要打起来了，不见天日的“白毛女”就要在霞光中变成一个辉煌的金人了！可是突然间，几乎是一夜之间，传来了结业的消息，于是，张采的中学生涯就结束在了一个辉煌即将到来的时刻。

红卫中学宣传队的白毛女、喜儿，就这样失去了走出深山走出山洞的机会。她永远不可能再和那梦中的情人、英姿飒爽的王大春相遇。他们的白毛女，永困深山，在漫天大雪中唱着：“我是舀不干的水，扑不灭的火，我不死，我要活——”歌声是那么高亢和凄厉，让人绝望。元旦前夕，他们就用这半场《白毛女》为全校师生做了最后的汇报演出。几个月的辛苦，只有这一次演出的机会，也是唯一的一次。人人都很珍惜这机会。怎么能不珍惜？演出空前成功，排练中所有的过错、遗憾，都尽可能地弥补了。扮演喜儿的女演员再不像排练时那么任性，在和大春跳双人舞时勇敢地将双手搭在了那个漂亮男孩儿的肩膀上而不是在一寸远的地方瞎比画。他们真实地接触了。这是第一次，也是最后一次。而下面的同学也没像以往那样起哄。他们像突然长大了，成熟了似的。

张采的角色不很重要，她演的是二婶。在第五场中，她有一段独舞，是向大春、八路军和乡亲们讲述喜儿被逼投河的不幸遭遇。她在侧幕间等待着这一时刻。她看着喜儿在朔风和飞雪中变成了灰毛，又变成了白毛。她听着那凄厉的伴唱就像要炸裂似的令人心碎。“我不死！我要活！我要报仇！——我要活！”一声又一声，反反复复，咏叹一般，在旷野中没了着落。欢快的红枣舞也无济于事了。那欢乐不像是庆祝解放和新生的欢乐，倒像是末日的狂欢。还没等她上场，控诉地主的罪恶，她已经是热泪盈眶。等到她来到台前，她早已悲痛欲绝。忧伤的音乐强化着这一点，就是，他们的喜儿永远等不来天明。

谢幕时，掌声经久不息，掌声足足响了有十多分钟。那是从没有过的奇迹。他们泪流满面。紫红色的幕布终于，终于落了下来，宣告着他们学生时代的结束。

这天，西伯利亚的寒流袭击了这个城市。气温降到了零下十九摄氏度，是入冬以来最冷的一天。张采就是在这天领到了那张寒酸的结业证。从此，她就是一个“社会青年”了，属居委会老大妈管。“社会青年”这个词，在这个严寒的日子里，就像尖锐的冰柱悬挂在所有的屋檐下，它苍白的光芒晃着张采的眼睛。

十六岁的张采想赶在街道动员下乡之前，找一个工作。

这个重工业城市，不知有多少国营厂矿和企业。它们喷吐的烟尘染黑了天空，它们排出的废水污染了河流，它们代表着一个又一个机会，可是，哪个机会是属于张采的？

整整一冬，张采马不停蹄四处奔波，从一个工厂到另一个工厂，想投考人家的宣传队。等待着她的永远是失败。寒风中，瘦骨伶仃的张采躲在棉衣里面瑟缩着，看上去是那么不起眼。在陌生的考官面前，她嗓子发抖、四肢僵硬。她用发抖的声音朗诵：

“吴清华看到迎风招展的红旗，激动万分，奔向前去……红旗啊红旗，今天我可找到了你——”

她无数次重复着这段话，一次比一次绝望。红旗救不了她。吴清华、洪长青救不了她。她孤立无援站在那些挑剔的眼睛面前，身后的竞争者排着长龙似的大队。看上去她是多么丑陋啊。那种虚张的表情是最不适合她的表情。她发抖的声音一不小心就劈了叉，变得尖利和可笑。她是那么想缩进一个地洞里，永远不再出来。可是“下一次”又来临了。下一次她仍然站在了那些可怕的眼睛面前，做着绝望的困兽似的搏斗：

“吴清华看到迎风招展的红旗，激动万分，奔向前去……”

主考人中有人开始响亮地喝水，吐出茶根。还有人不耐烦地咳嗽。有个人始终困惑地望着她，她懂那眼睛里的意思。那眼睛在说，你到这里来干什么？那眼睛其实并没恶意，相反倒有些同情在里面，可那是多么轻佻的同情。

“红旗啊红旗，今天我可找到了你——”

泪水浮上她的眼睛。一下子，她崩溃了。她开始抽泣，再也说不出话。屋子里静下来。只有这抽泣声，断断续续，刺着人的心。嘈杂的声浪退下去了，所有轻浮的声音沉下去了。有种皎洁的东西，这时像明月一样慢慢升起，照出了生存的艰辛。

她低头跑出去。她笨拙地用身体撞开了房门。那笨拙的姿势也是伤痛的。她跑出楼道，来到院子里。冷风使她哽咽，喘不上气。一切都结束了，她想。耻辱、失败和难堪，都结束了。她永远、永远也不再这样向人乞怜。就让街道来动员吧，现在她不害怕了。难道上山下乡比十二月党人流放西伯利亚还可怕吗？

身后有人声。有人在叫：“同学。”她不回头，可是那叫声听上去非常急迫和恳切，“同学！”

她站住了。来人追上来。她没想到是他，她一抬头先碰上了那双眼睛，就是刚才一直困惑地打量她的眼睛。现在它们很诚恳和善意。她满脸是泪，有一种决绝的表情。她不知道其实这时她比夸张表演的时候动人多了。

“同学，”那人开口了，“你太紧张了。”

她不说话。

“你是红卫中学宣传队的？”他问。

她没有回答。

那人叹一口气。望着这初涉人世的小女孩儿。这么稚嫩和脆弱。冬天苍白的太阳照在她身上，她看上去似乎是透明的。这样的孩子怎么经得住粗鲁和残酷的生活的揉搓？

“你愿不愿意去一个学校帮忙？”他说。

张采以为自己听错了。她不能相信自己的耳朵。

“你愿不愿意去一个学校帮忙？”他又说。

奇迹降临了。后来，张采想。这个晴朗和寒冷的冬天的下午，奇迹降临在了一个空旷无人的工厂大院里。不知为什么听不见机器的轰鸣，院子很寂静。有一些奇形怪状庞大的器械堆在那里，生了锈。这使这个奇异的下午更像一个梦境。

事情后来弄清楚了。这人姓李，他介绍张采去的地方，是聋哑学校。聋哑学校在这城市的边缘——王村。在开往王村的公共汽车上经常可以看到打手语的孩子。他们三五成群，手在飞舞。手语给人一种很喧哗很缭乱、蜂飞蝶舞的感觉。从前张采碰到过他们几次。张采不知道有一天她会和这里发生一些深刻的关系。老李告诉她，已经和那边联系好了，人家让她先去试试，帮忙排几个节目，运气好的话，也许会让她留下来。

那是一个神迹显现的时代，有一支歌，其时正在神州大地传唱着。歌名叫《千年的铁树开了花》，说的就是一桩神迹：一根银针治好了聋哑人。到处都能听到那个嘹亮激越的花腔女高音：

千年的铁树开了花，开了花，
万年的枯藤发了芽，发了芽，
如今咱们聋哑人说呀说了话，
啊——啊——啊——啊——
感谢毛主席恩情大，恩情大……

唱到“啊”字的时候，花腔女高音吐出了一长串无比清脆漂亮和华丽的颤音，给人天穹的感觉。据说那叫“小舌颤音”，用来宣喻神迹是多么合适啊。银针红遍全国，于是，解放军某部“六二六”医疗队也进驻了这城市的聋哑学校，用银针为聋儿治疗，据说取得了很大的成绩。学校把其中最好的一些孩子组织起来，成立了毛泽东思想宣传队，向世人宣传这一奇迹。

张采就是去教这些孩子跳舞。

老李让张采去找一个姓姚的老师。那是老李的朋友。在约定的日子里，她就去了。夜里下了大雪，路上积雪很厚。没法骑自行车，她只好搭乘公共汽车，然后步行。有一条僻静的土路通往聋哑学校，路边是一条结了冰的水渠。有水渠的地方，总有农田。可是那些农田此刻被积雪覆盖着，看上去就像荒野。积雪吃音，所有的声音都像隔了很远似的飘来飘去，融入雪地，不像真实的人声。张采踩着厚厚的积雪走在这样一条路上，心里忽然涌上来茫然。

“你是张采吧？”一个人站在聋哑学校的铁门前，这时大步迎了上来，把积雪咯吱咯吱踩得很响，“我是姚均平。”

这就是那姓姚的老师了，张采想。他身穿一件棉军大衣，是白雪之中唯一的异色，那么青翠和明朗。他的笑容也是明朗的，让张采心里一阵温暖。他居然在雪地里等她！她根本不敢想象她会受到这样的欢迎。她又手足无措起来。她说：“我是张采。”

“张采，”他开心地笑起来，好像她说了一句很有趣的话，“来吧，同学们都在等你。”

排练室设在一间大教室里，暖气烧得很暖，一走进去，扑面而来的暖气中挟带了那么熟悉的气息。乐器撂在哪里，东一件西一件，道具散乱地扔着，也是东一件西一件。有人在练功，把腿高高地翘在窗台上，多么柔韧的身体啊……张采眼睛热了。这些熟悉的景象一下子让她找回了重归人世的感觉。她默默站了一会儿，忽然身边响起了掌声。

原来同学们眨眼间排成了队伍，站在她面前鼓掌。这使她的到来显得郑重起来，并且，富有了仪式感。他们看上去并不比她小多少，甚至，有几个比她个子还要高。他们眨眼间像一排白桦树一样站在了那里。天啊！他们是多么漂亮啊。张采被他们的漂亮震慑住了。接下来她听到了一种奇怪的尖细的声音，像一群鸟在鸣叫：

“老——师——好——”

她愣了片刻才意识到他们在说话。那鸟鸣是他们的语言。这叫她终于想起自己是置身何处了。就在她发愣的当儿他们又忽然背起了毛主席语录：

“你们要关心国家大事，要把无产阶级文化大革命进行到底！”

“世界是你们的，也是我们的，但归根结底是你们的……”

一个字一个字艰辛地蹦出来，挣扎出来，飞出来，艰辛又快乐。这就是铁树开花了，张采想。千年的铁树开了花，万年的枯藤发了芽。当然，如果你不是熟知这些语录的话，你大概很难听出来他们在说什么。那奇怪的、颤抖的、新鲜的声音，就像林中鸟鸣。一百只鸟鸣叫着，是多么喧腾的景象啊。张采忽然很感动，又有些……难过。

“张采，”身边的姚老师，姚均平说话了，“你看见了吗？他们喜欢你。”

可是很快地，张采就发现，她其实没有办法和这些孩子交流。

“你叫什么名字？”她问一个女孩儿。那女孩儿是他们之中最美的一个，嘴唇说不出的鲜艳，像枚饱满多汁的红樱桃。可是她只是笑，不回答。

“你——叫——什——么——名——字？”她放慢了语速又问。

还是笑。

身旁的姚均平打出手语。

“北—— 一。”她终于开口了。颤巍巍的，原来，一只鸟而不是一群鸟鸣叫的时候，那声音听上去又尖利又无助。张采没听懂。

“北—— 一。”她借助手势。

还是不行。

“她叫白夜。”姚均平替她回答。

多奇怪的名字啊！是谁给她起的？她一定有一个热爱俄罗斯文学的父亲或者母亲。不过，张采没有勇气再追问下去了，那一定更加、更加困难。

“她听不懂我说话，是吧？”她问姚均平。

姚均平想了想，“她还不会听。”他说。

“不会听？”张采困惑了，“那他们怎么会说？”

“因为他们聪明。”姚均平回答。

听上去就像暗语、隐语。张采更加听不明白。也许她是太不聪明了。可是，假如他们“不会听”的话，他们怎么“听”音乐，怎么跟着音乐跳舞呢？张采发愁了。

“他们正在学习听。”姚均平说。

张采望着他。好像刚刚发现他很……英俊。这是她唯一能想起来的形容男人的词。她没有这方面的经验。她瞧着他的侧影，又一个书上的词蹦了出来——“希腊式”。她觉得他线条分明的侧影、他饱满的前额和挺直的鼻子，都是“希腊式”的。至于什么是“希腊式”，其实她也不明白。她只是忽然发现了，他很……特别。

有些像混血儿。

也许，他家的祖上，有一个外国传教士，有一个白俄，或者，有一个犹太商人。谁知道呢？她猜测着。这样的猜测让她愉快。

他拉手风琴。她教同学们跳舞。那舞蹈的名字叫《东风吹战鼓擂》。选择这舞蹈除了它的时代气息之外还有它强烈简单的节奏。激越的琴声其实并不起作用（第一天张采就明白了这个），起作用的是姚均平的手指。他颀长的手指在黑白两色的琴键上舞蹈着，好像一群人在狂舞，如醉如痴。张采看呆了。她想起一首民乐曲《金蛇狂舞》。她觉得她此刻就看到了狂舞的千姿百态的金蛇。这一生中，除了卓别林，张采后来再没看到过比这个聋哑学校的教师、这个男人更天才更生动更有魅力和迷人的手指。没有。这手指就像魔指。孩子们在这魔指的指引下，心心相印地，起舞。

东风吹，战鼓擂，现在世界上究竟谁怕谁？

不是人民怕美帝，

而是美帝怕人民，

得道多助，失道寡助，

历史的规律不可抗拒不可抗拒……

不过是一些铿锵有力的、简单的动作。张采分解着它们。张采的肢体长时间停留在一个又一个姿势上，就像雕像。但是她还是无法使他们在歌声的节奏中把这一切串联起来。张采急出满头大汗。最后总是姚均平出面解围。姚均平先打一阵手语，然后就在手风琴上用他天才的手指示意。又一阵手语，又示意。只是示意，姿态夸张，却并没有按响琴键。一切在无声中热烈地进行，看上去那么庄严和默契。张采置身于那个神秘和奇妙的世界之外，忽然觉得非常、非常多余和孤独。

“教我手语吧。”张采终于对姚均平说。

他看了看她，然后慢慢做出一个手势。“老师。”他解释。

张采笑了。张采模仿着。很笨拙。很稚气。张采说：“老师。”

他又做出一串手势。非常奇妙。有一种女人的妩媚和绿意扑面而来，“猜猜，这是什么？”他说。

张采想了想，“春天。”她回答。

是春天。1971年的春大就这样悄悄来临了。张采在这个春天学习手语。她骑一辆破旧的飞鸽牌自行车走在通向王村的道路上。风把她的脸吹得粗糙起来也鲜艳起来。从飞扬的头发中她闻到了湿润的春天味儿。树叶开始努芽。她喜欢树叶发芽苦涩清新的气息。她也喜欢手语。情况正在变得好起来。她已经会用简单的手语和聋孩子对话。在这个春天她教会了他们这样几个舞蹈:《东风吹战鼓擂》《北京有个金太阳》，还有《草原女民兵》。在孩子们完全学会了挥舞马刀难度较大的《草原女民兵》的时候，她的手语也日渐纯孰。

这个春天她很爱站在镜子前看自己的手。她用手说话。用手倾诉和呐喊。她十指缭乱地飞翔在镜子中，这使平凡的、羞涩的、貌不出众的女孩儿平添了一种神秘和妩媚。她身体里的花悄悄开了，那种幽香不为人知。她骑车走过苏醒的水渠，渠两岸倾斜的坡上野草破土而出，柳树变得柔软和翠绿。她很快活。

现在他们常常在一起，除了排练的日子，他们有时也会一起出去，去看演出。听说哪里的宣传队不错，有什么新节目，他们就跑去观摩。看演出永远是张采最热爱的事。幕布一拉开，音乐一起，张采就把真实的世界遗忘了。她看演出时的专注和沉浸让姚均平感到有趣。不管多破的节目多么糟糕的演出也从不能真正败坏她的心情。演出结束，她总是怅然若失。

“你爱舞台，是想做演员吗？”有一回姚均平问她。

“我爱舞台，”她回答，“是想做观众，看一场永远不闭幕的演出，到死。”

她语气忧伤。这使这句稚气的话听上去有一些荒凉。姚均平笑了，姚均平说：“原来你是个隐士啊。忘了请教先生的尊姓大名，是姓陶还是姓阮？”

“姓诸葛。”张采也笑起来。

姚均平就是这样一个快活的男人。他使生活变得明朗。忧郁的张采也不知不觉变得明朗起来。那变化是奇妙的。在有些瞬间，这个瘦骨伶仃不起眼的女孩儿忽然变得非常灿烂，就像被天穹的光刹那照亮了一般。姚均平注意到了这变化，他惊讶又有些忧虑。她热爱这份工作，她珍惜它，他想。可是他并没有把握使她一定能够得到它。

有一天他们看了一出小歌剧，无影灯下颂银针一类的。那里面的男主角为了治疗聋哑患者，用一根银针反复在自己身上做着试验。有一个性命攸关的穴位，据说一针下去，或可使哑巴说话，或可使会说话的人变成哑巴。男主角举针要朝自己这个穴位扎。幕后响起伴唱：

这支银针，重千斤，

老张他奋不顾身为人民。

老张唱：宁在我身上扎千针，

群众：扎在你身上痛在我们的心。

那伴唱很好听，慷慨激昂。那扮演老张的男人唱得更加慷慨激昂。剧情发展到最后，石破天惊，那哑巴青年终于喊出了“毛主席万岁！”虽然是意料中的结局，张采依然很激动，张采说：“什么时候我们的孩子也能演这么一出歌剧？”

“那是幻想。”姚均平回答。“永远不可能。他们听不见音乐。”他悲哀地说。

她从没见他这样悲哀过。她很吃惊。“为什么？他们不是正在恢复听力吗？总有一天他们会听见的。”

“这一天是哪天？”他转过脸望着她，他一向光明的眼睛显得黑暗和茫然，“多少年之后？我们能不能看见？”

“你怎么会这样想？”张采忽然激动地叫起来，“奇迹不正在我们身边发生着吗？他们不是已经开口说话了吗？”

他笑了。

“我也以为我看见了奇迹。我也以为他们真的听见了，或者，正在听见，可是，你都看到了，这么长时间过去了，他们还是听不见！”

“可他们在开口说话啊！”

“那是模仿！知道吗？模仿！他们模仿我们的口型，这是可以做到的。聪明的孩子可以做到这个。从前，有一个叫海伦·凯勒的外国人，她又聋又哑又瞎，可是她会说话！那是教育的奇迹，不是医学的奇迹！”

张采从没见他这样，这样激动和激烈。她第一次看见了这个随和的、快活的青年另外的一面。她很震惊。渐渐地她感到了恐惧，莫名其妙的恐惧。天空飞过鸽群。鸽哨使她心惊。这是个晴朗的黄昏，可是，她觉得她好像从这个英俊的有着希腊式面孔的男人身上，看出了潜伏着的不幸。

她心里忽然生出对这个男人、这个世界的悲悯之情。

这天，他们又一起去看演出，是一个大工厂宣传队演出的京剧《红灯记》。他们去了一个俱乐部，那是五十年代的苏式建筑，屋顶上有一颗克里姆林宫式的红星。那天，姚均平看上去要比平时兴奋。这兴奋中隐藏着一点什么，是张采不知道的。

后来，演出结束了，姚均平站起来，对张采说：“走，我带你去见一个人。”

结果他们到了后台。

他熟门熟路，像回了家似的。人家见了他，也很熟络的样子。一个姑娘，就是刚才演刘桂兰的，一见姚均平，立刻叫喊起来："嗨嗨嗨！闲人免进！"姚均平就说："'铁道兵'在我后头呢！""刘桂兰"回答："'铁道兵'是子弟兵，你这个外国保尔怎么能比？"又冲一个人喊："保尔来了！"

张采认出来了，那是——李铁梅。现在他们就站在她面前。她还穿着铁梅的衣服，梳着假辫子。可是一张脸被凡士林卸妆油涂成了大花脸，黑眼圈看上去像熊猫。姚均平对她说："这是张采。"

"你就是张采？"她用棉球擦拭着脸上的油彩，渐渐地露出了庐山真面目，"均平跟我说过你的事，他说你是个特别聪明的小孩儿……"

她也许还说了些别的，可是张采没听见。也许是后台太嘈杂了。也许。张采只听见她叫他"均平"，还听见一个那么刺心的字眼"小孩儿"。张采现在懂了，懂了姚均平兴奋后面的秘密。一个恋爱中的男人的秘密其实并不难发现啊！此刻，"李铁梅"卸干净了残妆。噢！她原来是个古代美人儿！"柳叶眉，杏核眼，樱桃小口一点点……"就像从仕女画上走下来的人物。张采看呆了。她说不出话，也不知道该说什么。"李铁梅"和张采寒暄了两句之后马上把脸转向了姚均平。他们交谈起来。她问他对演出的看法，乐队啦，表演啦，配器啦，等等。他们的话光明磊落没有一句私情简直可以印成传单散发，可是，你只要看看他们容光焕发的脸，看看他们相互凝视的眼睛，你就知道，他们用光明的谈话筑起城墙的那个神秘和私密的世界，任何一个人也休想进入。

张采忘了是怎么走出那个伤心之地，和他们分手告别的。很可能她走得突如其来，没有铺垫。通向外面的路是多么晦暗和曲折。“李铁梅”注意到了什么。她看着那个远去的小身影，忽然暧昧地笑起来：“我说，这小女孩儿不是爱上你了吧？”

“瞎说，”姚均平正色地回答，“别开这种玩笑，张采才十六岁。”

“朱丽叶还不到十六岁。”“李铁梅”也变得郑重起来。

走出剧场的张采非常难过。可是她有难过的理由吗？发生了什么事情吗？她问自己。没有。什么都没有发生。她不过只是目睹了一个事实。难道一个成熟的、二十六七岁也许二十八九岁（多么遥远的年龄！）优秀的青年，不该爱上一个美丽的姑娘吗？这样的事情，此时此刻，在全世界，不知道正发生着多少桩，可是，可是张采就是忍不住想哭。

这个男人，姚均平，他有多少秘密是张采所不知道的啊！张采不知道他为什么叫“保尔”，不知道谁是“铁道兵”，更不知道他和那个“李铁梅”之间的一切……他生活在一个没有张采的世界里，这就是在这个四月的下午张采弄明白的一件事。这个四月的下午，全城的丁香花都盛开了。分布在这城市所有角落怒放的丁香树，这里一棵，那里一棵，使这个钢铁的城市刹那流露出了香艳的气息。“李铁梅”就是在这样艳情的背景中出场，穿着红色打补丁的戏装，梳一条黑油油的大独辫，而脸庞，则是一个古代的美人脸。

黄昏到来了。夜晚到来了。城市黑漆漆的。这是一个没有路灯和街灯的岁月。所有的路灯、街灯，都被敲碎了，瞎了眼。这样黑漆漆的夜晚藏了多少隐衷啊。张采迟迟不能入睡。到早晨，她的眼圈就有些发青。当她看见清新的晨风中向她微笑打招呼的姚均平时，她终于明白了一件事，就是，那个女的，“李铁梅”，她配不上这个叫姚均平的男人。

她用特别挑剔的眼睛在心里审视着那只匆匆见过一面的姑娘，像寻找真理一样寻找着人家的缺陷。她想，那姑娘一身的市民气。还有，她古典美人儿的标准五官，组合在一起不知为什么有点不对劲儿，给人一种呆板空虚的感觉。还有就是，张采压根儿就不喜欢这种小家碧玉型的美丽。张采渴望震撼。她要的是神造的完美。嘈杂肮脏破烂不堪的后台、没卸干净的一脸残妆、轻薄的调情，这样黯淡平凡甚至猥琐的背景是对她心里某种神圣东西的伤害。

她闷闷不乐。她甚至觉得这个男人在她眼里也变得有些黯淡了。她为这个生气。她也生自己的气。太阳渐渐升高了，排练开始了。他们正在紧锣密鼓地准备着一轮新的巡回演出。

手风琴响起来了。琴声一响，她得救了。她的眼睛落在他拉琴的手上。唉，那神奇的、迷人的手指啊！又一次救了她。另一个世界就这么出现了。那是一个美好的世界。太阳是新的，原野是那么辽阔，一望无边。还有金色的、浑厚的、寂静无声的河流。她心里慢慢响起一支歌：

在乌克兰辽阔的原野上，
在那清清的小河旁，
长着两棵美丽的白杨，
这是我们亲爱的故乡……

这是电影《钢铁是怎样炼成的》的插曲。一个名字出现了——保尔。这个保尔和他，一个中国小城中的青年有什么关系呢？可是他们叫他——保尔。

后来，他们一起骑车回家的路上，她问了他这个问题。她说："你的朋友们，他们为什么叫你保尔？"

他笑了。笑得很甜蜜。他说："嗨，谁知道他们，瞎叫呢！"

其实，最初，他这个保尔，和那个革命的保尔，并没有关系。那还是刚升入高中的时候，国庆联欢会上，姚均平唱了一支外国民歌：

保尔把母鸡赶进了谷场，
让它们自由地寻找食粮，
他知道林里有一只狐狸，
所以他时刻在小心提防……

他唱得摇头晃脑，自己拉着手风琴伴奏，脚尖打着拍子，得意非凡。就这么，两天后，晚自习上，他听到一个女同学对另一个女同学说：“这题我也不会解，问保尔去吧。”

等她们含着戏谑的微笑站到他面前时，他才知道，原来自己就是保尔。

叫他“保尔”的那个女生，说起来，还是他的小学同学，同级不同班的。初中他们读的不是同一家学校，等到高中他们重新碰到一起的时候，那女生一眼就认出了他：“你是姚均平吧？”

他可一点也回忆不起这个叫赵佩先的女孩儿。他张口结舌，叫不出人家的名字，也不知人家的来历。赵佩先大方地笑了：“我就知道你不会记得我，没关系，我来自我介绍，我们是小学同学。”

后来，他们渐渐熟起来之后，有一天姚均平说：“你真是我小学同学？不会吧？我小学同学中怎么会跑出一个……王丹凤来呢？”

这天放学后，赵佩先进门第一件事就是照镜子。她盯着里面那个姑娘看了好久。然后她问正在炕上忙着絮棉花做棉衣的她妈说:“妈，我是金鱼眼吗？”

“谁说你是金鱼眼？吃饱撑的。”

于是好多天她都不再理那个骄傲的家伙。她翘着鼻子，把鼻尖美丽地举在天上。没多久她的脖子就受不了了。可她坚持着。他们两家住得不算远，就在同一条街上不同的两个巷子里，上学下学，免不了要碰上。碰上了，梗着脖子，冰清玉洁地走过去，看也不看他一眼，弄得姚均平莫名其妙。终于有一天，他在她家巷口打了个伏击。她家的巷子，又窄又深又长，一个人把住了巷口，可真是兵书上说的，一夫当关，万夫莫开。

“嗨，我说，你不怕得颈椎病吗？”他一本正经地问她。

她怒目相向。他却冲她笑起来。他笑得那么稚气和灿烂，一点也没有城府。夕阳照在他脸上，就像有条金河在那里哗哗流淌。她怦然心动。脖子一下子软下来。身体也软下来。可是她还努力绷着脸。

“姚均平，请你看清楚，我不是金鱼眼。”她严肃地说。

“金鱼眼？谁说你是金鱼眼？”

“你！”她叫起来“是你！你还抵赖？你亲口说我像王丹凤！”

“王丹凤！”他的眼睛瞪了那么大，“王丹凤怎么了？

王丹凤是金鱼眼吗？”

说完这话他愣了一下，想想，再想想，可不，王丹凤不是金鱼眼是什么？他一下子哈哈大笑起来。

平生第一次，他想讨一个女孩子的好，结果却是如此糟糕。“唉！”他长叹一声，“姚均平呀姚均平，你也有马失前蹄的时候啊！”

他们就这样做了朋友。后来学校开展“学毛著一帮一、一对红”的活动，他们俩结成了“对子”。她是团支部宣传委员，他则连团员也不是，于是宣传委员就常常和他谈心，帮助他进步。他是数学课代表，她的数学则一塌糊涂，他就常常为她补习数学。渐渐地，就有人叫她“冬尼娅”，原来不知何时，那“保尔”竟变成了这“保尔”。赵佩先很高兴。她喜欢“冬尼娅”这名字和苏俄的浪漫气息。

只不过，事情颠倒了过来。现在是无产阶级的冬尼娅和资产阶级的保尔。赵佩先的父亲，是真正的产业工人，是炼钢厂的炉前工。姚均平的父亲，则是个资本家，已病逝多年，却阴魂不散。高考放榜的时候，姚均平又一次明白了这个事实。他考得相当不错却落了榜。在 1965 年夏天没人为这种事矫情地吃惊。那个火红的炎夏，姚均平把自己关在房间里，用一层层的旧报纸糊住了窗户，不让阳光照射进来。他躺在床上，就像躺在坟墓中。床就是他的灵柩。中午刺耳的蝉鸣，黄昏清亮的鸽哨，吹糖人的小锣和卖烧土的叫卖，那都是另一个世界的事，与他无涉。

外屋，他母亲盘腿坐在铺板床上，静静地流眼泪。

终于，一个黄昏，赵佩先来了，他的冬尼娅来了。赵佩先走进来，他母亲就像看到救星，嘴唇哆嗦着说不出话。她用手指着那通向里屋的房门，泪如雨下。

赵佩先懂了。

她敲门。门不开。她一声声叫着他的名字。他不理。她就擂门，擂鼓似的，把他家的门，擂得山响。后来，她用脚踹，她一脚一脚踹上去，门还是纹丝不动。最后她绝望了。她喘着粗气，伤心地说了声："保尔，你对不起这名字。"

她离开了他家，来到黄昏的街上。晚炊的炊烟缭绕在小巷的上空。收音机播送着乐曲。一个嘹亮的女声唱着："一树红花照碧海，一团火焰出水来……"那么婉转悠扬，没有人生琐碎和真切的痛苦。有人用自制的小车拉着水桶从她身旁地动山摇地经过，洒下一地的水渍。那水也许是用来拔西瓜的吧？谁家院墙里探出枣树，一颗小小的青枣"啪"地坠地，刚好落在她脚边。眼泪一下子涌上来。她说不出的悲伤。生活是多么没有心肝啊，它一点不知道一个落榜的青年正经受着怎样的煎熬。

"佩先。"

她转过身。是他。他就像从地牢里刚刚走出的许云峰，蓬乱的长发几乎遮住他的眼睛。他们无言对视。他看她默默地流眼泪。他刚想开口说话，被她制止住了。她抢在他前边这样说道:“先让我告诉你一件事，就是，我也落榜了，我也没有考上大学，我非常难过。可是你知道我怎么安慰自己？”她停顿一下，深深地望着他黑沉沉的眼睛，“我想，假如保尔去不了的地方，我一个人去了，又有什么意义？”

他浑身一震。就在这一刹那他得救了。他脸上有了悲恸的表情。他像春天解冻的土地一样重新感受到了生命的力量。她平静地淌着眼泪的脸是多么美丽和仁慈啊。爱情就是在这一刻诞生。这之前，不过是一对孩子新鲜和浅薄的玩闹。他们彼此凝望对方，知道了，有什么重要的、性命攸关的事情发生了。

又一颗青涩的小枣，“啪”地落在他们脚下。

这年夏天，巷子里的这棵枣树，总是挂不住果。一场雨后，就落下一地没长熟的果实。慢慢就有团成团的青虫，从树上“嗖”地坠地，流星镖一样，落在行人的头上、脖领子里，吓得女人和孩子尖叫。后来就有人来把这棵枣树砍掉了。砍掉的枣树，横在巷口，被人拉到了不知什么地方。巷子看上去寂寞了一些，空旷了一些。姚均平有时会想念那棵树，因为，那是他们爱情的见证。

张采后来是从姚均平的朋友老李那里知道了一些他们的故事，知道了保尔和冬尼娅。她想，这可真荒谬啊。

“这可不是一个惊天动地的故事。”张采闷闷地说。

老李很惊讶，又有些失笑。“张采，”他说，“你是外国爱情小说看多了吧？这世上，哪有那么多惊天动地的故事？”他笑笑，“他们俩，青梅竹马，天设地造，还要怎么样？”

还要怎么样？张采不知道。她没有回答。

“可现在就是有人想拆散他们。”老李慢慢地说出一句石破天惊的话，眉毛在眉心处拧了个结。

张采心一跳，变了脸色。“谁？谁想拆散他们？”她颤声问。

“他们局里一个有权势的人，”老李回答，“看上了赵佩先，托人来说合，这事，姚均平还不知道呢！”

原来是这样！张采松出一口气，刚才一张嘴险些蹦出的心此时落回原处。张采还以为老李指桑骂槐呢！可是，看来，再平淡的恋爱故事也要有跌宕起伏啊！现在，这曲折到来了。从中作梗的人终于出现了。这是赵佩先工厂的主管上级，某某局的革委会副主任，一个炙手可热的人物。他看了局里的文艺会演，喜欢上了李铁梅。现在，他开始编织一张网，要捕捞他的爱情了。

他开始经常出现在这家工厂的排练场，陪同他的是厂里的什么头头。他来审查他们排练、彩排。他看他们的行头，说：“哪里捡来的破烂儿？买新的！”他看他们的乐队，说："才五把小提琴？怎么不得十来八把？招人！"他批评厂里的头头："再没钱，也不能克扣样板戏！"整个宣传队欢欣鼓舞，迎来了他们的曙光和春天。只有李铁梅——赵佩先，暗藏了深深的忧虑，知道他如此大方的举措是醉翁之意不在酒。

现在红娘终于该出场了。先是厂里的那些头头，张头、王头的，甚至，局里的领导也出面了。他们笑呵呵地说："铁梅姑娘啊，多大了？该考虑考虑个人问题了吧？"他们一上来就抹杀了姚均平这个人，根本就不承认有他的存在。他们乐呵呵地装着傻。等到她被逼无奈，说出"我有朋友"这句话时，他们下好的套子刚好在那里温柔地等着她呢。

"小赵啊，"他们严肃起来，"你可是咱工人阶级的后代，又在争取入党，根红苗正的，前程远大，可不能走错路啊！"

这话语重心长，听得她悚然心惊。没等她惊魂落地，下一轮轰炸又来了。这次是副主任亲自上阵。看上去他是多么自信啊！他说："我知道你有朋友，可是，就像保尔最终不会娶冬尼娅一样，李铁梅也不会嫁给王连举吧？"

他穿一件旧军装，领口露出一线白衬领，白得耀眼。应该说他是一个英挺的男人。他抗过机枪的肩膀远比姚均平宽，他风吹日晒过的脸庞也远比姚均平粗犷。他望着她困惑的眼睛，一把握住了她纤细的双手："李铁梅，记住一句话，宝刀赠壮士，美人慕英雄，我比他更配你。”说罢，他扬长而去。

那一瞬间，赵佩先感受到了他的力量，男人的力量，生活的力量。那是某种催化剂，还是种子。可是此时的姚均平，对这一切还一无所知呢。他们的排练到了紧要关头，“五·一”过去了，“五·二三”就要到来了，天气渐渐热起来，他们就要率领着他们的队伍去部队、农村和工厂巡回演出了。那几天，张采很兴奋。紧张的排练几乎使她把什么不愉快都忘记了。李铁梅算什么呢？冬尼娅又算什么呢？什么能比得了就要出发的喜悦？她抽空拆洗被褥，为自己准备着行装。生活好像又回到了不远的从前，回到了那些有演出的浪漫的日子。旷野中灯火通明的戏台、夜场的露天表演、台下跑来跑去的娃娃、伙房里正在准备的黄米面枣糕和热粉汤，还有一次在军营中吃过的猪肉烧小水萝卜，是多么鲜甜美味啊！他们睡过的稻草地铺，又是多么松软芬芳啊！张采真是等不及了。她等得是多么焦灼。一想到要出发上路，而且、而且是和姚均平在一起分享这美妙的一切，张采第一次感到，生活对她并非那么无情无义。

可是，就在出发前一天，风云突变。姚均平忽然吞吞吐吐告诉她，她不能和他们一起去了。以后，她也不能再来了。

张采没有问为什么。张采知道那原因。张采的平静让姚均平害怕。张采在刹那间弄明白了一件事，原来，张采一直等待着的，其实是这一天、这时刻。潜意识里，她等待着的一直是——离散。出发的喜悦和快活不过是海市蜃楼，还是一个梦境。现在那美妙的幻影烟消云散了。姚均平默默地望着她，他漂亮的眼睛又深又黑，里面满是悲伤和怜惜。她觉得这大可不必。她笑了，她说：“姚均平，我早知道会是这样。”

但是眼泪却不听话地涌出来。

他们默默站着。姚均平忽然伸出手，用手掌轻轻地为她擦拭泪水。这是一个意想不到的突兀的动作。可是张采没有惊诧。张采知道那是一个至情至性至善的举动。他的手在她干净的、柔弱的、从没有被人爱抚过的肌肤上怜惜地划过。那是开天辟地的触摸。她突然像含羞草一样甜蜜又痛苦地战栗。她的眼泪流得更汹涌。她再也看不清他的脸。英俊的希腊式的脸。像混血儿的脸。亲爱的脸——它终将远去。

姚均平轻轻说：“张采，好自为之。”

她知道这是一句告别的语言。

事情后来弄清楚了。人们说，聋哑人开口说话是毛泽东思想的伟大胜利，是无产阶级“文化大革命”的新生事物，怎么能让一个不知哪儿跑来的黑五类子弟来做指导，来分享它的荣誉？事情牵连到了姚均平。没多久，另一位老师取代姚均平接管了宣传队。与此同时，他的冬尼娅，在一个美好的夜晚向他摊牌，提出了分手的请求。

而这时，张采已经离开了这个城市，做了插队知青。她插队的地方，在汾河河谷，离后来那个闻名世界的古城平遥相距不远。那村庄的名字叫洪善。做了知青的张采，回想起聋哑学校那一段日子，觉得那就像是前生前世的事。有时，她坐在地头，望着远处的河流和田野，会想，姚均平此刻在做什么呢？然后，她自问自答，姚均平结婚了，娶了冬尼娅。“姚均平”，这也是一个前生前世的名字，却让她心里一痛。她仰望蓝天，似乎是想从那一片澄澈的碧蓝中寻找什么。找什么呢？她不知道。偶尔，她会做这样一个梦，梦中，她看见一只手，在漆黑的夜空中，打出奇妙又神秘的手语。那手语是她所不知道的，永远不能破译的，却美丽非凡，仿佛盛开在另一个世界的花朵。

梦中，她永远看不见他的脸。

下篇

几年之后，张采从农村回城了。现在她是一家集体所有制小厂的工人。那小厂，生产小化肥设备。厂房很简陋，只有几台老掉牙的皮带车床、刨床和冲床。院子里永远矗立着焊不完的各种罐和塔，高高低低的，像一些碉堡。在加夜班赶工的日子里，这些丑陋的罐塔就被焊花照亮了。东边一朵，西边一朵，明灭着。焊花凋谢的瞬间，无数只金蜜蜂坠向地面。劳动着的夜晚，张采的工厂看上去有一些诗情和美丽。

张采做了车工，开皮带车床，每天车一些笨重的法兰盘。她一直弄不明白这些零件是做什么用的。她只知道，车床一开，整个世界地动山摇。粗大的铁屑呼啸着，闪烁着蓝幽幽的光芒，像蛇一样吓人。

日子轰鸣着流逝。

有一天，下了班，忽然通知说要开会。原来上面发下来一份待决的罪犯名单，让群众讨论定罪。这样的事情，张采已经经历过几次了。这让她想起法国大革命，多么相似的情景呵，一个人当众宣读某人罪行，下面的公民们喊："处死他！"于是那人就被推上断头台。不同的是，现在下面的革命群众喊的是，"枪毙他！"或者说，"无期徒刑！"革命群众唯恐自己不够严厉，唯恐让别人发现自己在内心悄悄同情那些敌人，于是争先恐后表现自己铁血的革命立场。不管上面念什么，只要没有那一句，"认罪态度较好"，大家就异口同声喊："枪毙！"

那天下午，人们本来都要回家了，洗净了手脸，换了衣服，却突如其来地被召集起来开会，而且，是那样长长的一串名字。人们就显得有些草率和不耐烦。张三、李四、王麻子，还有谁？快点快点！孩子还在托儿所里哭呢，起好的玉米面正等着人去蒸发糕呢，趁太阳没下山还想赶着去捞两网鱼虫喂自家的热带鱼呢！有多少事情在等着人去做啊。张采默默地听。这样的时候她总是很紧张，莫名其妙地害怕，觉得灾祸和危险就在什么地方潜藏着。可是这天有点例外，这天也许是受了人们情绪的感染，也许是因为周末的缘故，她也有些心不在焉。忽然，冒出一个奇怪的名字来，姚均平。张采的第一个反应是，咦，他怎么会在这上面？刹那间她醒悟过来，脑子里“轰”的一声巨响，然后就是一片可怕的天塌地陷的空白。她下意识盯着宣读者的嘴唇，它们一张一合，却没有任何声音。它没有任何声音地摆布着一个人，一个活生生的、亲爱的人的生死。后来她看到那嘴唇不动了。那个时刻到了。她一下子恢复了听觉，因为，她突然听到了排山倒海般的吼声：“枪毙！枪毙这个反革命杀人犯！”

枪毙姚均平。

冷汗顺着她的脊背流下来，流成小河。结成冰。那个残阳如血的黄昏，从此就被冰封起来，冻结起来。不管隔了多远的时光，哪怕隔了世纪，张采回望它，仍然会被它凛冽惨白的寒光刺伤双眼和心。

那是一个多么绝望和可怕的夜晚。张采大睁着眼睛度过了那个漫长的不眠之夜。她以为她早已把他忘记了。可他却用这样恐怖和惨烈的方式在她的记忆中复活。他杀了人，杀了谁？他的手，他温情的、魅力无穷和神奇的手，现在沾上了谁的鲜血？她觉得自己要疯了。后来她打了一个盹儿，她看见了他。她终于、终于看见了他的脸，英俊的、线条分明的、有些像混血儿的脸，希腊式的脸，那么悲悯地、善意地、怜惜地望着一个孤苦无助的小姑娘，为她拭去眼泪。可现在他要死了。

在别人高喊“枪毙！死刑！”的时候，张采没有勇气说出异类的语言。在别人众口一词要他死的时候，张采不能说：“让他活。”人们是多么不耐烦啊！一个美好的周末被破坏了，骚扰了，所以人们比往常更痛快更迅速地喊出“死刑！枪毙！”。这样惨烈的时刻，张采不能说：“让他活！”……从前，这样的事情，只是发生在别人的身上。不是听说过这样的故事吗？在张采的城市，传说有一个母亲，她十九岁的儿子被枪毙了，政府派人去他家收子弹费，他母亲当着来人的面，率领全家振臂高呼：“无产阶级文化大革命万岁！无产阶级专政万岁！”……这样的事情，故事，从前，离张采是多么遥远啊，可是现在，它来了。它从天而降，把不堪一击的生活砸成了粉碎。

从前，张采还是红卫中学宣传队队员的时候，有一天，一个叫朱雀的同学给他们带来了一个有关死亡的消息。朱雀说，嗨，你们知道吗，薛丽洁的爸爸自杀了！朱雀非常兴奋，两只棕黄的大眼睛像猫眼一样熠熠闪光。她们围绕着朱雀，也很兴奋，还有些……幸灾乐祸。因为，这个鼎鼎大名的薛丽洁，她们都认识，太认识了！这个漂亮的女孩儿是红卫中学宣传队的老对手、劲敌。她和朱雀住同院却在另一家中学读书，薛丽洁是那个中学宣传队的台柱子，女一号，所有的舞蹈都是她领舞。就是她们率先要排全场舞剧《白毛女》，雄心勃勃。听说就是这个薛丽洁将担纲主演“白毛”。

“真的？”

“真自杀了？”

“怎么死的？”她们七嘴八舌追问。

“跳楼啊！”朱雀骄傲地回答。

朱雀绘声绘色描绘着那情景，毕竟“跳楼”的事不是每天都发生的啊。朱雀说薛丽洁她爸老薛被隔离审查，这天，他乘人不备不知怎么就爬上了机关大楼的楼顶。那是幢四层楼（多么高啊！），老薛他爬上去，从那里，可以看见他的家。他家那幢红砖的楼房与他遥遥相对，散发出亲爱的亲人的气息。没人知道他在那上面站了多久。后来，有一个孩子从下面急匆匆跑过，忽然一个巨大的黑影“噗”地落下来，差点砸了他。孩子目瞪口呆，看清了那飞翔而下的原来是一个人。那人伸开双臂扑在地上，是一个想拥抱什么的姿势。血和一些白色的东西慢慢流出来。孩子看了一会儿，扭头就跑，一边跑一边喊:“薛丽洁薛丽洁你爸摔死啦！”

薛丽洁跑来了。薛丽洁的母亲也跑来了。她们都没有哭。她们分开人群站在尸体旁边，谁也没流一滴眼泪。朱雀说，她们表现得很好，很勇敢，尤其是薛丽洁。薛丽洁当场向革命群众和组织表示，这个自绝于人民的人不是她的父亲，她从此不再姓他的姓，她要改姓杨，那是她妈妈的姓，她要改名叫“杨新”。她说从现在起她将是一个获得新生的人。

张采想，夜深人静，没有人观看的时候，薛丽洁会不会为父亲流泪？她母亲会不会为死去的亲人流泪？

从此真的不再有“薛丽洁”。从薛丽洁的躯体中再生出一个新人。这个叫“杨新”的女孩儿再次出现在张采们面前出现在舞台上时，她身着褴褛的白衣白裤，披着满头白发，浑身散发出凛冽的冰雪般的寒气。她站在飘雪的背景中带给人真正的冬天，她像一尊冻硬的雪人。就是唱到“太阳出来了”的时候，她也不融化。那象征太阳的追光打在她身上，发出“滋滋”的响声，反弹回来，变成尖硬的金属样冰冷的东西。

现在，张采想起了老李。自从插队后，张采就和他断了联系。张采这么做，是想堵塞所有通向姚均平的道路。假如，假如现在姚均平还好好地生活着，张采是不会到这里来的。张采这样想着，觉得眼前熟悉的街景是那么触目惊心。

老李看到张采，并没有惊愕。他默默地看了张采半晌，说了声：“长大了。”一句话，张采的眼泪就流了下来。

老李的变化可真是惊人啊！从前，在一个晴朗的冬天的下午，那个追上来向一个悲伤的小女孩儿指点迷津的神采奕奕的美男子，那个慷慨指路的“洪长青”，一下子竟变成了现在这样灰暗、破落和苍老的衰败样。他头上、两鬓竟然已是花白一片了。张采坐在他对面，往事像大风一样涌进心里。“吴清华看到迎风招展的红旗，激动万分，奔向前去……”那红旗猎猎飞扬着，是多么鲜艳。他追出来，叫她：“嗨，同学！你愿意到聋哑学校帮忙吗？”……

从前，有过多次，他们曾在这个家里聚会。她、老李，还有姚均平。老李老婆为他们炒菜、包饺子。他们喝青梅酒。那是一种本地生产的果子酒，度数不高，颜色碧绿，而且便宜。他们都没有什么酒量，只不过，借酒助兴。他老婆的菜炒得可真香啊。普普通通一个萝卜丝，也能炒出那样香辣浓郁的味道。他和姚均平开玩笑，他说：“告诉你个真理老弟，家有丑妻是宝，只怕你这辈子是摊不上这福分了。”那时，张采还不知道这世上有“冬尼娅”这个人。

现在他坐在那里，一根接一根抽烟，默不作声，可抽烟的样子却很凶狠。从前，他的烟可抽得没有这么可怕。一会儿工夫，他已经点燃了第四根。他把烟头随手就丢在地上。那烟叫“绿叶”，有股奇怪的异香，很呛人。渐渐地张采就被异香异气的烟雾笼罩住了。这时，她看到老李忽然把刚点燃的烟卷朝地下狠狠一丢，大手一捂脸，啜泣起来。

张采第一次看一个男人这样哭。

许久，他平静下来。他抹了一把眼泪。现在他的眼睛看上去竟是血红的。他嗡着鼻子说话了。他说：“张采，你见过这世上有比他更傻的人吗？”

“老李，出了什么事？”张采终于问出了这许多天来一直问着自己也问着苍天的话，“我走了才几年，怎么会变成这样？”她声音哽咽了。

“哈！”老李怪笑一声，“出了什么事？你说还会出什么事？还不是因为那个贱货！”

“贱货”这两个字，指的当然是：冬尼娅——李铁梅，或者，赵佩先。可是几年前，老李自己是怎么说的？什么青梅竹马、天设地造之类的。这老李真的不是那老李了。那个老李是多么善良、谦和、善解人意。此刻，张采听他说出“贱货”这字眼的时候，才真的感觉到过去的一切是彻底地崩溃了。

事情其实很简单，那就是，冬尼娅最终嫁给了那个有权势的副主任。就是对她说“宝刀赠壮士，美人慕英雄”的那个男人。正是这句话最终打动了她，使她在心的深处起了回应。他对她猛烈的攻势，连瞎子都看在眼里了，可姚均平却浑然无知。摊牌的时刻到了。她没想到他表现得是那么冷静。他听她吞吞吐吐说出了一切。最后，他说：“那时候，我落榜的时候，你要是不来找我，该多好！”说完，他站起身扬长而去。

那天老李是在一家小酒馆里找着了他。冬尼娅不放心，给老李单位打去了电话。冬尼娅哭泣着告诉老李发生了什么。老李骑着一辆破自行车满世界寻找他失恋的朋友。他去了姚均平家、学校、广场、公园，甚至，车站。最后，他在通向王村的一条公路旁的小饭店里看到了酩酊大醉的姚均平。他躺在酒馆肮脏不堪满地秽物和痰渍水渍的地板上，人事不省。一些人围着他，正不知道该拿他怎么办。

那天，是老李押上了自己的工作证和自行车，向酒馆借了一辆平板三轮车，把醉成死狗样的人拉回了家。

从此以后他就染上了喝白酒的嗜好。从前，他们都只能喝一些果子酒、啤酒什么的，可现在，他是经常地光顾副食店，去打那种散装白酒了。有时他提着打好的白酒来找老李，把酒瓶砰地戳到桌子上。老李也就不声不响和他一起喝。渐渐地，老李的酒量也大起来了。他们喝着廉价白酒，抽那种最呛人的烟，不知多少个夜晚，他们就这样酒气熏天烟雾缭绕地度过。

渐渐地，老李老婆的脸色就不大好看了。看见姚均平进门，脸就拉下很长。那下酒的菜，也越来越粗糙起来，到后来干脆就是从缸里捞起来的咸菜疙瘩。终于，有一天，连咸菜疙瘩也没有了。老李喊她去缸里捞菜，她充耳不闻，坐着不动。姚均平叹一口气，站起来，揣着酒瓶告辞而去，临出门，他对老李老婆说："对不起，大嫂，打扰了你这么些日子。"

老李没有挽留姚均平。他站起身，走到老婆面前，突如其来扇下去一个大巴掌。然后，丢下又哭又闹的女人，出门去追姚均平。他不忍心让姚均平一个人独自去钻小酒馆，然后像死狗一样醉倒在人家冰冷的地板上。

姚均平并没有走出多远。他追上去，跟在姚均平身后。冬天的夜晚，黑得很早。也就是七点多钟的样子，可街上已没有什么行人。走着走着，姚均平站住了。姚均平没回头，却说："老李，你放心。"

说着，他从棉大衣兜里掏出酒瓶，朝马路牙子上，狠命一摔。瓶子碎了。酒香顿时弥漫在这个伤心欲绝的黑夜。他深深吸了一口弥漫着劣质酒香的冷气："大哥，这你还不放心吗？"

他回过头。月光下，老李看到了他脸上的泪。满脸的泪。这许多艰难的煎熬的日子以来，他终于流下眼泪。老李鼻子也酸了，他知道，这个人，他亲如兄弟的朋友，挺过来了。

姚均平挺过来了。岁月流逝，看起来，生活恢复了旧日的模样。他又变成了一个清醒的、整洁的、使女人着迷的那种男人。就连他守寡的母亲，慢慢地，又敢在他面前提“找对象”这三个字了。她甚至托人四处为儿子介绍女朋友。起初，姚均平拒绝见面，后来，经不住母亲的唠叨和眼泪，他也就见了。

他想，一切都会过去。

他甚至真的喜欢上了一个姑娘。也是一个教师，小学教师，教语文。有时她和他说话就像和一个孩子说话。这让他觉得有趣，也使他产生了一种依恋感。她和他同岁，看上去却像他的姐姐。他们甚至已经谈论起了婚嫁。对这样一个未来的儿媳妇，他母亲很满意。他母亲喜欢她宽阔的胯骨和朴素的衣装，她想，这女人身上没有狐狸气。

他母亲催促他，说：“什么时候你俩去扯结婚证？”

就在这时他觉得心里一痛。

他也不知为什么，第二天，神差鬼使，他来到了一个久违的地方，来到了，她上班的工厂。这曾经是多么熟悉的一条路，这路上，一年四季的风光，风雨晴晦，他无不了然于心。走熟的路，原来就像一轴卷起的长卷，此刻在他脚下，一尺一尺熟稔地舒展。来这里干什么呢？他问自己。不知道。也许，只为了看她一眼。在新生活到来的时候，和旧的一切，做个了断。几年来，他再也没见过她的面。从她结婚后，她娘家就搬离了他们那条街，不知搬到了什么地方。似乎只是一夜之间，赵家就像被连根拔起一样没了踪影。远远地，他看到了工厂的大门。正是交接班的时候，人们出出进进。他远远地站在了路边一个大批判专栏前边，望着工厂出出进进的人流。他像一个守株待兔的傻瓜。从前，多年前，他就总是站在这里，站在这个老地方，等她回家。

有人向这边走来。

分开人群，朝着这边，朝着他，走过来。起初，他没有认出是谁。等到认出了，他脑子里轰然一响，然后就是一片白茫茫的空白。那个至爱的人，踩着白茫茫的大雪，没有声音地、危险地，向他逼近。终于她站在了他的眼前，那么惊喜地看着他。

“真是你。”她说，是那个亲爱的熟悉的声音，带着发抖的颤音，“我还以为我在做梦。”

他望着她。所有的怨愤，一瞬间，全消散了，融化了。数九寒天的季节，可他却在融化。他看见了她眼里的泪光。还有，她的惊喜。他听到她说：“我常常瞎想，我想，也许，有一天，你会在这儿，在老地方等我。有几次我认错了人……可是刚才，一出门，我就看见你了……你是在这儿等我吗？”

他点点头。

她变了许多。瘦了。颧骨突现出来，损坏了从前那种标致的古代美人脸。也许她不如从前漂亮，可是，却更动人。那是一个在生活中挣扎过的女人才有的容颜。为了躲开来来往往的行人，他们来到了路边的一家甜食店里，坐下来。身边一口沸腾的大锅里煮着桂花元宵。他要了两碗。可是他们谁也不动筷子。

“你好吗？”终于，他哑着声音说出了这句话。

她点点头。她说：“很好。”可是眼泪却扑簌簌落下来，落进碗里。她伸手抹了一把，又抹一把，却越抹越汹涌。她抬头望他。她说：“你好不好？”

“很好。”他回答，“我就要结婚了。”

“是吗？恭喜你。”她安静地笑了一笑，眼泪又涌出来，“她是干什么的？一定很漂亮吧？”

他没回答。热气迷蒙中她的脸有一种他从未见到过的谦卑的柔和。那让他心酸。“我想来看看你，我就放心了。”

“你都看见了，”她这样回答，“你放心吧。”

他摇摇头。

“你当我是瞎子吗？”他悲哀地说，“要是我瞎了倒好了。”

“你没瞎，”她安静地回答，“瞎的是我。”

一下子，她崩溃了。她开始抽泣，诉说。她说姚均平你现在应该高兴了，我负了你，可我遭了报应。她说你知道我们结婚才多久他就开始去找别的女人胡搞了。三个月！在他的办公室里，和一个打字员！让我给撞上了！我问他，我说，既然你不拿我当回事为什么要去和别人横刀夺爱？

他说，你猜他说什么？他说，赵佩先你太高估自己了，什么叫横刀夺爱？这世上的女人还用夺？哪个不图虚荣？不贪富贵？我不过是因势利导罢了！我给他拍手鼓掌，我说，说得真好，真透彻，真痛快！可这世上，比你更大的官还有的是，你不怕有一天我会贪更大的富贵去吗？他哈哈大笑，说，到时候你已经是残花败柳，还会有谁稀罕不成？我气昏了……我都不想活了，可我发现我怀上了孩子！……

她泣不成声，不管不顾地说下去，说下去，倾诉是多么痛快的事情啊！她说这些年来我也不知道他到底有多少女人，我早不去管他的这些事了！哀莫大于心死，心死了，猪狗一样的日子也照样过得下去。只是，有时候，一想到在这世上，我伤害过一个人，那个人，不知道怎么恨着我，我就说不出的难过……

他就这样沉入地狱。他痛惜地抓住了她搁在桌面上的手。她的手，冰凉冰凉。他抓住她的手想把她从深渊中拉出来。他说，和他离婚，嫁给我。他毫不犹豫毫不迟疑地说出了这句话。她连连摇头，她说，姚均平，你哪里知道他啊！他绝不会和我离婚。他不会放我。他到死也不会放我。他不会做任何影响他仕途的事！他早就撂下过这样的话，他说，你可别干傻事赵佩先，我知道你心里想什么，我没办法把那个资本家的狗崽子从你心里挖出来那是我没本事，可他要是敢打你的主意，那他是活够了！……保尔，你不是他的对手！

他眼睛湿了。从前，多年前，在一棵如今被砍掉的枣树下，她曾经对他说："假如保尔去不了的地方，我一个人去了，又有什么意义？"可是她还是去了一个没有他的寒冷和屈辱的地方。他紧握着的这双手，冰冷似铁，没有一丝人的温暖。他觉得心都碎了。天早已黑下来，灯亮了。一盏昏黄的电灯照着一张油腻腻没有上漆的方桌，照着碗里早已凉透的元宵。小店里没什么食客。他们就这么手握着手坐着。这一刻，世界和平和安静。而一个念头正在姚均平心里慢慢地清晰地浮现，就像有一支饱蘸了墨汁的笔，一笔一笔画出了一幅图画，那是末日的景象。

他并没有蓄谋杀人。可他一定知道那是一条不归路。他知道他的敌人远比他强大一百倍，可他还是要去和这样一个坚如磐石的敌人，要去和人家的丈夫摊牌，或者说，决战。这是多可笑的事啊！他说："放了她！"人家的丈夫哈哈大笑，说："谁的裤裆破了掉出你这么个不知天高地厚的玩意儿？请问你是谁？"这质问是多么有力。他一时语塞，接下来那一番侮辱啊，人家的丈夫面带微笑开始了对他的谩骂，那些肮脏的不堪入耳的字眼，一串一串，长了翅膀一样从一个黑洞洞的地方飞出来，黑压压地，盘旋着，变成了轰炸机，狂轰滥炸。他不知道那是一个男人郁结多年的隐痛和仇恨。这个男人，这个当代英雄，怎么也没有办法把一个窝囊废似的家伙从自己的女人心里彻底驱赶出来，他是多么多么的不甘心！他压抑着巨大的愤怒却做出最蔑视的姿态，他像一个泼妇一样骂街。渐渐地，姚均平听不见声音了。世界忽然变成了一个无声的世界，很干净，很纯洁。他想，该结束了。刹那间他知道了其实他是抱了必死的决心。他迅雷不及掩耳地抓起了桌上那盏铜质的笨重的台灯，向那个毁灭了他的生活还有他的至爱的男人，砸去。

“他是找死。”后来，老李不停嘴地对张采说这句话。已经是掌灯时分了，桌子上现在摆好了碗筷和晚餐，黄瓜丝、炸酱，还有一盆过水面。在它们中间显眼地戳着一个酒瓶，里面的酒是白色的烧酒。老李把那酒瓶抓起来用嘴咬开盖儿然后就像吹喇叭似的往嘴里一连灌了好几口。“他是找死，张采。”老李一抹嘴，“爱情？那是什么奢侈的玩意儿？为了那玩意儿去送命，好！好啊！”他又要去吹喇叭，张采按住了他的手。他也不挣扎，悲伤地望着这个昔日的小姑娘，从她脸上他看到一条时光的河流呼呼地飞逝。“也罢，早死早托生。”他伤心地说。

“那人不是没死吗？”不知什么时候老李的老婆进来了，“不是说只是受了伤吗？”

“没死又怎么样？人家没死，他可是死定了！”老李又一声怪笑，“姚均平啊姚均平，你他妈的是一个失败的杀人犯！”

可是张采存了希望，存了侥幸。张采想，杀人偿命，没杀人偿什么命呢？她就像抓住一根救命的稻草一样抓住了这渺茫的希望。她想，群众的讨论毕竟不是量刑的唯一标准吧？她开始焦急地等待，就像一个孤注一掷押宝的赌徒。这是生死的一赌啊。这一天终于让她等来了。这一天，在广场上召开了全市的公判大会，然后是游街示众。游街的队伍按惯例要经过张采他们厂门前那条大道。一上午人们都在嚷嚷这事，干活干不到心上。这个生死攸关的一上午简直像一百年那么漫长又像一眨眼那么短。忽然人们乱起来，人们纷纷扔下手里的活儿，向大门外跑去。人们听到了宣传车上的那大喇叭。人们喊，来了来了！一刹那车间变成了一座空巢，工厂变成了一座空巢。只剩下张采。她站在满地铁屑中间没有勇气去证实一个事实。她身上一阵冷，一阵热，像害疟疾一样发着抖。喇叭声越来越近，轰鸣着，城市像口钟一样嗡嗡地发出惊天动地的回声。不知过了多久，喇叭声远去了，消失了。人们意犹未尽地回来。有人告诉张采：“枪毙了七个。”旁边的人说：“不对，是八个。”人们形容着那些死囚，怎样五花大绑，嘴上勒着绳子。没人注意张采的异样，也没人告诉她更多。她仍然、仍然不知道他的吉凶生死。

后来她看到了布告。

他的名字上打了血淋淋的红叉。死刑。

大街小巷，到处是他的名字，还有照片。还是那张脸，有些像混血儿。还有着女人的俊美。他一路送她回家，送了一程又一程。他是那么不放心她，神情忧伤，好像怕吓坏了这个久违的怯懦的朋友一样。她忍着眼泪。她不能让他看见自己哭，亲人上路不许哭。他的手被绑着。永不能再对一个小姑娘妩媚地说，春天。她腾云驾雾般回到家，倒在床上。母亲进来喊她吃饭的时候，发现她已昏沉沉人事不省。

几天后，病愈的张采在一个夜晚独自出门。她终于、终于站在了僻静无人处一张布告前，站了在他面前。他们终于见面了。山和山不会相逢，人和人总会相见。她凝望着他。她看见他在那个冬天的早晨踩着那么纯洁的积雪向她笑呵呵走来，从此照亮了她惨淡的少女生活。她心里一直温暖地、羞涩地藏了一句话，从没有出口。此刻，再不说，就永远没有机会了。她挺直身子，慢慢打出一个手势。那是张采此生最后一次使用聋人的手语。她十指深情地美丽地舞动着，像黑夜的嘶喊，奇妙而壮烈。

她用手语说，我爱你。

2000年2月12日农历庚辰正月初八

完美的旅行

一、家乡在身体中的感觉

刘钢是一对外省夫妇的孩子。刘钢的父母都是东北人。他父亲的老家在黑龙江一个叫东京城的小镇，那是一个林区，属长白山地。刘钢的爷爷是伐木工人。而母亲的老家，则在那个叫牡丹江的美丽的城市。

刘钢的父母，在那种流动的建筑单位上班。那单位很大，属北京什么部什么局管。刘钢刚出生时，那单位就从东北迁到了华北，后来又落脚在高原上这个城市。而刘钢，却被母亲留在了东北老家，跟爷爷奶奶过。

母亲撇下刘钢时，他还不到半岁。爷爷买来一只奶羊，新鲜的羊奶把刘钢养成了一个柔和的、白皙的小男孩儿。他皮肤中总是隐隐透出膻气和青草的香味儿。这善良的气味将追随他一生，是食草动物留在他生命中的印记。当然，他身上还有一些别的气味，比如，松木绊子的味道、毛皮的味道、鸡舍猪圈的味道、腐叶和夏天树林茂盛的气息，这些，就是一个普通的东北林区孩子身上的气味了。

东京城是个安静的小城，日子在这里是悠长的，像一条缓慢深沉的大河，从容地流在世界的边上。这里的天空，是旷世寂寞的天空，那是寂寞和纯净的极限。在这样的天空下长大的孩子，对世界往往有一种隔膜和错觉。

在冬天的大雪原上，雪爬犁远远地从一片银白中滑翔而来。马脖子上的铃铛是这寂静的没有人声的世界中唯一的声音。雪爬犁来了，又走了，并且带走了刘钢。刘钢被一个陌生的男人带上了爬犁。那男人用皮袄紧紧裹着他。在零下三十度的严寒中，那人的呼吸有一种玻璃般的锐利和凛冽。雪爬犁把他们带到县城，从那里，他们登上了开往牡丹江的长途汽车。这是一个漫长旅途的开始——抛弃家乡的旅途。

后来他只有在梦中回忆家乡，回忆他的小城。有时他会觉得那个至亲至爱的地方远在天边，有时又觉得它近在咫尺。它像个婴儿躲藏在他自己温暖的身体中，这感觉亲切又奇怪。只不过，不管远在天边还是近在体内，他都无法触摸到它。这是一个永远的隔绝。

他来到的这个城市，是S省的省会。

二、城市很冰冷

那时他以为这是世界上最大的城市，最热闹的地方。

当然，那不是。

他不习惯这里的一切。不习惯这嘈杂、拥挤和肮脏。他也不习惯干燥。春天是让他最难受的一个季节，干旱的永不停息的黄风吹干了人身体中最后的一点水分，人变成了风干的人。整整一个春季，他嘴唇皴裂，牙龈出血。这里的春天丝毫不给人融化和柔和的感觉。漫天的风沙中，一切新生和吐绿的生命都苏醒得那么苦难和坚韧，绿色成了那样决绝悲壮和惨烈的颜色。他的双脚踩在硬邦邦冰冷的马路上，感觉不到春天。他想象着春天曾经是怎样从他的双脚钻进他的身体，就像破土而出的一棵幼苗，在他血脉里攀缘而上。那时他就觉得自己变成了一棵树。他向上伸展手臂，他感到从自己的手指尖慢慢抽出嫩芽、长出绿叶。融化的土地是多么奇妙温暖和芳香啊。到处是泥泞、滴水的声音和欢快的人声，还有新鲜嘹亮的鸟鸣。在春天人的脉搏也跳得快起来。他是多么喜欢这样的春天。但是在这里，这干旱的黄风和灰蒙蒙的天空，还有线条尖硬没有鸟雀做窝的丑陋的楼房，春天又在什么地方?

天气热起来。他脱下了笨重的棉衣。他的棉衣已经很脏，前襟黑乎乎的，泛着一层油光。妈说这哪是棉衣这简直是铠甲！在一个有太阳的星期天妈一边拆洗它们一边愤怒地唠叨。妈让他换上了一件毛衣。是姐姐穿旧的，大红的颜色，穿在他身上紧绷绷的，手腕露在外面一大截。妈像只猎狗一样伸着鼻子在他头发上嗅着，妈说：“去去去，好好把自己洗一洗，瞧你，什么味儿！”

妈常说这句话：“瞧你，什么味儿！”可那气味是洗不掉的。那气味躲藏在他皮肤下面，身体深处，在他蔚蓝的柔软的血管里面像小河一样奔流。那是家乡的亲爱的气息。是食草动物的气息。在春天它们苏醒和返青。可这气味莫名其妙地让他母亲感到不安和心烦，还有强烈的陌生感。她从这个有异味儿的孩子身上找不到一点骨肉的感觉。亲人的感觉。她简直不知道该怎样去对待这个陌生的闯入者。她只有频频地往澡堂里轰他。

澡堂是单位的公共澡堂。在开放的日子里，许多赤裸的人拥挤着争抢一个个莲蓬头。蒸腾的热烘烘的水汽中，赤裸的身体挤做一团是那么丑陋和恐怖。水汽扭曲了它们，使它们变形。它们在水雾中做着各种各样难堪和羞耻的动作，用丝瓜瓤或海绵搓洗那些难看的部位。他只好把自己的身体藏起来，藏在白瓷砖砌成的水池子里，让水淹没它们。可是水池子也不是个安全的地方。孩子们把这里当成了游泳池。赤身露体的男孩儿们在这池子里游泳、打水仗。他的哥哥和弟弟也在其中。他们把这肮脏的洗澡堂当成了乐园，他们夸张着自己的快乐，他们用这样的方式把这个兄弟这个亲人排除在他们的生活之外。

三、童话的由来

我从小生活在 T 城。在我少年时期，我的城市曾经发生过几件令人震惊的事件。它们都和死亡有关。准确地说，那是几起完美或者不完美的自杀。有一个女人，在某一个早晨爬上了市中心的一个工业烟囱，她想从上面跳下来，结束自己的生命。可她在爬上那顶峰之后后悔了。于是，我的城市中有许多人都目睹了那一幕，目睹了一个绝望者在生死的边际上怎样挣扎。她一览无余地暴露在这个城市的制高点，没人知道是什么挽留了她。那天 T 城市中心的交通为此整整阻塞了好几个小时，人们把马路挤了个水泄不通。后来消防队员出面了，那些战士像绿色的植物一样无声地攀缘而上，解救了她。他们张起的大网就像生活的罗网。她被劫持着富有弹性地落入网中。这个场面，我什么时候想起来都为之伤恸。

还有一个男人，他曾经做过我的小学教师，教我们美术。我有史以来美术课上的一个最高分就是他给我的。在我的印象中，他是一个天津人，脸是六角形的，颧骨很高，脾气暴躁。有一次临摹一幅命题画，补衣服什么的，一个男生画得很不像样。他挥舞着那画对男孩儿咆哮道："这是补衣服吗？这是——打屁股！"我们哄堂大笑。这让我们觉得他很没有尊严。不久，他就不教我们了，不知道去了哪里。就是这个高颧骨六角形脸的天津小伙子，后来，干出了一件惊天动地的大事情——在闹市区触摸了高压线。

那是因为失恋。我的美术老师他失恋了。他好不容易才找到了一个对象，因为他有一个资本家或是小业主之类的出身。可是这个对象还是决定要和我的老师分手。于是，在某个清晨，就发生了这样的一幕。我的老师当着他恋人的面爬上了高压电杆。那是在闹市区一个著名的通衢大道上，我的老师他笨拙地爬着，下面站着他心冷似铁的恋人。他爬呀爬，爬到一半时，他抱着电杆停住了。他凝望下面，他指望听到什么？那女人沉默着，嘴角挂着嘲讽的讥笑。还有那些行人，行人像看普通的小两口打架一样看着热闹。爱起哄的人甚至在喊：“嗨伙计，上！不到长城非好汉呀！”我的老师他叹息一声，又一拱一拱地爬了上去。太阳从他的背后升起。那最后的时刻很辉煌。他伸出了手臂。他的手臂又细又长，像长臂猿。他握住了那亮若游丝的高压线，然后他就突然像风筝一样悬挂在了清晨的阳光中。

人们到处传说这故事。我听说了死者的名字。我很难过。我想象着老师他在众目睽睽之下艰辛笨拙地爬向他生命的终点，他以一个滑稽的闹剧的形式结束了他一生的悲剧。那时我还小，可我想我理解了他孤绝的悲哀。

还有一件事，一个死亡事件，是在静悄悄中发生的。它发生在一个医院的宿舍院里。有一天，一个女人，和一个孩子，在她的房间里原因不明地自杀了。他们死得很安静。他们把自己并排悬挂在了暖气管上，手牵着手。我一直不知道他们为什么死。他们的死在我整个青少年时期始终是一个秘密。我想象他们颀长、洁白、冰冷无言的尸体，觉得那是一个最神秘最彻底的死。它向我传达出一种死亡的美丽。这是我在后来慢慢意会到的。事隔多年之后，有一次，在某个怀旧性质的聚会上，我忽然说起这件事，人们一片茫然。人们谁也不记得在我们的城市曾经发生过这样一个决绝和美丽的死亡。我问："那个跳烟筒的女人，你们记不记得？""记得呀！"大家异口同声。"那，那个摸高压线的老师呢？""记得呀！"又是异口同声，因为我们的城市实在算不得一个什么辽阔的大城。这下轮到我茫然了。我不知道是谁的记忆出了错。我呆望着大家。我想也许真的并没有这么一件事。这件事怎么想也像一个童话，有着美丽最虚无的本质。那么好吧，就让我来完成一个童话吧。也许这是二十世纪最后一个童话，或者说，是二十世纪最后一个光明的颂歌。

四、很多故事都是在火车站发生

一九七二年某个夏夜，一个叫陈忆珠的女人走出了T城的火车站。从北京开来的这列直快，晚点六个多小时。

十一小时的旅程变成了近十八小时。车抵达 T 城已是深夜。远处是一个漆黑无语的城市。除了站前广场几盏昏暗的路灯之外，这个城市其余的路灯都被武斗的枪弹或者孩子们的石头敲碎了。这是一个没有了灯光抚慰的城市。在巨大无边的黑暗面前，站前广场的灯光看上去是那么瘦弱伶仃和不堪一击。

这个没有人接站的女人只好走进候车室。她只有耐心地等待天亮，等待城市苏醒。早班第一辆公共汽车还有四个小时才会打着哈欠开来，假如它准时的话。好在候车室人并不太多，T 城不是那种处在交通枢纽和要道上的城市，比如郑州、石家庄什么的，连接 T 城和外面世界的，只有两条不那么重要的铁路支线，人们称它们为南、北同蒲。要不是因为在这个乱世一切都反常火车常常晚点的话，在这个时间，T 城火车站候车室的人应该更少一些才对。

尽管如此，陈忆珠还是很容易地找到了空着的长椅。这下有卧铺睡了，她高兴地想。坐了十八小时的硬座，腿都坐僵了，双脚也肿胀麻木。她几乎是快乐地躺下去，一下子放松了身体。松弛和舒展的快乐使她感到身体像水一样波动和荡漾了一阵。一波一波的浪，从里向外，起伏着，带着某种隐秘的芳香。陈忆珠是一个乐观的女人。一个乐观的女人其实很容易识别。在灰蒙蒙的人群中，她们有着高原雪域般的清新和阳光似的明亮，生活的灰尘不能使她们蒙垢。

现在她把自己安排得很舒服。头枕着行囊，狭窄又硌人的木椅在她身下似乎是一张辽阔松软的大床。它甚至还给人岛屿似的感觉，比如，南太平洋上的那些与世隔绝的美丽的小岛屿，有着最充足的阳光和最丰沛肥硕的热带花朵和女人。肮脏、空气污浊和满地狼藉的候车大厅被明净的海水淹没了。这个女人她似乎是幸福地睡在星空的下面，宁静得像一棵植物。瞧，当那个迷途的孩子走进候车大厅的时候，他一下子就发现了这个，感觉到了这个。

陈忆珠睁开眼睛的时候，天已经蒙蒙亮。她伸了一下蜷得发麻的腿，却蹬在了一个人身上。于是她看见了坐在她脚边的那个孩子。一个十一二岁的男孩儿，或者说，一个少年。

她坐起来。

“我打鼾了吧？”她愉快地问那孩子。

“没有。”孩子说。

周围有好些椅子空着，可那孩子却挤在她脚边。这有些奇怪。当然，要不了多一会儿，那些空着的椅子就会被人肮脏的屁股填满了。要不了多一会儿，候车室就会重新变得嘈杂、热闹和拥挤。陈忆珠抬起手腕看看表，五点一刻。再有一刻钟，早班公共汽车就应该开出车场了。醒得可真及时呀，她想。她马上拉开她的行囊，掏出一把梳子，鲜艳夺目的大红，不知是塑料还是牛角。她匆匆拢了几下头发。立刻，清新的精神如醍醐灌顶似的回到了她的脸上。

孩子始终在看她。

“你去哪儿？”她随口问。

“东京城。”孩子回答。

“哪儿？”她很惊讶，她从没听说过“东京城”这样一个地方，“东京？日本的东京？”

孩子摇摇头。“东北。”他说。

“你和谁去？”她朝四周看了看。

“没有谁。”孩子安静地说。

“你一个人？”

“一个人。”

她懂了。这是一个需要帮助的孩子，一个流浪儿。可是这个流浪儿衣衫整洁，面孔也很干净，从那上面还看不出流浪生活的痕迹。陈忆珠不笑了，她用清明的眼睛凝望了这孩子一会儿。多么明亮的一个孩子！她在心里这样喊了一声。这孩子身上有一种奇异的光明的气息，只不过它被某种东西遮盖了。候车室的灯光就在这一刹那无声熄灭了。黎明的熹光中，污浊的空气突然像尘暴一样降落在孩子身上。这可不是他待的地方，她想。她把自己的手伸给了孩子。

“我们走吧。”她说，“跟我来。”

孩子没有问去哪儿，孩子只是犹豫了一下，然后就把自己的手信赖地交给了她。孩子的手冰凉而光滑，像条刚从河里打捞上来的小鱼。这感觉是新鲜的。她记不得自己什么时候牵过一个孩子的手。她是一个……没有生育过的女人。她回头看看那孩子，孩子忽然羞怯地朝她一笑。那是花朵初绽的时刻。他身上那种光明嘹亮的气质一下子绽放出来，就像破晓的鸡啼。她突然觉得心疼——美好又脆弱的东西总是让她心疼和痛惜。她对了。她不知道自己已经走进了一个残忍的故事里。

陈忆珠是一个医生。她在 T 城一家医院做眼科大夫，她是一个住院医师。这是医师的等级中最低的一个级别。在它上面，还有主治医师、副主任医师和主任医师这一系列冰冷洁白的台阶。医院从来是一个等级森严的地方，在这方面，它壁垒森严的程度几乎可以和军队相媲美。

当然，在一九七二年，它的等级制度被彻底摧毁了。主任医师副主任医师们也许正在用刷子和去污粉刷厕所的抽水马桶，而一个护士，则有可能站在无影灯下，做针刺麻醉的手术或者是为小儿麻痹的患者做割治理线的治疗。这就是出现在那些年代的所有新生事物中的一种。

不过，陈忆珠的生活似乎没有太大的变动，至少她还在做着临床工作。她也没有参加任何的革命群众组织，她天生是个逍遥派。“逍遥派”这称呼真是让她心生欢喜。她喜欢这其中那宽袍大袖的飘逸之气，有一种难得的诗情和浪漫。医院建在城边上，和郊区接壤，从大门走出不远就可以走进庄稼地和菜田。在青纱帐起来的时候，人很容易被芳香的绿色吞没。后来，在很长一段时间，这景色就成了孩子刘钢眼中见惯的风景：那是这个暗淡冷漠的城市唯一亲切明亮的一个角落。

那个夏天的早晨，孩子和女人就走在这样的一片绿色中。所有不洁的气味：隔宿的候车室的浊臭、公共汽车上呛人的汽油味儿，像退潮的海水一样退出了他们的体内。现在他们的胸腔变得像沙滩一样洁净。女人告诉孩子，这是玉米，那是油菜，那是谷子和蓖麻，那是……孩子默不作声。他认识这些，这一切。田野、泥土、正在生长的庄稼、粪水的气味儿，它们多么强大和迷人。它们洗涤着他。他的脚变成了魔脚，走一步一个泉眼，泉水汩汩地从他脚心涌入他的身体。他柔软下来，松弛下来。他保持一个僵硬坚固的姿势已经保持了太久。他温驯地默不作声走在女人身边，上楼，进屋……女人进屋第一件事就是打开了窗子。田野的气味儿像光线一样涌入。这让他安心。他听话地做着女人让他做的事，在水龙头下洗着手脸。清凉的自来水哗哗冲击着他的掌心。他第一次觉得自来水是一种活水，从地心一条看不见的大河流来。带着活水迷人的腥气。后来他安静地坐在窗下，看女人进进出出忙碌。女人端来了早饭，煎鸡蛋、玉米面糊。它们金黄的色彩和热气一下子模糊了这孩子的双眼，他流出了眼泪。

女人放下了食物。好了，她想。她抱起胳膊坐在他对面，看他哭。女人没有劝阻。女人看眼泪怎样滚出他黑葡萄似的眼睛。黑菊花似的眼睛。先是一颗又一颗，又大又沉重，像一些有重量的珠子，后来连成了串。在无声和漫长的哭泣中这个孩子身体和心灵中的灰尘都被冲洗掉了，流走了。女人觉得这个早晨变得轻盈起来，光明起来。女人喜欢轻盈和光明的事物。

“你叫什么？”她微笑着问。

我们当然知道这个孩子叫什么，我们早就知道了。我们还知道了一些别的，关于他的来历，关于他对 T 城生活的隔膜和憎恶。其实这并不重要。重要的是，他和这个女人相遇了。就像——灰姑娘遇到了仙女。这是经典的童话的模式。现在女人就扮演了类似仙女的角色，听一个迷途的孩子诉说。他说得又急促又匆忙，像在奔跑。他说他要回家，回东京城，去看爷爷、奶奶、花壮（一条狗）和黑鼻子（他的羊妈妈的后代），他离开他们，亲人们，已经整整两年了。他说阿姨你知道东京城吗，知道老爷岭吗，那里是林区。那里有红松、落叶松、鱼鳞松，还有漂亮的白桦树、落叶栎树、槭树、紫椴树、杨树……哦，那些树啊，到秋天，浅黄、金黄、明黄、金红……真迷人啊！对了，还有榆树，在夏天，下过雨后，榆树下就长出了榆蘑，也叫黄蘑，用黄蘑炒菜、做馅儿，那可真叫好吃！还有那些灌木丛，山地虎榛子、绣线菊灌丛，那里藏着的好吃的可真多呀。木刻楞的房屋，屋后流着溪水，不知道那水是从哪儿流出又要流到哪儿去，这显得有些神秘，那就是看林人也就是爷爷的屋子。爷爷以前是伐木工，后来，得了老寒腿病，就做了看林人……爷爷腰里一年四季别个酒葫芦，酒葫芦里是鹿茸啊人参啊之类的药酒。爷爷吱溜抿一口，脖根就红了。爷爷年轻时喝酒就上脸，却是没人能比的好酒量……他们那天告诉他爷爷死了！说是什么胃里长了东西，这他可不相信。爷爷除了老寒腿身上简直没一点毛病，一顿饭能吃五六个贴饼子喝三碗棒楂粥，怎么会死？而且爸爸也没回去奔丧，说是搞什么大会战！他说阿姨你相信吗，你相信不相信我爷爷会死，他黑菊花似的眼睛凝望着女人，这么问。

“当然不相信。”陈忆珠回答得斩钉截铁。

孩子一下子泪如泉涌。

“我也不相信。”他说。

诉说是多么痛快啊。诉说使他变成了一条河流，淹没了僵硬的现在。是啊，这里的生活是多么僵硬啊。到处都是硬邦邦的，他常常看不见自己的脚印，除了下雪。可这里连雪都是肮脏的。可他们还总是说，你身上什么味儿？他们总是、总是往澡堂里轰他，他们总是把他往那个可怕的、恶心的澡堂里驱赶，就像……赶一条狗。他说阿姨你见过东北人杀狗吗，他们把狗赶进那么窄的一个小缸里，然后当头浇下一壶滚开的水，狗在里面挣扎，扭动，身上的毛就在缸壁上蹭掉了，那些毛无声脱落，漂浮或者沉底……澡堂真是让我害怕，可是他们，他们总是说，澡堂有什么好害怕的？他们，他们……他忽然抽泣起来。

陈忆珠握住了他的两只手。现在它们有了温暖的感觉，像从冬眠中苏醒的动物。她把这样两只手温存地握了一会儿。抽泣声弱下去，只剩下了奔涌的眼泪。孩子的故事中有着可怕的东西，它在血腥的气味中结束。这让她暗暗心惊。

“刘钢，”她努力使自己声音平静，“告诉你，我也不喜欢——公共澡堂。那确实是一个很可怕的地方。”

孩子抬起头。

“你瞧，我们都不那么勇敢，对不对？”她说。

“不过，”她微笑了，“这问题，也不是不可以解决，比如，啵，只需要这么一个大盆，”她指了指自己的床下，那儿果然有一只宽阔的木盆，静静地躺着，枣木板，漆着桐油，“再烧一桶开水，事情就解决了，对不对？这其实很简单。”她温柔地说。

在这个女人这里，一切都是简单的。事情一下子就变得单纯起来，光明起来。就像蓝天白云、红花绿草、多汁的水果，这就是童话的魅力。这个女人是神奇的、大气的，有着化复杂为单纯的魔力……那个迷途的孩子真幸运啊。在一段最黑暗的日子里他和这样一个女人相遇，和光明、拯救相遇。从此他的生活将发生巨大的改变。不过，此刻，在那个早已逝去的夏天的早晨，十二岁的孩子还不懂这个。他只是信任地望着她，不再流泪。他想她的话多有意思。一只大木盆！一句废话。可它奇怪地给人信心。

“对不对？”她问。

他点点头。

“瞧，不是非得离家出走不可，”她微笑，“你家，哦，我是说你 T 城的家住什么地方？”

这个叫刘钢的孩子警惕起来。

“我不回去，我要去东京城，我要去看爷爷，我要知道他是不是真的、真的……死了，我得弄清楚这个。”刘钢说，口气很坚决，像在强化着那个已经在融化的大决心。其实他分明听出了它在自己身体中消融的声响，就像春天融雪的声音。

“爷爷没死。”陈忆珠斩钉截铁地回答，“我告诉你，刘钢，你爱一个人，他就不会死。这用不着证实。”

你爱一个人，他就不会死。这像天堂的音乐。

后来的事情，就简单了。刘钢结结实实地吃了一顿舒服的早饭，煎荷包蛋、玉米糊、松软香甜的果脯面包，那是陈忆珠刚刚从北京带来的好东西。他甚至默许了陈忆珠给他的父亲通了电话。那个被大会战和儿子的走失折磨得要发疯的男人说了一百个“谢谢”，电话里他的声音哽咽了，他说那个小兔崽子一回来我就拿绳子把小兔崽子拴起来！我把他零拆了！陈忆珠说，那我就不费事送他回去了。我正想要一个儿子呢！电话那头那个东北汉子急了，说同志同志我是急糊涂了，我一个指头也不会动他，我造了什么孽呀碰上了这么一个让人折寿的小祖宗！

太阳很高的时候，他们走上了刚才的来路。太阳把庄稼晒出了腥气，路上起了灰尘，有了人迹。刘钢头发湿漉漉的，身体洁净、清新，散发着枣木盆和玫瑰香皂的好闻气味，像棵刚刚被一场豪雨冲洗过的漂亮翠绿的青菜。枣木盆是多么安全美妙啊！把身体浸泡在清亮芳香的水中是多么安全美妙啊！一个人的沐浴是多么安全美妙啊！袅袅白汽缭绕着，如同一种仙境。从前奶奶就总是这样把他捉来捺进木盆里，辽阔的、桦树皮做成的木盆，那是爷爷做的。林区的爷爷们大多会用桦树皮做各种日用的东西：木桶、木盆、小孩儿的摇篮什么的。奶奶粗大的手搓着他的脖根、腋下、小脚丫，还有他柔软的小雀，那就是回家的滋味。刘钢坐在温暖的水中回想着奶奶的手、白发和皱纹，身体有种梦境般的漂浮感。他回家了。他把身体更深地往水中缩一缩……过道对面的厨房里，那用最简单的魔法——一只木盆送他回家的仙女，正在慢慢吃剩下的玉米糊、六必居的酱萝卜和王致和的腐乳。女人慢慢慢慢吃着她延时的早饭。窗外，鸟在叫，那是些麻雀、燕子，偶尔会有一两只黑羽毛白肚皮的喜鹊，它们在那些粗大的杨树和槐树间跳荡、觅食，享受着生命的喜悦。

现在他们终于走上了重返 T 城的路。他沉默干净地走在女人的身旁，鼻尖慢慢渗出细碎的汗珠。他脚步越来越迟缓。陈忆珠注意到了这个。现在这条乡野的大路，被太阳晒得干燥起来。他们的鞋上不一会儿就有了灰尘。他们的身体也有了重量。没有风，路边的玉米叶、高粱叶纹丝不动，根部蒸腾着热气。刘钢抬起了头。

“这条路，一直走下去，走到底，到哪儿？”他问。

“汽车站。”陈忆珠回答，“进城。”

“进了城呢？”

陈忆珠想了想，“出城。”她说。

“出了城呢？”

“再进城。”

“出多少次城，进多少次城，才能到东京城呢？”刘钢终于说。

“这我不知道。”陈忆珠抱歉地回答。但是他脸上马上笼罩了失望，失望像一层霜挂在了这个刚刚从流浪的黑夜穿过来的孩子的脸上，“不过，我们可以查查地图，你说它在东北，对不对？”

“对。”

“东北哪一块儿呢？”

“老爷岭那一块。”

这又是一个陌生的地名，阻隔了她。她地理真是学得不够好。她也没去过东三省。她只知道沈阳、长春、哈尔滨这样一些众人皆知的地方，还有，威虎山和夹皮沟什么的。威虎山和夹皮沟现在是全中国人民心目中的东北。还有，就是锦州。锦州和苹果之类的东西联系在一起出现在主席的著作里，说的是辽沈战役的事。再想想，对了，还有大兴安岭和长白山。这两个地名的出现使她眼睛一亮。它们像两大朵花开放在一棵遥远的树上，美丽热烈而招摇。

“没关系，只要它在东北，我们朝东北方向走就是了，”陈忆珠笑起来，那笑明朗又天真，“我们可以先到北京，那儿有许多次车开往东北，沈阳、长春、哈尔滨，还有牡丹江——”

“我知道牡丹江，”刘钢兴奋地插嘴，“我妈就是牡丹江人！”

“是吗？”

“我去过一次牡丹江，五岁的时候，爷爷带我去看病，住在我姥姥家。那里有一条大河。”刘钢说。这就是他对牡丹江的全部记忆，“阿姨，你要带我去牡丹江，去东北吗？”他仰着脸，呼吸急促起来，“我们坐火车去吗？”

这时他们已经来在了汽车站。这是 13 路公共汽车的终点，当然也可以把它叫作起点。13 路公共汽车从城市开来，在这里停留几分钟然后再返回城去。终点站的名字是“荣军医院”。这不是陈忆珠医院的名字。荣军医院此刻就在他们看得见的地方，对面，包围在一片杨树的绿荫里，静悄悄的。刘钢现在回忆起了这地方，他们曾去那里参观过，是学校组织他们去的，组织他们去参观迫害荣军的罪行。光秃秃的没有任何遮盖的钢丝床，在阴沉的水泥地中央给他刑具的感觉。还有泡在福尔马林药水中的那些内脏：心、肝、脾、肺，那些脱离了人体的器官孤独、怪诞、丑陋，变成了另一种生物，变成了一些悲哀的血腥的眼睛。这感觉叫他毛骨悚然。现在他又一次突如其来地看见了这地方。

他抓住了陈忆珠的手。

“阿姨，我们坐火车去吗？离开这里，去东北？”他急促地问。

“有很多种方法，可以去我们想去的任何地方。”陈忆珠想了想，这样回答。

“什么方法？”

陈忆珠温柔地望着他。

“比如，想象。”

“想象？”

“对，”陈忆珠兴奋起来，摇着他的小手，“那可以让我们走得很远，我们人在T城，可实际上我们已经去了远方。”

“那是神话。”刘钢有些悲伤地回答。

“不，那是另一种生活。”陈忆珠说，“比如说吧，我们现在，就去一个地方，先去近处吧，晋祠，你去过没有？”

刘钢摇摇头。

“那好吧，现在就让我们去晋祠。”陈忆珠愉快地抬起了头，阳光在这张漂亮的脸上闪烁着，“啾，我们现在，步行穿过这条公路，”她指了指右边，这条公路和那条青纱帐中的土路恰好呈现出一个“丁”字，“我们大约要步行半个小时，你能不能走得动？”刘钢兴奋地点点头。“好，半个小时后，我们就上了晋祠公路，我们可以在南屯等8路公共汽车，那是离我们最近的一站。如果车正常的话，半小时后，我们就可以到晋祠了。这样，我们每人需要四角五分钱的车票钱。”

“可我没钱。”刘钢叹口气，嗫嚅着。

“没关系，我有。一个大人和一个孩子结伴旅行，孩子用不着为钱的事发愁，对不对？”

“不对，怎么能随便花别人的钱呢？爷爷奶奶说，不能随便拿别人的东西。”

“那好吧，既然你是一个这么有原则的孩子，就算我借给你的，将来，等你工作挣钱了，再还我就是了。这总行吧？”

刘钢想想，再想想。点点头，笑了。

解决了钱的问题，他们继续上路。陈忆珠开始描述公路两旁的风光。她说刘钢，我们的汽车现在走在稻田里。晋祠一带是我们T城唯一有稻田的地方，盛产稻米。晋祠的大米非常好吃，比南方的籼米好吃多了。传说，真正的晋祠大米，蒸出饭来，每一粒都是站着的，晶莹剔透地站立着，芳香扑鼻。据说现在只有一块田里出产的米是这样的珍品，遗憾的是我们不知道是哪一块。稻田和我们这个干旱的高原城市是多么格格不入啊！它像一个异类，给我们带来江南的气息，湿润和艳丽。刘钢，你知道那一带为什么会有稻田吗？那是因为，泉水，晋祠的泉水。

13路开来了。他们上了车。汽车开往T城，可他们却背道而驰。他们走在一条完全不同的公路上，稻田、莲塘。夏天的莲塘是多么漂亮啊！塘里游着花鸭和白鹅。现在汽车停了下来，停在了晋祠公园的门口。那里此刻很安静，因为不是星期天。从汽车上下来的，大多是外地人，外地来出差的、外调的、探亲的，没有T城人。T城人不会在这样一个不是节假日的时候乘公共汽车到晋祠去，T城人没有这份闲情。可是我们去了，刘钢！陈忆珠得意地笑起来。笑容使她流动，像一条洒满阳光的河流。

现在他们走在了浓荫之中。一千只鸟在叫。这是北方的树。槐、山杨、栎树，还有美人似的垂柳。花香扑鼻，那也是一些北方的花朵，大丽花、波斯菊、榆叶梅，还有月季，在通往祠堂的路上，开着它们粉红、金黄、深紫、浅蓝的花朵。瞧，祠堂到了。绛红色的墙、朱红色的门，多么巍峨！这个北方的园林。

哦，我去买门票，五角一张。

好吧，刘钢，我们进去了。

不要惊奇，孩子，这渠中就是晋祠的泉水。多么碧清啊！水草是这么柔软、妩媚，它们折服和漂动的姿势是一种生存的姿势。你一会儿就会看到它们的源头。关于泉水，有许多的传说和故事，我会告诉你。看，现在我们走上了献殿，这是宋代的建筑，不对，也许是金代的，它的建筑很有特点，四周没有墙壁，也没有一根屋梁，你仔细瞧，没有屋梁，是不是？我们不搞建筑，我们不懂，可是懂的人知道，这，是建筑学上的奇迹。你穿过献殿，往前走，停下，先看一看，你马上要走上一座石桥，青石桥面，白石栏杆，这可不是普通的石桥，这桥，叫“鱼沼飞梁”，你看它是十字形的。好，让我们走上去，这样我们会看得很清楚，十字的桥梁，横跨在渠上。这种十字的桥梁，目前在世界上仅存的只有两座，一座好像在罗马，还有一座，就是这个——鱼沼飞梁！古人说，圆为池，方为沼，一为桥，十为梁，所以它叫鱼沼飞梁。

现在，你低头，让我们再看脚下的泉水。我们下桥往左边走，我们会走下一个有石阶的门，那是我们接近泉水的唯一的道路。看哪，这个亭子，上面写着“不系舟”三个字，建在泉水中，它像不像一条泊在水边的船？你看这石壁上的泉眼，它从“难老泉”汩汩涌出。你听它的响声，它像小瀑布一样奔流而下，我们得大声呼喊才能听到对方的声音。我们走下台阶，要小心，台阶又凉又滑，水汽扑面而来，清凉的水汽，扑面而来，看，我们现在到了“智伯渠”里。蹲下来，刘钢，你现在可以把你的手，浸在泉水中。你看它们怎样从你的手心、手背、手指缝中流动。泉水奔流而下，水雾溅在你身上、头发上、脸上，我们过去喝一口。用手捧着，对，就这样喝一口，怎么样？它们开始在你的身体中奔流，是不是？你身体中也有了这样一条尽善尽美的泉水，清亮、芳香、清澈见底。水草在那里浮动，千姿百态，你身体变得柔软和多情。叹，现在看这里，这条石坝，看到没有？石坝上有一些洞眼，数一数，它们是十个。泉水从这里分流而去，三眼朝西，七眼朝东，知道吗？这里面有一个故事，就是“智伯渠”的故事。现在，让我们坐在“不系舟”上，听我给你讲一讲智伯和渠水的故事……

汽车穿越了郊区和市区，向着城市的中心深入。呼呼的风声中，他们以逆向的速度向着民间传说和园林纵深挺进。圣母殿、水母殿、叔虞祠……刘钢无限喜悦和动情地从它们宏伟的年深日久的身体中穿越。他抚摸唐槐周柏，他像只小野兔一样在山路上跳窜，那山叫“悬瓮山”，他们在那半山的亭子上，眺望T城。这是他们旅行的开始。他们从一个美好的北方园林开始了他们快乐的漫游。而这时，他们已经来到了那个建筑单位的宿舍大院门口，一男一女两个人，向他们奔来。他们奔跑的慌张的姿势使一个旅行在最快乐的高潮中戛然结束。

刘钢的父亲不停嘴地说，谢谢，谢谢。刘钢的父亲高大英俊，一看就是个东北大汉，一脸的络腮胡子。虽然穿一身工作服，可不怎么像个工人。他母亲却没说话。他母亲紧紧盯着儿子的手。那手，被握在一个陌生的女人的手中，驯顺、听话、信赖，而且……依恋。这很刺目。儿子从没让她这么握过。儿子非常害怕她触碰他的身体，儿子就像含羞草，像一种软体的敏感的虫子，一碰，就恐惧得缩成一团。

太阳白晃晃的。这个异常明亮的正午灼伤了一个母亲。疼痛从眼睛传导进身体深部，像一些种子落进黑暗和温暖的泥土中。当然，最后她还是堆起了礼节性的笑容，她说：“多亏了你了呀！”

陈忆珠把孩子朝他们面前轻轻一推，“他想当个小徐霞客！”她说。高高兴兴的。她谢绝了男人请她共进午餐的邀请，她用手抚摸了一下孩子的头发，对他说：“徐霞客，想去旅行，就来找我。”

刘钢笑了，眼泪一下子滚出了他的眼睛。一颗、一颗。这是射向他母亲的霰弹，可惜他不知道。

五、自由的行程

从那个中午开始，陈忆珠迷上了一件事，收集地图册。她跑遍了这城中大大小小的新华书店，买来了中国地图册、世界地图册、中国交通图册、中国公路图册、各省的分省图册、自然地理图册……

阅读地图原来是这么一件愉快的事，当那些熟悉或陌生的地名一下子朝你逼近的时候，那里有一种音乐的旋律。随手一翻，比如，那曲、措美、扎西则，那就像从一声神秘嘹亮的呼喊中显现出来的奇迹，洁白、遥远，有如神谕。它们还像果实一般悬挂在最奇妙的树上，沉默，守秘密，是一种天长地久等待的姿态。再比如，横塘、丫髻山、雪堰桥，这里面有了颜色，宋元山水的颜色，还有古琴琤琤高山流水的声响。更多的地名是生活的声音，比如，鲤鱼江、羊角塘，听起来多么亲切热闹啊。这样的地名没有神秘感却给人生活的兴致。可是另一些就不同了，三十里铺、漫川关、落水河，那就像没有人烟的苍凉孤旅上的驿站。

她还喜欢看那些形形色色的曲线，比如，山文线。极高山、高山、东西向山系、南北向山系，它们在一个平面上横扫一切，有着千钧之势和霸气，还有着笨拙。而那些气流线就不同了，它们轻盈、柔和、流畅，就像飞天婆娑的舞姿一样绝妙和迷人，还有着风中杨柳的那种艳情。当然，她做的第一件事，是寻找那个名字——东京城。原来它并不难找。它就在铁路沿线上，在黑龙江的东南部，图例表示着它是一个小镇。和它相连接的分别是：兰岗、宁安、温春、牡丹江。

她久久盯着它，这个名字。她觉得它是活的，带着它的汗腥气、体温、呼吸和心跳，还有血流图。像所有生命力茂盛的人一样，它的心跳沉着、缓慢、庄重、有力，和地心神秘的律动相呼应。它似乎永远处在生命的盛年。她知道这是刘钢眼中的爷爷，他和长白山共存。她轻轻叹息，她想这就是山脉的最动人之处和魅力所在……

现在她独自居住的这间屋子成了刘钢最喜欢最热爱的地方。差不多每个星期天，这个孩子都会乘 13 路汽车风尘仆仆地赶来。他一进门就嚷嚷：“嗨我没误火车吧？”旅行现在成了他生活中最重要的内容。比吃饭重要，比睡觉重要，比和小伙伴们游戏重要，甚至，比和父母相处重要。旅行的光芒照亮了刘钢其余时间的生活，T 城不那么难以忍受了，挨过六天灰暗沉闷的日子，然后就迎来了光明的一天。这一天就像红日一样跳出海面，把平凡的岁月之水照耀得辉煌灿烂，金波粼粼。

他们是两个最好的旅伴，不娇气，能吃苦，精力充沛，他们的身体和心灵一样敏感，感知自然的能力就像植物感知四季。他们坐在不足十五平方米的小屋里，开始他们的行程。那开始的一刻是神圣的，充满仪式感。他们屏息静气，手心对着手心。陈忆珠说，好，我们上路，徐霞客。于是他们就背起想象的行囊出发。他们在出发的刹那间松弛下来，身心充满欢乐。他们每一次的旅行路线，都由陈忆珠精心设定。他们是两个穷人，没太多的钱，所以得精打细算。怎样花最少的钱走更多的地方，当然他们最后总是花得一块钱也不剩。几个月来，他们有过壮丽和艰苦的西行，走西安、走兰州、经天水、过嘉峪关，直达伟大的敦煌。他们也有过轻松的江南之旅，在苏州看园林，在西湖泛舟，吃“楼外楼”的醋鱼，喝龙井。他们还有过文化之旅，凭吊赤壁，登北固山、岳阳楼，一路发思古之幽情。大西南也同样留下了他们的足迹，他们从武汉坐船经绝美的三峡到重庆，从重庆，又乘上了开往成都的火车，从那里他们抵达贵阳，然后，陈忆珠停顿了一下，建议，他们从贵阳折向西去，经安顺、六盘水、最后到达——威宁彝族回族苗族自治县。

为什么要去威宁这样一个偏远、交通不便又并非旅游胜地的地方，陈忆珠没有说。陈忆珠说，知道吗刘钢，那里有草海。那是贵州最大最美丽的湖泊。说这话时，陈忆珠的眼睛就像真实的草海一样动人而多情。

也许，这牵涉到她个人生活中的一个秘密。不过她不说。刘钢也不追问。刘钢也从不追问别的。比如，你为什么和别人不一样，没有家，没有孩子？刘钢一点儿不觉得这有什么奇怪或者不好，像别人有时悄悄议论的那样。他喜欢陈阿姨这样。陈阿姨不是他妈妈那样的女人，陈阿姨是……是动物。在茫茫人海中刘钢很容易识别那些善良的食草动物的后代。所以，陈阿姨就是有秘密，那也是一个和人类的阴暗毫不搭界的光明的秘密。

刘钢热爱这样的生活。刘钢觉得他现在变成了一只鸟，到处飞翔。他喜欢这自由的感觉。他甚至觉得自己的身体变得流畅，没有任何阻力。飞翔的感觉是多么美妙啊。飞翔是真实的，而生活本身，倒变得虚假。T城不再是他的牢笼了，因为他知道他的精神可以到达多么遥远的天边。

只是，有一个地方，刘钢和陈阿姨迟迟地迟迟地没有能够到达。那就是——东京城。为了这个，整个东北，整个东三省，他们都回避着。他们的身影，几次在它的边缘徘徊，在就要接近它走进它的时候突然掉头而去。他们到过秦皇岛、山海关，到过赤峰、乌兰浩特，他们在亲爱的东三省的边缘游荡，然后转过身去。

现在刘钢也成了一个热爱地图的孩子。他阅读地图就像别的孩子阅读小人书。那些地名，密麻麻散布在纸上，它们在他的注释中变成花蕾，在他抵达它们时它们就像花朵一样开放。这想象无比快乐，充满挑战性。他开始在地图上寻找那些更陌生更遥远的名字，比如，伊尔库茨克、贝加尔湖、新西伯利亚、秋明和莫斯科，就这样他看见一条铁路线穿起了这样一串花蕾。它们沉睡着，散发出某种神秘和黑暗的异香。他微笑了。他知道那是一种召唤。后来他见到陈阿姨的时候，他说："我们什么时候去看一看这些地方呢？"

陈忆珠有些惊讶，她说："恐怕不行，我们没有护照，也没有签证。"

停一停她又说："我们也没有那种自由。"

她看出了他很失望。说实话她还没让这孩子失望过呢。这是一个多么无情、现实、胆怯和没有魅力的回答。她抱歉地望着他，摸摸他柔软的头发，她的手触到他的身体，她内心的禁锢一下子就崩溃了。

"好，刘钢，不过我们得好好准备准备，这可不是一个普通的旅行，”她说，然后她说了一句对于一个孩子来说过于艰深的话，“俄罗斯是我的一个梦想。”

“我们可以去？”他仰起脸。

“我想我们有办法过境。”

他笑了。他们当然有办法去任何地方，他们是鸟啊！现在他知道了那一片辽阔的土地还有一个名字叫“俄罗斯”，不光叫“苏修”，也不光叫“老毛子”。后来，他还知道了那里不仅仅有赫鲁晓夫和勃列日涅夫这些修正主义者，还有——诗人，是他们使那片陌生的土地变得善良、美丽和动人。陈阿姨背诵着那些诗篇，眼里闪烁着感动和憧憬的泪水。他们就要到这样的俄罗斯去了。这真叫人兴奋。后来，他一遍一遍地问陈阿姨，我们准备好没有？陈忆珠说，快了刘钢，我们快准备好了。

所有旅途的终点最后都是 13 路汽车的尽头——这间亲爱的小屋。它永远在庄稼和菜田的后面，在杨树的绿荫中等待着他们。他们筋疲力尽，风尘仆仆，小屋就是抚摸和安慰。然后就到了那个时刻，陈阿姨说，刘钢，我该去烧水了。她站起来走进厨房，二十分钟后，刘钢就把自己埋进了白气袅袅的安全的大澡盆里。水流在他皮肤上温暖地滑动，他觉得自己像一缕漂亮的水草。真的他觉得一切都很漂亮，他目光所及的一切……在对面，厨房里，从精神旅行的激情中平静下来的女人，默默坐在炉边，听着隐约的水声和清亮的响动，觉得这是生活中充满温情和善意的时刻。

六、谁是我们的敌人

现在李淑终于要出场了。李淑已经在痛苦中等了这么久。这个女人，其实是个好女人。最好的女人。正派和顾家是她们共同的标志。李淑是个会计。整天坐办公室使她本来就白皙的皮肤看上去更加光洁。她长得有些像朝鲜族人，可其实她不是。她是四个孩子的母亲，所以她的身体开始发胖、走形，她的腰不再是少女的纤腰，屁股也不再是少女紧凑的屁股，它们沉甸甸松弛地坠在她的身后，使她原本修长的腿看上去也短了一截。

岁月就是在这些多余的赘肉上沉淀下来，让人伤心。一个刚刚从会计学校毕业的姑娘，梳两条黑油油的大辫子，一眨眼，就变成了眼前这副悲伤的模样。当然这是她丈夫老刘的看法。而她，李淑，眼前这样的时刻，她为这宽阔肥硕的身体骄傲。这是生育的纪念。这是最肥沃的能生能养的土地。你呢？你这只母鸡，你下过一颗蛋吗？

李淑越来越经常地发出类似的质问。李淑这样的女人，对异类的气息生来敏感。她们从千千万万的人中一眼就能分辨出谁是女人中的异类。她们个个是火眼金睛。就算她们瞎了眼睛，鼻子一闻，也能闻出她们的气味。那是夏天闷热的青草的腥气、春天的麝、迷香和精液混杂的骚味，还有着腐烂的苹果发酵后的腻甜。那个刺目的无比明亮的中午，她老远就闻到了这不祥的气味儿。它覆盖了、笼罩了她的儿子。从那天开始它变得无所不在。在白天它是光，在夜晚它是黑暗。吃饭时它是吞咽的声响，睡着后它是儿子均匀的呼吸。她儿子就这样落进了妖精的手中，李淑悲伤地想。没人比她更知道真相，就是，她儿子其实是从这个令人头晕目眩的险恶的中午真正走失。

有时她会看到儿子身体四周有一层雾状的东西，使他和正常的一切隔绝。她触摸不到他。她一摸他，那雾状的东西就有了硬度，有了柔韧的弹性。她儿子就躲藏在这雾状的东西后面，就像一个王子躲藏在青蛙的身体中，躲藏在熊瞎子的身体中。那还是一件传说中的隐身衣，儿子穿上了它，立刻无影无踪。

洗澡这老办法也拯救不了她了。洗澡现在变成了一个灾难。她让他去澡堂，他就说，我不脏，我洗过了。在哪儿？李淑明知故问。在陈阿姨那儿。刘钢回答。李淑是多么听不得这句话！这话是一个咒语，一遍一遍在他们的房间里起落，最后落下来在地上铺起厚厚的一层，踩上去就像落叶，软绵绵的，快把她的脚埋住了。快把她活埋了。

他伸出手，手是干净的，捋起袖子，身上是干净的，看看耳朵后面，耳朵后面是干净的，闻闻头发，头发也是干净的。她儿子所有的器官和肢体，洁白、光滑、明亮，没有一星半点污渍和灰尘。它们无可指摘，却携带了、暗藏了那个女人的邪气。那邪气在皮肤下面奔窜着，像无数条小蛇。李淑强压着怒火，说，你洗过了也是脏的。你一天到晚朝医院跑身上到处都是病菌，你现在比过去要脏十倍，脏一百倍！儿子愤怒了。对了是愤怒。只要李淑话里明枪或者暗箭触碰了那女人，儿子的反应就总是这么激烈。儿子愤怒地望着她，后来就变得悲伤。当然最后妥协的是儿子，儿子去了公共澡堂，但是糟糕的是，出来后那气味有增无减。于是她明白了一件事，那异味是洗不掉的。水不能溶解它，不能稀释它，反而灌溉了它似的越发鲜明蓬勃起来。那么它不是巫术又是什么？

李淑对丈夫说，老刘，别让你儿子一个人去那么远的地方了，多不安全。老刘说，怕啥呀？他一个人连逃跑都敢，正经串个门儿倒不敢了吗？再说咱也管不住他的腿呀。老刘是个大大咧咧的人，又忙，忙着搞大会战，负责其中的一个什么项目，哪儿顾得了那么多？李淑不甘心，说，医院是啥好地方，也不怕传染上毛病？老刘说，蝎虎啥？又不是琉璃吹的，又不是林黛玉，哪儿那么娇气？他愿去叫他去，比离家出走强吧？陈大夫人多好，会开导人，你没看出来他这些日子变开朗了吗？

天呀天！男人哪，真是笨。变开朗了！瞎了眼还有个窟窿呢！要不就是别有用心。李淑冷笑两声，说，是啊，一个大好人哪，我看想往那儿跑的不光是你儿子一个人吧？老刘说，你瞎扯啥？你个老娘儿们咋净长歪心眼儿？李淑说，现在你觉得我心眼儿歪了？早干啥去了？老刘叹口气，说，李淑，我干了十六个小时的活儿，你让我睡会儿觉行不行？

好吧，就让男人们去睡觉吧。哪怕在坟墓里睡呢！李淑又是一声冷笑。可我不能让别人骑在我脖子上拉屎，对不对？我不能让别人从我眼皮子底下抢走一个生龙活虎的儿子！她想起一出戏《穆桂英挂帅》，对了，现在就是该穆桂英出场的时候了。

如果在现在，这两个女人约会的地点可能会在一个茶屋或者安静的小饭馆，气氛幽雅，适于谈话。我们在电视剧中常常看到这样的场景。但那时不行。那时没有这样一个很布尔乔亚的地方。于是，李淑选择了公园。

深秋的公园里几乎没有游人。满地的落叶，在李淑坚毅的挑衅的脚下发出粉身碎骨的呻吟。她们并排坐在湖边的绿色长椅上，那样子很怪诞。湖边的长椅通常是给谈情说爱的恋人们准备的，可她们在本质上却是敌人。李淑努力做出了亲密的样子。

“陈大夫，你可别怪我多事，我想给你介绍个对象。”

“大姐——”

“你可别推三推四，跟你说，白工程师可是个百里挑一的好人。前年死了老婆，一个人带着个孩子——”

“大姐！”陈忆珠打断了她，“我不想谈这事儿。”

“怎么不想谈这事儿？”李淑夸张地瞪大了眼睛，“这可是终身大事啊，你总不能一个人过一辈子不是？陈大夫，不是我说你，你也老大不小了，千挑万挑，男人还不就是那么一回事？早点成个家，早点生个自己的孩子，也省得……省得一天到晚看着别人的孩子眼馋。”

李淑终于把这句话说了出来，这句久蓄于中的话。陈忆珠明白了。在秋风萧瑟的季节陈忆珠明白了一件事。可她明白得太晚了。她默默地望着身旁的这个女人，这个孩子的母亲，不知道该说什么。现在她知道这次约会的性质了，原来是鸿门宴。她伤心地笑起来。

“大姐，”许久她说，“你放心，没人会夺走你的孩子。”

“陈大夫，你别误会——”

“我没误会。”她说，站了起来，“我走了，大姐。”

她在风地里走了很久。她一个人，从城市的这头走到那头。秋风吹着她的脸。她的脸很冰冷。她不知道自己什么时候流出了眼泪，这让她很吃惊。她几乎不记得自己什么时候哭过。她的眼泪一向很金贵。她想，多可笑啊，怕我抢走她的儿子！可她笑不出来。她踩着满城落叶，听着它们在她脚下粉身碎骨地呻吟，她想起一句话，人心比夜黑。

后来她给老刘打了电话，让他转告刘钢，以后不要再来找她了，她有事要出远门。

接下来的这个星期天，她果然一早就出了门。她去看望城里的一个久违的老同学，在人家家里盘桓了整整一天。她们包饺子，喝青梅酒，玩得很是热闹。临分手时，她对老同学说："今天真快活。"然后她就一个人走在了清冷的街头。她听着自己的脚步，她想，我真的快活吗？

在黑暗的走廊里她几乎踢到了一个人身上。一个人蜷在她的小屋门口，无声无息，就像一条睡着的狗。她立刻就知道这是谁了。那熟悉的、亲爱的气息袭击了她，他竟等了她整整一天！刹那间她感到身体里有什么东西在无声引爆，可她坚持着，坚持着。终于她说："我不是告诉你我要出远门吗？"

"我不信。"他安静地回答。

"是真的。"

"可你还是回来了。"

"要是我不回来呢？"

"我等你。"他安静地，但是决绝地回答，"一直等。"

她叹息一声，眼泪忽然夺眶而出。她想我怎么变得这么脆弱啊！可她没管它们，她任由它们流。她看他慢慢地站起来，小小的身体紧靠在了门板上。那是一个坚如磐石般的姿势，扎根的姿势。她知道自己不行了。她摇着头，说：“刘钢，刘钢，我该拿你怎么办？”

七、玫瑰园

可以想象李淑的愤怒。李淑的阻挠失败了。每个星期天，她的儿子仍然一如既往地朝那个该死的女人那里跑。现在那个女人该是多么得意啊。那个女人会说，是啊是啊，儿子是你的，这不假，可他归根到底是谁的呢？

这双得意非凡的、嘲讽的、胜利者的眼睛悬挂在李淑的生活中，就像咸鱼一样散发出无处不在的臭气。李淑和它对峙，李淑在心里说，别高兴得太早，谁笑到最后，谁才笑得最好，对不对贱货？

儿子在日益远去。她知道这个。就算他人在家里坐着，魂儿也不知道去了哪里。他早已不是一个正常的孩子了，正常的孩子谁会像他似的整天抱一本破地图册发呆？那里有什么玄机和秘密呢？正常的孩子扎堆儿、打架、疯跑野马，这才像一个孩子，而他呢，除了看地图，就是说一些没头没脑的话，云山雾罩。当然这些话，他只跟妹妹红霞说，在这个家里，只有红霞，能撬开他的嘴巴。六岁的小红霞，扎牛角辫，像燕子一样穿梭在李淑和二哥之间，做了信使般的人物。红霞说：“妈，二哥去桂林了。”李淑说：“胡说八道！”红霞也不计较，一跳一跳跑去跳房子去了。

再一天，红霞又跑来对她说：“妈，二哥去乌鲁木齐了。”她伸手摸摸红霞的脑袋，不发烧呀，怎么满嘴跑舌头说胡话？李淑说：“嗨我说咱家有一个中邪的就够了，你别再凑热闹好不好？”红霞说：“不好。”一甩小辫儿，又一跳一跳跑走了，去踢鸡毛键。

终于到了这一天，红霞跑来对她说，红霞这么说：“妈，二哥要去——俄罗斯呢！”这次李淑吓一跳，李淑吓了一大跳！“小祖宗，你疯了？”红霞说：“没疯呀！谁疯了？二哥说的，陈阿姨要带二哥去俄罗斯看、看三套车呢！”

李淑心突突跳，突突跳。好啊好啊，她想。她的心跳着跳着忽然撒开了欢儿。她的心舞蹈起来，跳起了踢踏舞。这是喝醉的赫鲁晓夫的舞蹈，一双大皮靴，在克里姆林宫如镜子般光滑的地板上，踢踢踏踏，多么欢快啊！李淑想，好啊好啊，她激动得脸色苍白，她说好啊，我知道地图的秘密了！我总算等到这一天了，海枯石烂我等到这一天了！

有一个这样的名词——向阳院，现在绝迹了。可在七十年代那是一个新生事物。

现在我们来到了向阳院。我们一下子闻到了那个时代的气息。那个时代的气息，被完好地封存在这样一些历史名词中，就像尘封多年没有人再打开的香水。这将是这个故事结尾的地方，好比一个童话，往往要在最后出现美丽的花园或者玫瑰园，现在我的玫瑰园出现了，我们走进了一个“向阳院”。

向阳院是明亮的，没有黑暗的死角。每个人的生活，都暴露在光天化日之下。它们透明、干净、清澈见底，秘密就是罪恶。

可是一个独身女人，一个三十岁还不结婚的独身女人，这本身就是一个大秘密。这本身就是一个大暧昧。向阳院怎么能容忍得了这样的事情呢？向阳院有多少双雪亮的、正派的、容不得一粒沙子的眼睛，盯着她呢！可她把自己隐藏得多么好啊，简直滴水不漏。她整天进进出出，高高兴兴，一脸的光明正大和清白，不过，一个叫张桂香的女人想，只要你是狐狸，早晚你会露出尾巴。

张桂香就是我们这个向阳院的——院长。家庭妇女，四十多岁，也是陈忆珠的邻居。一幢筒子楼里住着，隔不了几个门。上级选张桂香做院长，真是伯乐识千里马。她心明眼亮。耳朵是狗的耳朵，鼻子是狗的鼻子，非常灵敏。瞧，她说什么来着，从那个男孩儿进出这幢筒子楼起，张桂香就兴奋起来，张桂香想，看吧看吧，狐狸尾巴就快露出来了！

其实最初一两次张桂香倒没怎么太在意。可是，渐渐地不对了，那男孩儿来得也太频繁了，太有规律了。只要是星期天，刮风也好，下雨也好，下雪也好，男孩儿总是风雨无阻地出现在他们这个黑黝黝堆满杂物的走廊上，男孩儿占领了这个独身女人所有的业余生活。男孩儿来了，他们就把自己关起来，一关就是半天。没人知道他们在这半天时间里在做什么。有时可以听见里面叽叽呱呱的，忽高忽低，是女人在说话，说个没完。一个三十岁的女人和一个孩子哪有那么多的话说呢？张桂香不是没有设法进去过，张桂香进去过许多次，收水电费呀，收卫生费呀，或是进去借个什么东西，要不干脆不要借口，就是进去串个门，看到的总是差不多的一种情景，他们很亲密地坐在一起，并排坐在床沿上，或是面对面坐桌旁，讲着什么，非常兴奋。似乎没什么可怀疑的。不，不，让人起疑心的是那种亲密，那种……亲人般的亲密。对了，还有洗澡。那孩子有时甚至在这独身女人的房里洗澡！当然这种时候女人大多是在厨房里坐着，这才叫此地无银三百两呢。张桂香微笑起来，心想，这不是此地无银三百两这是什么？

隔了好几间屋子、好几道房门，张桂香似乎仍然能听到那水声，哗哗的，掩盖着某个真相。噢，水声中，女人的手慢慢抚摸孩子的身体，孩子身上的每一处她都抚摸到了，非常亲密。她把他抱在怀里，让他……吸吮她的奶。事情一下子明朗起来，事情在这样一个画面中明朗起来，张桂香胜利地想，她想，原来她有一个私孩子！

她非常快乐，太快乐了！因为她破解了一个秘密。你呀你呀，她叫着女人的名字，狐狸再狡猾也斗不过好猎手啊！她想现在她终于把这女人清白骄傲的假面给撕下来了。

第二天她在走廊里叫住了那女人。她说，陈大夫你听说没有？在 13 路汽车站牌下面，有人捡了一只人造革旅行包，打开一看，你猜里面是啥？是啥呀？陈忆珠天真地问。私孩子！张桂香气吞山河地回答。

造孽。陈忆珠说。

谁说不是呢？她嘿嘿笑起来。

可是天哪，事情还要更复杂、更下流、更无耻呢！那个冬天的黄昏，一个叫李淑的女人出现了。她先找到了医院革委会，又找到了向阳院。院长张桂香在自己的家里接待了这女人。起初她一点也没想到这女人会给她带来什么样的震惊或者说惊喜。她公事公办地说坐吧坐吧也没张办公桌就坐炕上吧，李淑就坐在张家的热炕头上，李淑说，那个天杀的该死的陈忆珠啊！眼泪就下来了。她一把鼻涕一把眼泪地控诉着、诉说着。张桂香听着听着，冷汗就下来了。那是激动的冷汗。大妹子呀，张桂香拍打着李淑的手背，我还以为那是她的私孩子呢！没想到，没想到……

大姐呀，李淑泪眼婆娑地望着她，你这不是骂我吗？那可是我嫡亲的儿子哟，十月怀胎生下来的儿子呀。我怀他的时候，吃什么吐什么，吐得脸都绿了，胆汁都吐出来了，心肝五脏都震碎了，一张嘴，震碎的五脏六腑就往外冲啊！那可真是惊天动地哟！生他的时候，又是难产，侧切了一刀，缝了二十四针呢！是啊是啊大妹子，这滋味咱们当妈的都知道。咱们可不能让自己亲生亲养的孩子落在这些坏女人的手里！居然还想拐带着人家的孩子潜逃，还想投敌叛国！跑到苏修那里去，过资产阶级腐朽的生活！她是嫌咱们这儿不自由啊，群众的眼睛是雪亮的啊，她干坏事哪有那么便当？大妹子，你是没看见哪，你也太大意呀，你不知道她在你儿子身上都干了什么呀！大姐，那坏女人她对我儿子怎么啦？啊？她对我儿子干什么了？你说呀大姐！大妹子，这我可真说不出口，你是不知道呀，太恶心了呀！你别着急，听我慢慢说……这两个女人，李淑和张桂香，两个母亲，心心相印地促膝而坐，她们相互那么理解、那么同情、那么同仇敌忾！她们十月怀胎一朝分娩生下的孩子可不是为了让别人来掠夺和……糟蹋。对了是糟蹋。这两个字冲口而出，一下子射中了一个母亲的心脏。现在张桂香想起洗澡的场景，想起那暧昧和私密的水声，一切都不同了。她想象他们在巨大的澡盆中湿漉漉地抚摸、拥抱。陈忆珠抚摸男孩儿身上最娇嫩的地方，看它雄起……

这太恶心了，她想。她在慢慢的生动的描述中紧握住那个悲痛欲绝的母亲的手，给李淑支持和力量。她们都是那种爱憎分明疾恶如仇的人民群众……

她们吹响了号角。

八、盛夏的激情

会场设在楼前那一片空地上。那里平时是孩子们游戏的地方。男孩儿在这里踢球，女孩儿在这里跳皮筋丢手绢。四周有树，杨树还有槐树。在夏天绿荫总是遮蔽着这个孩子们的乐园。但现在是冬季。树枝光秃秃，显得干净利落和坚硬，空地也是坚硬的。寒流把它们冻得像铁一样结实。

但是群众的激情是那么热烈和高涨。那是盛夏的激情。妇女们身体中贮满阳光和热力。这是多么可怕的罪行啊。投敌叛国还在其次，最让她们愤慨的是这不要脸的女人对一个孩子的……猥亵。她们早已从张桂香那里知道了一切。那故事、那所有的细节，她们听了已经不止一遍。现在她们义愤满腔地聚集在这里，她们用远远超过真实的愤慨来掩盖她们的兴奋和窥阴的邪念。她们叫喊成一片。她们让她坦白交代。她们喊着喊着目标就集中在了一个方向，她们眼前闪动着一个巨大的无耻的激动人心的画面。她们说，你摸过他没有？你动过他没有？啊？你让他摸你的奶没有？摸了没有？……她们叫喊着。她们一点儿不害羞，兴奋万分。那是多么壮观的集体的手淫。女人咬紧牙关沉默不语。女人在这一片叫喊中渐渐没有了知觉和表情。最初她曾仰望过天空，天是那种稀薄的明澈的灰蓝，很远。在这样高尚的天空下面他们曾经有过多么愉快的旅行。但是他们刹那间就脏了。一个孤独的大人和孩子之间的友谊、温情，刹那间就脏了，污秽了，沉入了深渊般的黑暗。她的沉默激怒了人群，她的不合作激怒了人群。她们无法从她嘴中证实这个邪恶和下流的故事，她们无法知道更多更有趣的细节。这让她们多么不满足不过瘾。最后她们忍无可忍终于采取行动了，她们说革命不是请客吃饭。她们说你以为你不说我们就无法证实了吗，若要人不知除非己莫为！看看她的奶，看看她还是不是一个姑娘的奶了？早让人揉搓熟了！早变成狗奶了！她们一哄而上冲上去撕扯着她的上衣。她们七手八脚。扒下她的棉衣，扯下她的毛衣，撕开她的内衣。然后，一片耀眼的光明出现了。两只最美好最善意最羞涩最尊贵的乳房，鸽子一样扑棱棱腾空出世。鲜花一样丰肥地绽放。十二月的严寒中，女人裸露出了她洁白高尚的秘密。人群忽然静默下来，她们感到了太阳般眩目。于是，寂静中，那非凡的耀眼的明亮像天河一样划开了尘世与天国的界线。

而我们的孩子正在朝这边赶来。孩子冲破了他母亲的阻挠。那个星期天的早晨不知为什么母亲死活不许他出门，但他还是趁人不备设法跑出来了。他朝这里赶来。他就要来了。他已经走下 13 路公共汽车，他已经开始穿过冬天的田野。没有了庄稼的土地空旷荒凉，麻雀在那里跳蹦觅食，有一种和平生活的静谧和安详。孩子不知道那是他此生最后的一个静谧和安详的时刻了。现在他走进了大门，看见了人群。他忽然不安起来。他愣了一愣，朝人群走去。最外面的人看到了他，一下子安静了，她们闪身给他让开了一条路。看到他的人都给他让路。他在这条漫长的路上走着，走着，渐渐地，他闻到了血腥气。他发现自己走进了凶猛的食肉动物的包围之中。然后，一下子，他就看见了赤裸着上身的女人。看见了这个人间最黑暗最丑陋最卑贱同时又是最光明最美丽最高贵的一个画面。

当天夜里，女人服安眠药自杀。女人是内科医生，她知道哪种药效力最强大。她用葡萄酒灌下了那些白色的精灵样的小东西。它们在她体内旋转和飞翔，慢慢把她带向另一个世界。行前，女人洗了热水澡。女人在那只宽阔的枣木盆里浸泡了很久很久。那水是煮了干茉莉花、干菊花、干连翘花还有橘皮的水，温暖芳香。女人芳香地上路，洁白地上路。女人想，我可不能把人间的污秽带到我要去的地方。

人们清理她的遗物时发现了那封信。信是写给刘钢的。

老刘把信交给了病中的儿子。儿子阅读那信时，老刘不敢看儿子的脸。信是这样写的：

小朋友：

这次，我一个人去旅行了。这次我去的地方是一个人能够到达的最远的地方。

你最终要一个人去东京城，要一个人去面对——爷爷的坟墓。这就是我们迟迟、迟迟没有去那里的原因。我们都明白这一点，对不对？亲爱的小朋友，你爱一个人，他就不会死。这也是我最后要说的话。

我们有过最快乐的日子，最快乐的旅行。现在，我的旅行结束了，我用最后的气力挽留了一件我认为很珍贵的东西——尊严的美丽。所以，我这样到达了我的终点。而你的行程还很远，这需要勇气和光明的心情。这两样都是你所拥有的。你一直拥有着它们。孩子，记住我的话，你要好好地、好好地走下去，你身体和精神将要到达的每一个地方都会使一个老朋友无限欣喜……

九、和T城永别

刘钢又一次失踪了。这一次是在他病愈之后。细心的读者也许已经发现我更改了一个传说的结尾，尽管我喜欢那个并排悬挂的结局可事实不是这样。事实是，那天早晨，李淑一起床就发现外屋刘钢的床是空的。那是早晨六点半，天才蒙蒙亮。外面下着雪，雪花漫天飞舞。李淑一下子慌了神。漫天大雪中，她的儿子不知去向。

从此，刘钢再也没有回家。T 城从此再没有过这孩子的痕迹。这孩子来过，又走了。T 城本来有过一个机会，可以使自己变得柔软、洁白、浪漫和有心肝一些。但这机会最终失去了。T 城不知道珍惜，它失去了最后一个机会。在后来的岁月中，它飞速旋转，发出钢铁般冰冷和刺耳的尖叫。它尖叫着奔向高速公路，奔向下一个世纪。

关于失踪的孩子，下落始终不明。有人说他在中苏边境偷越国境时被打死了，也有人说，他最终变成了一个诗人。

1998 年 12 月 15 日于太原

1999 年元月 12 日修改

心爱的树

一八九〇年，或者，一八九一年，一个人带着行装上路了。他离开海边的大道，沿灌木林里一条草木繁茂的小路，准备做一次环岛的旅行。后来他有了一匹马，是别人借给他的，他就骑着这马继续走向岛屿的纵伸。一路上，不断有人向他打着招呼，说：“哈埃雷——马依——塔马阿！”意思是说“来我家吃饭吧”。他笑笑，却并没有停下他的脚步。后来，有一个人叫住了他，是一个像阳光般赤热明亮的妇女。

“你去哪里？”她问他。

“我去希提亚阿。”他回答。

“去做什么？”

“去找个女人。”

“希提亚阿有不少美女，你想讨一个吗？”

“是的。”

“你要愿意，我可以给你一个，是我女儿。”

“她年轻吗？”

“年轻。”

“长得健壮吗？”

“健壮。”

“那好。请把她找来。”

就这样，欧洲人高更，在希提亚阿，找到了他的珍宝，他年轻健壮俊美、皮肤像蜜一样金黄的塔希提新娘。他用马把他的新娘、他幸福和灵感的源泉驮回了岛上的家。

两年后，这个男人离开了，他乘船离开塔希提回法国去。他的女人，坐在码头的石沿上，两只结实的大脚浸在温暖的海水里，总是插在耳边的鲜花枯萎了，落在双膝上面。一群女人，塔希提女人，望着远去的轮船，望着远去的男人，唱起一首古老的毛利歌曲：

> 南方来的微风啊，东方来的轻风，你们在我头顶上会合，互相抚摸互相嬉闹。请你们不要再耽搁，快些动身，一起跑到另一个岛。请你们到那里去寻找啊，寻找把我丢下的那个男人。他坐在一棵树下乘凉，那是他心爱的树，请你们告诉他，你们看见过我，看见过泪水满面的我。
>
> ——取材自《诺阿·诺阿》

一、梅巧和大先生

梅巧十六岁那年，嫁给了大先生。大先生比她大很多，差不多要大二十岁，所以，梅巧不可能是大先生的结发妻子。大先生的发妻，死于肺痨，给他留下了一双儿女。迎娶梅巧时，大先生的长子，已经考到了北京城里读书，而女儿，也快满十三岁了，一直跟随祖母在乡下大宅里生活。

嫁给大先生，梅巧是有条件的。梅巧本来正在读师范，女师，由于家境的缘故辍了学。梅巧的条件就是，让她继续上学读书。

“让我念书，我就嫁，”她说，“七十岁也嫁。”

这后半句，她说得狠歹歹的，赌气似的。其实，和谁赌气呢？梅巧就是这样，是那种能豁出去的女人。当然，从她脸上你是看不到这一点的，她一脸的稚气，两只幼鹿一样的大黑眼睛，很温驯，嘴唇则像婴儿般红润娇艳，看上去格外无辜。她坐在窗下做针线，听到门响，一抬头。这一抬头受惊的神情，就像幅画一样，在大先生心里，整整收藏了五十年。

这是座小城，至少，在梅巧心里，它是小的。梅巧向往更大的天地，更大的城市。如果具体一点，这个“更大的”城市大概叫作巴黎。

因为梅巧想做一个画家。

七八十年前，梅巧的城市一定是灰暗的。北方城市通常都是这样一种暗淡的灰色。如果站在高处，比如说，城东那座近千岁的古塔上，你会觉得这小城安静得就像沉在水底的鱼，灰色的瓦像鱼鳞一样密不透风覆盖着小城的身体。这让梅巧郁闷，梅巧就在画上修改着这城市的面貌，她把屋瓦全部涂抹成热烈的红色。一片红色的屋顶，铺天盖地，蒸腾着，吼叫着，像着了大火。大先生评价说："恐怖。"

此时梅巧已是身怀六甲，身子很笨了，不能再去学校上课。大先生就利用每天晚上的时间为她补习功课。白天她守着一座空旷的两进的四合院，闲得发慌。日影几乎是一寸一寸移动着，她伸手一抓，摊开手掌，满掌的阳光。又一抓，握紧了，再摊开，又是满满一掌。这么多的时光要怎么过才过得完？梅巧叹息着，听见树上的蝉，知了知了叫得让人空虚。

大先生是个严谨的人，严谨，严肃，古板，不苟言笑，很符合他的身份。大先生是这城中师范学校的校长，兼数学教员。大先生教数学，可谓远近闻名，是这行中的翘楚。论在家里的排行，他并不是老大，可人人都这么叫他，大先生，原来是一种尊称。

这阅人无数的大先生，惊讶地发现，他的小新娘，拙荆、贱内，竟然冰雪聪明！他为她补习数学，真是一点就透。他掩藏着兴奋，试验着，带领她朝前走，甚至是，跳跃，甚至，设置陷阱，却没有一样难得倒她。她就像一匹马，一匹青春的、骄傲的小母马，而数学，则是一片任她撒欢飞奔的草原。大先生渐渐不服气了，想绊住那马蹄，四处寻来了偏题、怪题，可是，哪里绊得住？她总是能像刘备胯下的“的卢”一样在最后关头越过檀溪。煤油灯的玻璃罩，擦得雪亮，灯焰在她脸上一跳一跳，这使她垂头的侧影有一种神秘和遥远的气息，不真实。大先生不禁想起《红楼梦》中关于黛玉的那句判词，“心较比干多一窍”，突然就有了一点不祥的预感。

现在，梅巧不再是梅巧，而是“大师母”了，所有人的“大师母”。习惯这称呼不是一天两天的事。起初，人家一叫她“大师母”，她的脸就红到了耳根，觉得那称呼很讽刺。只有在学堂里，她的同窗们才叫她一声名字。大先生是守信用的人，婚后，他果然送梅巧重返女师学堂。也只有在那里，梅巧还是“范梅巧”，甚至是“范君”。她们几个要好的朋友总是彼此以“君”——张君、李君、范君相称的。女师学堂设在一座西式建筑里，是那种殖民风格的楼房，石头基座，高大的罗马柱、哥特式的尖顶，走廊里永远是幽暗的，有着很大的回声。从前，梅巧不知道自己是爱这里的，现在，她知道了。

生下第一个孩子，还没有满月，梅巧就跑去参加期末考试了。在七月的暑热季节，她的两只大乳房涨得生疼，乳汁在里面翻江倒海，不一会儿她的前襟就湿透了。巡堂监考的先生关切地停在了她面前，犹豫着要不要递给她一块手帕。那一刻，她恨不得钻到地缝里去。她吞咽下羞耻的眼泪，在心里发誓说，再也不要生小孩了！

可是，这事哪里由得了她？那些不知情的小生命，那些孩子，还是接踵而来了。有了老二、老三，说话间肚子里又有了老四。她的身板，真是太好了，年轻，肥沃，漫不经心撒下种子，就有好收成。她折腾自己，在学堂操场上，一圈一圈跑步，在沙坑里练跳远，两条腿磕得青一块紫一块，可是那一团温暖的诡异的血肉，就像吸附在她体内一般，坚不可摧。她吃巴豆吞蓖麻油，甚至，还在身上藏了咒人流产的符咒，一切，都没能阻挡那血肉们一天天壮大、成熟。大先生的娘，她婆婆，在她生下老二时从乡下来看她就发了话，说："凌香她妈，快别去学堂现眼了，拖儿带女的，就做了女状元，又能咋？"她自己的亲娘也劝她，说："闺女呀，别犟了，认命吧，人谁能犟过命去？"大先生呢？大先生嘴里不劝，可是那些劝阻的言语都写在了眼睛里。梅巧就回避着大先生的眼睛，坚持着，那坚持可真是需要耐力啊。本来三年的学业，她休了念，念了又休，到第六个年头，这场艰苦卓绝的坚持才见分晓：梅巧终于拿到了盖着鲜红大印的女师的毕业证书。

她捧着那证书，跑回娘家，一进门，哈哈大笑，热泪狂流。

大先生吁出一口长气，心想，该消停了，安静了。

老四在她肚子里，一天一天长大，她果然安静下来，或许，太安静了些。她本来就不是一个多言多语的人，现在，差不多变成了一个哑巴。她使尽了气力似的，眼神变得涣散和呆滞。北方的夏季，已经临近尾声，却又突然来了秋老虎。她搬一把躺椅在树下乘凉，肚子像山丘一样耸立。那是一棵槐树，说不出它的年纪，枝繁叶茂，浓荫洒下来，遮住半座院子。槐树是这城市最常见的树，差不多是这城市的象征。梅巧不喜欢这树老气横秋的样子，她就在画上修改这树，她恶作剧地解气地把树叶涂染成了蓝色。一大片蓝色的槐林，有着汹涌的、澎湃的、逼人的气势，乍一看，就像云飞浪卷的大海，翻滚着激情和——邪恶。

临产前不久，一天深夜，大先生被梅巧的惊叫惊醒了。原来她做了噩梦。她惊恐地抓住了大先生的手，说："我要死了！"说完，就哭了起来。这么多年来，她还从来、从来没这样子哭过呢，当着大先生的面，哭得这么软弱、无助、放纵和悲伤——她一直都像敬畏父亲似的害怕着他。大先生被她哭得手足无措，心里发毛，嘴里却在说："别胡思乱想，哪能呢？胡大夫是最好的妇产科医生……"话一出口，他就知道这不是她想要的许诺。

分娩果然是不顺利的，胎位不正。留学日本的胡医生使出了浑身的解数，最后，动了刀剪，下了产钳。梅巧在产床上忍受了两天一夜的煎熬，生死的煎熬。接下来就是产后抑郁症，厌食、低烧、不说话，莫名其妙地流眼泪，哭泣。孩子被奶妈抱去了，她一滴奶水也分泌不出来，倒省了以往回奶的麻烦。孩子是那么小的一个小东西，还不足五斤，剥了皮的狸猫似的，头被产钳夹成了长长的紫茄子。她一看到这孩子就厌恶地颤栗，又厌恶，又怜悯。

大先生接来了岳母，让岳母陪伴她坐月子。岳母盘腿坐在炕上，小心翼翼地，跟她说东说西。说一百句她也不理不睬，说一千句她也不理不睬。她不说话，也吃不下东西，喝一碗沁州黄小米汤也反胃，倒像害喜似的，人一天天瘦下去，憔悴下去，枯萎下去。岳母无计可施，哭了。

“梅巧呀，放着好好的日子不过，你这是自己作死哪！”

这话，可谓一针见血，让人惊心，也只有亲生亲养的娘，说得出口。她娘说完这话，叹着气，回家了。也是眼不见、心不烦的意思。可是大先生不行，大先生不能“眼不见”啊，大先生不能落荒而逃啊。终于，有一日，大先生回家来，叫过大女儿凌香，给了她一样东西。六岁的凌香拿着这东西进了母亲的房门。凌香喊了一声“妈”，爬上炕，把这东西递了过去。

梅巧接过来，先是一怔。渐渐地她的手颤抖了。她一把抱过凌香，把凌香紧紧揽在怀里，她感到凌香的小身子那么温暖、柔软和芳香，她感到这小生命那么温暖和芳香。

生活得救了。

那是一张聘书。

国民小学的聘书。

春节过后，梅巧就成了一名国民小学的教师。她先教四年级的算学，后来就教了美术。这教职，不用说是大先生替她谋来的。别人谋职，大约要费一些力气，可是在大先生，也就是一句话的事。只是，这一句话，说，还是不说，却一定是个折磨大先生的问题。大先生是清楚这女人心病的症结的：她是害怕四合院里这平常人家主妇的日子，她年青茂盛的身子和心抵抗这日子！有什么办法呢？救人一命胜造七级浮屠啊。

天气还没有转暖，梅巧就脱去了棉袍，换上了春装：阴丹士林布面的大褂，上身罩一件开司米绿毛衣，那绿真是又清新又理直气壮，春草似的嘹亮霸气。生育了四个孩子之后，梅巧的身材，竟然没有太大的改变，站在那里，仍然是，玉树临风似的一个人，一个新鲜的人，出淤泥而不染。这新鲜的人，清早出门，傍晚回家，手上沾了粉笔灰，或是水彩，甚至还有墨渍，衣襟上也蹭了粉笔灰，却仍然是新鲜的，明亮的。外面的世界，一个阔大的天地在滋养着她呢。说起来，她倒并不是多么热爱教书这职业，她热爱这外面的世界。

国民小学距离她的家，走路也就十几分钟的样子，课业也不重。还有一桩意外的高兴事，那就是，当年，她在女师读书时的好朋友，她们称作“张君”的一位，竟也在这所学校里任教呢！张君比梅巧，早毕业几年，（梅巧不是因为一次又一次怀孕、生产耽搁了吗？）毕业后回到了家乡，一个离这城市近百里、盛产葡萄和陈醋的小县份，一来二去的，就失去了音讯。不想，竟在这里撞上了，还做了同事！梅巧真是高兴坏了。

“哎呀哎呀，”她叫着，“还以为你在哪儿呢，还以为再也见不着了呢，原来你就在我家门口啊！”

“是啊是啊，我埋伏在这儿，守株待兔呢。”张君回答。

两个人的眼睛里，都闪着泪光，流露出了女学生的天性和情状。可她们终究不是女学生了。就在这一刻，她们突然感觉到了时间，就在耳边，呼呼地，如同大风一样呼啸而过，刮得她们心里一阵茫然。

“我结婚了。”张君说。

从前，张君是那么英气的一个少女，宽肩、长颈、浓眉，身板像杨树一样永远挺得笔直。她们开玩笑叫她“美男子”。这狂妄的“美男子”曾经叫嚣，要一辈子守住她洁净的处子之身。如今，似乎是一切如旧，肩还是宽的，颈还是长的，身板仍然是挺的，可从前的誓言，灰飞烟灭了。

那一天中午，这两个重逢的好友，在校门外一间山东人开的馆子里吃了午饭。是梅巧做东。她们甚至还喝了一点酒，竹叶青。那真是用竹叶泡出的好酒，清澈而碧绿，喝在嘴里，有一股奇特的异香。她们把着盏，彼此诉说着别后的经历。梅巧的经历，三言两语就道尽了，那就是，生孩子，接二连三地，一口气，生出四个。而张君，则要复杂得多，有戏剧性，那就是，抗婚，私奔，和心爱的人，一路出逃——是一个时代的故事。

“哎呀哎呀！”梅巧连连叫着，因为酒，也因为兴奋，双颊变成了桃腮，灼灼燃烧着，“张君，你真是不平凡哪！”

张君在国民小学，只教了短短一个学期，就辞职了。她丈夫突然接到了武汉某所学校的聘书，暑假里，最热的伏天，她离开了这城市匆匆前往长江边那个“火炉”里去。临行前，她来向梅巧辞别。她给梅巧留下了通信的地址，说：“给我写信啊。”

梅巧点点头，心里翻江倒海。

“若有机会，就来南边看我啊。”

梅巧不再点头了，泪水一下子涌上来。这样的机会，怕是永远也不会有的，永远也不会有啊。她背过了身去，再回头时，朋友已经不见了，院子里空荡荡，洒满树荫，知了的噪声，像突然浮起似的，遮蔽了一切。知了——知了——知了，那是先知的声音。

二、来了个席方平

这天，大先生回家来，对梅巧说："让人收拾出一间客房吧，有个北京来的先生，一时没找着合适的房子，我留他住几天。"

梅巧家，头道巷十六号，两进的四合院，外带一座小小的跨院，大大小小的房屋，二十几间。虽说是孩子多，人口多，红红火火的一大家人，可闲着的空屋子，总还是有的。梅巧吩咐佣人们把后院的一间西屋拾掇了出来，那屋子里，没有盘炕，而是架了一张时新的铜架子的弹簧床。

来人就是席方平。

一听这名字，梅巧就忍不住想笑，这不是一个活生生的聊斋人物吗？样子也有些像呢，清秀疏朗的眉眼，人生得白白净净。起初，梅巧还以为这"从北京来的先生"，不知是个多威严的老先生呢，不想，竟是这样一个年轻、文雅、像女人般俊美的书生。

说起来，这席方平，原来还是大先生的学生，弟子，得意的弟子，家道贫寒，寡母扶孤长大，后来考取了北京师范大学，如今，刚毕业，就受到了大先生的聘书——不用说，大先生是很钟爱这个弟子的。

那一晚，大先生在家中设了家宴，算是给这弟子接风，请来作陪的，也是几个亲近的弟子。大先生拿出了他珍藏的好酒，一坛“花儿酒”，是他家乡的特产，用柿子酿出的一种奇异的果酒佳酿，大先生甚至还详尽地给大家讲了这“花儿酒”的妙处。一餐饭，宾主尽欢，席间，梅巧走进来，给大先生添茶，也是提醒他不要过量的意思。这时，只见那个席方平，红着脸，站了起来，恭恭敬敬地端起了面前的酒杯。

“大师母，”他喊了一声，脸越发红了，人人都看得出，他是不胜酒力的，“给你添麻烦了，我，敬你一杯。”

他一仰脖，一饮而尽，亮了下杯底。他眼睛里，似乎，汪着许多的水。这哪里是男人的眼睛？梅巧抿嘴一笑，说：“有什么麻烦的？房子空在那里，不也是空着？”

是啊，房子，就是要住人的，人不住，鬼就咬住了。梅巧这么想着就又笑了。怎么今天总是想到鬼呢？大概，都是“席方平”这三个字招惹的吧？梅巧端着灯，不觉又走进了后院里。前边，酒宴还没有散，可是后院人却都已睡了。奶妈带着孩子们，沉入了梦乡，北房、东房、南房，一片漆黑，只有西房里，一灯如豆，悠悠地，在等待着夜归的客人。梅巧轻轻推门，走进去，似乎想看看，还有什么不妥当的。她自己的影子，巨大的黑影，一下子，投在墙壁上，倒把她吓了一跳。

这一夜，梅巧做梦了，梦很乱，飘飘忽忽的，梦中的梅巧，还是从前的样子，出嫁前的样子，十六岁，梳着齐耳的短发，白衣，青裙，站在葡萄架下，一个人走过来，说：

“原来你在这里呀，原来你藏在这里呀，让我好找！”那个人，那说话的人，原来就是，就是现在的梅巧。

第二天，在早餐桌上，席方平看到梅巧，脸又一下子红了。

这事是让人别扭的。照说，一个大师母，是不应该让人脸红心跳的。一个大师母，应该是，慈祥、端庄、安静、温暖，像一棵没有杂念的秋天的树。可是眼前这个“大师母”，这个光焰万丈咄咄逼人的女人，这个让人不敢和她眼睛对视的女人，和一个真正意义上的大师母相比，相差何止千里万里！

要快点找房子搬家啊，他想。

后来，他们熟识之后，她让他看她的画，那是一次敞开和进入：那些燃烧的暧昧的屋瓦、那些波涛汹涌凶险邪恶的树冠、那些扭曲变形阴恻恻的人脸，看得他惊心动魄。他用手轻轻抚摸它们，爱惜地，心疼地说道：“你这不屈服的囚犯啊。”

三、凌香

所有的孩子里，凌香最依恋母亲。

四个孩子，一人一个奶妈，凌香的奶妈是最费了周折的。月子里，她一直吃梅巧的奶，等到梅巧要去上学，把她交给新雇来的奶妈时，坏了，她死活不肯去叼奶妈的奶头。她闭着眼睛，张大嘴，哭得死去活来，哭得一张起皱的小脸，由红转青，她宁肯去啃自己可怜的小拳头，却饿死不食周粟。更要命的是，她这里一哭，隔了半座城，那边课堂上的梅巧，就如听到召唤一般，两肋一麻，刹那间，两股热流，挡也挡不住，汹涌着，奔腾而来，一下子，前襟就湿透了。

梅巧的眼睛也湿了。

有几次，她忍不住溜出了校门，雇一辆洋车就朝家跑，去搭救她的孩子。那凌香，到了她怀中，一头就扎进她胸口，凶狠地、仇恨地、以命相拼地噙住那奶头，两只小手，紧紧紧紧抱住她救命的食粮，像只疯狂的危险的小兽。

没办法，梅巧只好向这小小的女儿缴械。从此，每天清早，出门前，她喂饱女儿，中午匆匆坐洋车回家，再喂女儿饱餐一顿。晚上，倒是叫她跟奶妈睡觉，半夜里，听到她哭声，梅巧就爬起来，喂她一餐夜宵。梅巧的奶，真是旺盛啊！一年下来，那凌香，养得好精彩哟，又白又胖，两只小胳膊，一节一节，像粉嫩的鲜藕，可以给任何一家乳品公司做广告。梅巧却一日千里地瘦下去，直到后来，突然地，有一天，奶水奇迹般地失踪了。

有了这教训，后来那几个，一生下来，梅巧就交给奶妈去喂养了。后来那几个，谁也没再吃过亲娘的奶水，和亲娘，就总有那么一点点隔。

那几个，各人有各人的奶妈，疼着，宠着，护着。凌香的奶妈，却是早早地就离开了这个家。虽说，凌香没吃过她的奶，却也是被她抱在怀中，朝朝暮暮，抱了那么大，就是块石头，也焐热了。奶妈的离去，是凌香平生经历的第一桩伤心事。她不知道奶妈为什么突然就走了。后来，再后来，她才知道了原委：奶妈的离去是因为家中的孩子生了绝症。那一年，凌香刚满四岁，人家就让她跟弟弟凌寒的奶妈一起睡觉。好大一盘炕，奶妈搂着凌寒，睡一头，凌香自己，睡另一头。半夜里，她小解，醒来了，喊奶妈，却没人理，她悄悄哭了。

第二天早晨，凌寒的奶妈一睁眼，发现炕的那一边，空荡荡的，凌香那个小祖宗，不见了！这一惊非同小可，慌忙下地来，跑到院子里，四处寻找，哪里有她的影子？又不敢声张喊叫，正没主意呢，一抬头，看见对面南屋的门，虚掩着，露着宽宽一道门缝，那是凌香和她奶妈，住过的屋子。她急急地冲进去，只见辽阔的一盘大炕上，那小祖宗，一个人，踡成一团，泪痕满面睡着，怀里抱着她奶妈枕过的枕头，身上胡乱盖着她奶妈的花棉被……

梅巧当天就听说了这件事，到晚上，她抱来了被褥，把那小冤家，搂在自己的怀抱里。凌香的小脑袋，有点害着地，扎在她怀中，一动也不动。忽然，她叫了一声“妈”，说：“真的是你呀？”

梅巧的鼻子，一下子就酸了，她搂紧了这孩子，说：“是我，是我，不是我是谁？”凌香抽泣起来，大颗大颗的眼泪，热乎乎的，像蜡油一样，烫着梅巧的胸口。梅巧一夜搂着那小小的伤心的孩子，想，这孩子像谁呢？

后来，凌香问过梅巧一句话，凌香说：“妈妈呀，会不会有一天，你也像奶奶一样，不要我了呢？”梅巧回答说：“小傻瓜呀，宝，我怎么会不要你？”

可是，梅巧不知道，这世上所有的小孩子，都是先知。

有时梅巧自己也弄不明白，为什么这孩子总是生活在恐惧之中，每当梅巧出门去，回来得稍晚一点，一进门，这孩子就扑上来，抱住她，死死地，再也不肯撒手，就像失而复得一般。有时，一清早，她还没睁眼，忽然这孩子就慌慌张张跑进来，用手摸摸她的脸，说道：“妈妈，你在这里呀！”仿佛，做着一个确认。

梅巧望着这孩子，望着她大大的黑暗的眼睛，想，这孩子，她怕什么呢？这样想着，心里就掠过一丝人生莫测的怅然，还有，不安。

现在，终于，梅巧知道了那答案。

事情是怎么开始的呢？八岁的凌香不知道，可她知道有一件大事发生了，有一个大危险来临了。那危险的气味啊，像刺鼻的槐花的气味一样，弥漫在五月的空气中，无孔不入。如果在白天，似乎，看不出这家里，发生了什么变故，一切都和往常一样：爹一早出门，穿戴得整整齐齐，乘洋车，去上班。妈也是一早出门，穿戴得也很整齐，不过不乘车，就走着，去上班。天气一天天热起来，爹和妈，都换上了夏布做的新大褂儿。爹是一件月白色的，而妈的，则是粉底，上面撒满星星点点的小碎花。人走过去，就飘过一股新布的香味。

但是，太阳总会落下去的，夜总归是要来临的。危险就是在夜幕的遮蔽下现出原形。晚饭是那危险的前奏、序曲，妈一连好几天都没有回家吃晚饭了。爹阴沉着脸，不说一句话，那咀嚼着的牙齿，似乎，格外用力。人人都知道，这是风暴来临的前奏。一家人，屏住了呼吸，战战兢兢，就连最小的弟弟，刚刚两岁的小凌天，爹爹的心头肉，也变得很乖。一餐饭，吃得鸦雀无声，草草收场，然后，各自回到各自的房中，仍旧是，不敢出大气。奶妈们，早早安顿自己的孩子睡下，而女佣和男工则躲在跨院伙房间，压低了嗓子，交头接耳。人人都在等待，等待着那风暴——那是躲不过逃不掉的，就是沉入睡梦也躲不过。人人的耳朵，这时，都灵敏极了，掉一片树叶也能听到那响动，更别提，那“吱扭”的门声。那“吱扭”的门响简直就是炸药的捻子，女主人的脚步，踢踏踢踏，要惊破天似的，起落间就是生死。此刻，人们反倒是横下了心了，知道要来的，终于，来了。

说是吵，其实，只听见大先生一人的怒吼和咆哮，大先生发起脾气，真是可怕呀，地皮也要抖三抖的。可是，渐渐地，有了回应，那回应声音不算高，却有着一种愤怒的激烈，有一种，不顾生死亡命的激烈，说来，那才是更让人害怕的，那亡命的不顾生死的激烈是可摧毁什么的。这才是那个大危险，那个悬而未决的噩运。大先生的怒吼、咆哮，甚至，砸东西，不过是烘托，烘云托月，为这个大危险，做一个黑暗的铺垫而已。

这一天，吵到最激愤的时刻，大先生动手了。他劈头朝女人挥出一掌，那一掌，是地动山摇的一掌，像拍一只苍蝇，是一个灭顶的打击。不仅仅是对梅巧，也是对他自己。那一掌把梅巧击倒了，口鼻流血。血使他怔住了，他浑身冰冷。梅巧慢慢爬起来，用手在脸上一抹，抹了鲜红的一掌，她就把那只血手，朝洁白的墙壁上，抹了一把，立时，一个血巴掌，惊心动魄地，跳出来，像一个鲜红的小妖孽。梅巧看了看，二话没说，笑笑，就摇晃着走出去了。

到早晨，人人都看见了那暴力的结果，梅巧的脸，肿得很厉害，上面还有着瘀青。可是她神情安详，头发梳理得一丝不苟，夏布长衫，齐齐整整，她就这样昂着头带着伤痕出门去了，临走，还吩咐了奶妈几句琐碎的事情，仿佛，这是一个和平常的日子没什么两样的早晨。凌香追上去，拦腰抱住了她，她迟疑片刻解开了那两只缠绕着她的小胳膊，头也不回，说：“宝，去上学。”

这一天，是煎熬的一天。每一分钟，凌香都忍受着折磨和煎熬。她上课走神，走路碰壁，吃饭吃不到心里。她一分钟一分钟，盼着太阳下山，盼着天黑，盼着夜深人静，甚至，盼着吵架——她告诉自己这一天其实和昨天没什么两样，和前天、大前天，和以往所有的日子，没什么两样。这并不是多么特别的一天，不是，不祥的一天。她挺着身子，坚定地，安慰着自己，却忍不住一阵又一阵的寒战，就像生了热病。这一天，真是长于百年啊。终于，太阳下山了，全家人，又聚在饭厅里，只缺妈妈一个。不过，没关系，昨天、前天、很多天，不也都是这样？爹的脸，阴沉着，一家人，仍旧是，大气不敢出。可是爹的咀嚼，好像，没那么凶狠了，爹的咀嚼声没了那一股杀气，而且，爹的饭，也吃得很少很少。凌香忽然心乱如麻，不知道这是什么预兆。

后来人们就看见，凌香一个人，站在院子里，做饭的孙大出来打水，看见了，问她：“你在这儿干什么？”声音压得低低的。凌香回答说：“等我妈。”女佣杨妈出来小解，看见了，也问她：“你在这儿干什么？黑灯瞎火的。”声音也压得低低的，她还是回答：“等我妈。”人人都知道，这丫头的脾气秉性，知道劝她不动，也就由她去。渐渐地，院子里静寂了，她一个人，站在槐树下，站了大半夜。

槐花盛开着，那香气，浓得化也化不开。往年，槐花刚刚初放时，孙大就用长杆把那白色的花串，打下来，洗净了，和上面粉，给他们这些孩子蒸槐花“布烂子”吃。孙大喜欢说：“应时应景，尝个鲜。”今年，孙大没有心思让他们“尝鲜”了。许是因为这个，今年的槐花，比往年，繁密许多，那香气，也霸道许多，浓郁许多，不容分说，是一种强悍的邪香。

夜露下来了。像树的眼泪，一大颗，一大颗，滴下来，是那种无法言说的大伤心。不知名的虫子们，唱起来。凌香的腿，又酸又胀，就要站不住了。墙根下，西番莲榆叶梅就要开了，牵牛也爬上了架。那都是妈撒下的种子，移来的花木。妈还在后院里，种玫瑰，种月季芍药牡丹，妈喜欢那些颜色热烈浓艳的花朵、丰腴的花朵。妈总是说，这院子，太素了。她就用那些花，来打扮这院子。

花啊，快点开吧。凌香在心里叫喊，花开了妈就喜欢这院子了。今年，花好像开得特别晚，特别慢，特别阴险，所以，妈才会讨厌回这个家吧？凌香突然打个冷战，绝望地哭了。

“吱扭”一声，门响了。这“吱扭”的声响，是多么慈悲。凌香几乎不相信自己的耳朵，不相信，这大慈大悲的声音，直到，踢踏踢踏的脚步，停在她面前，黑黑的亲爱的人影，停在她面前，吃惊地问她：“你怎么在这里？”她如同起死回生一般，一头扑在了来人怀中，说：“我还以为，你再也不回来了呢！”

梅巧抱住了她，抱紧了她，她抽泣，浑身颤抖。梅巧用自己受伤的脸颊摩挲、抚弄她被夜露打湿的头发。梅巧叫着她的名字，说：“凌香啊，凌香啊，宝——”梅巧搂着这孩子把她送回后院房中。梅巧扯下毛巾，为她揩干头发，又为她铺被子，脱衣裳，好像，她还是一个，极小的幼儿，不满四岁，刚刚离了奶妈……她安顿凌香睡下，睡稳，然后，久久、久久，凝望这孩子的脸，美丽的、难割难舍的、血肉相连的脸，说了一句：“宝，我的宝，你睡吧。”

就走了出去。

整整一座宅子，黑着，只有书房里，亮着一盏灯，就像，审判者的眼睛，神的眼睛。梅巧朝那灯光走去。她走进去，看见大先生，无声地，站了起来。他们无声地、默默地对视了很久。然后，梅巧就跪下了，梅巧跪下去朝着大先生，恭恭敬敬地，磕了一个头。

这一晚，出奇的静。没有吵闹。一家人，上上下下，揪着心、竖着耳朵等待着的那一场风暴，没有降临。这似乎是，许久以来最风平浪静的一夜，平安的一夜。人人都松了一口气。这一夜，合宅的人都睡得很沉、很酣，梦都没做一个。

到早晨，太阳升起来，才知道，天地变色。

到早晨，榆叶梅突然地，爆开了一树，一树光明灿烂的粉红，云蒸霞蔚。他们素净的院子被这一片粉霞照亮了，可是，凌香再也等不回母亲。永远也等不回了。

四、花儿酒、柿子树和其他

有一处地方，叫峨眉岭。这峨眉岭，不是那峨眉山，不在四川，在河东，河东最大的旱塬。河东盛产柿子，《西厢记》不是有这样一句唱词："晓来谁染霜林醉，总是离人泪。"那霜林，其实，不是枫林，而是，柿树林。柿树在秋天，叶子一经霜打，红如血染，是河东的奇观。

峨眉岭上，遍山遍塬，都是柿子树。峨眉岭上的柿子，有种奇功，那就是，可用来酿酒——不是普通的酒，而是，花儿酒。什么叫花儿酒？你看，提壶把盏，细细地，斟满酒杯，盏中心，慢慢开出一簇酒花，花花相随，走马一般排着队，沿一线齐齐滚向杯缘，碰壁即灭，这叫"走马花"。那就是说，这酒，只有三十度。若是那酒花，沿杯盏口，密匝匝，排满一圈，那就叫"满扣花"，就是说，这酒，要烈一些，差不多四十度。倘若是，花堆花，层层叠叠，满盏花堆成一个花绣球，也有个名字，叫"楼上楼"，那这酒，就足足有五十五度！——这就叫作"对花鉴酒"，可说是，河东一绝。

酿造这花儿酒，是一门独门绝技。那手艺和秘籍，相传，是秘不示人的，代代一脉单传，传媳不传女。听来，就像一个武侠的故事了。那酿酒的原料，还必得是，峨眉岭上，霜降之后的空心柿，这种空心柿酿出的酒，会拉丝，是“花儿酒”中的极品。

说来，这花儿酒，也是酒之一祖呢，可见其古老。它幽柔醇香，回味绵长，最妙的是，一口下肚，浑身的血脉，就像被疏浚的河道，流得分外通畅：是能用来做药引的，“引百药以入十二经”。若身上有跌打损伤，它还有着外用的奇效，一搽即好。总之，是一宗宝啊。

后来，有一个叫杨深秀的读书人，把这花儿酒，带到了京城。这杨深秀，正是峨眉岭人，他携带着峨眉古酿，每每自乡返京，必设宴招饮，款待同侪。谭嗣同一定是饮过这酒了，杨锐林旭刘光第一定是饮过这酒了。或许，康有为梁启超也饮过这佳酿呢！他们灯下把盏，盏中，走马花、满扣花、楼上楼，千万朵花儿滚着绣球，他们开怀畅饮，锦口绣心，商谈着变法的大计，何其快哉！

还有光绪皇帝呢，光绪皇帝想来也是饮过这美酒的。皇帝和他的红颜知己，对花鉴酒，分享着这琼浆中的奇观。那红颜知己，在月下，焚香奠酒祝祷，不是这样唱吗：“愿圣明天子福寿高，雨露承恩同偕老。”想来，那杯中的酒，也是这花儿酒呢！满盏的酒花，就如同，盛开的心事，用来祈天，真是再合适不过。这一对天真的男女，在心中，有着怎样美好的憧憬啊——只不过，那憧憬，比这杯中的走马花，破灭得还要快：随着六君子人头落地，花儿酒从此就在北京城绝迹了。

星移斗转，又过了许多年，日本鬼子来了。这一年，日本鬼子开进了峨眉岭，开进了大旱塬。要说这小鬼子，还真是识宝呢。他们一下子，就被这峨眉古酿吸引住了，那“对花鉴酒”的奇观，简直让他们看傻了眼。他们连连喊着，神奇呀，神奇呀，要——西！他们当然不是喊叫一番赞美一番就算了，他们要这绝技！第二年，柿子挂果了，丰收在望，酿酒的节令，就要到了，他们“请”来了塬上最好的酿酒师傅，他们的人马，进驻了有最好酒窖的村庄，就等着，收获的日子，采撷的日子了。他们的人——侵略者，已经按捺不住兴奋，嘴里咿咿呜呜的，唱起他们家乡庆丰收的歌谣来了。

忽然地，有一天，半夜里，刮起了大风。那一场大风啊，惊天动地，自古以来，这塬上，还从没有谁见过，秋天刮这样凶猛的风呢！只听见，满山满塬的树们，千棵万棵柿子树，在风中呜呜地吼了一夜，喊了一夜，狂哭了一夜。到早晨，人们爬起来，只见峨眉岭，再没有一棵树上挂果了！这河东最大的旱塬之上，满山遍野的柿子树，万众一心地，坠落了它们的果实，它们十月怀胎孕育的孩子。

一夜间，坠落的红柿，让峨眉岭变成了一片血海。事情还不算完呢，接下来，突如其来地，起了大雾，蓝色的大雾，铺天盖地，一下子，把峨眉岭给吞没了。这一下，白天变成了黑夜，黑夜比地狱还黑，人们伸出巴掌，连自己的五指都看不见了！十村八村的狗，惊得汪汪乱咬，还以为，天狗吞了月亮和日头，鸡也乱了方寸，大半夜打鸣报晓。这一场大雾，三天三夜不散，到第四天，天开了，出了太阳，太阳照见了，一个最惨烈悲壮的旱塬，只见，遍地坠落的红柿，无一例外，全部，烂了柿蒂，它们无一例外地在大雾中开膛剖腹自戕而死，它们万众一心自戕而死。峨眉岭上，方圆几百里，横尸遍野，密匝匝，睡了一地的英灵。

鬼子酿酒的计划，就这么，成为泡影。

这就是，我们的河东，我们的宝地啊。你可知道她的来历？差不多，五千年前，有一天，一个人，来到了这里，来到这旱塬深处，举目四望，只见，四野一片浩瀚的黄土，两条大河，黄河与汾水，茫茫苍苍地，在这黄土的怀抱中交汇。这里的地貌，有一种，不可思议的诡谲、奇异和神秘，就好像，一个巨大的女人的私处。这旱塬，大地，后土，在这里，毫不遮掩地，向着天宇，坦露出了自己最隐秘最神圣最蓬勃的私处。这个人被震撼了，他为这袒露感动，为大地这母亲般的袒露感动。他不能自已，他知道这是天地的大恩、大美和大善，他还知道这是一个启示和寓言！他扫地为坛，撮土为香，敬畏地，感激地，跪下来，对着这一片后土，长拜不起。从此，人们就把这里，称作是，汾阴，脽——大地的私处，也称作是，轩辕氏轩辕黄帝扫地为坛处。

过了许多年，差不多，两千多年后，又有一个人，来到了这里。这个人乘船而来，溯黄河，入汾河，来祭祀后土。那一天，汾河之上，万船竟发，箫歌齐鸣，秋风浩荡。船夫们齐声高唱着欢快的棹歌，雁阵则从他们头上飞过。这个人，他弃船登岸，来到了汾脽之上。当年，轩辕黄帝扫地祭坛处，如今已是一座壮观的祠堂。他登上后土祠，极目远望，两千年岁月，如风而过，忽然百感交集。禁不住，他放声吟唱起来：

秋风起兮白云飞，
草木黄落兮雁南归——

这个叫刘彻的人，汉武大帝，那一刻，不再是一个君临天下的天子，而成了一个感时伤怀，领会着生命悲情的诗人，你听他唱道：

泛楼船兮济汾河，
横中流兮扬素波。

箫鼓鸣兮发棹歌，

欢乐极兮哀情多，

少壮几时兮奈老何！

就这么，一首千古绝唱——《秋风辞》，在这广袤的旱塬之上，大地蓬勃的私处，诞生了。应运而生的，还有一座恢宏的建筑——秋风楼。

又过了许多年，差不多，又是两千年后，大先生来了。大先生登上了秋风楼。那一年，一九三九年，省城沦陷了，大先生在省城沦陷时携家小逃出了那座亡城，回到家乡峨眉岭避难。谁想，没多久，家乡也沦入铁蹄。大先生的声名，不知怎么，连日本人也知道了，他们竟让大先生出任伪县长！他们搬来了一个又一个说客，说客们踏破了大先生家门槛。这一日，又有说客登门，大先生不等那说客开口，就说，正要趁霜晴去登秋风楼。大先生他们村庄，和那秋风楼，相距不算太远。说客不知大先生葫芦里卖的是什么药，只好嘴里说着："好兴致啊。"一边就随了大先生和大先生的二三友人，朝那秋风楼出发。说来，这秋风楼早已不是那秋风楼，这后土祠也早已不是那后土祠，由于河水泛滥、冲刷、改道，它们几次落架迁建，最终，落脚在了这叫作"庙前村"的村庄。可这又有什么关系？那巍峨的秋风楼，仍然，在我们的土地上，屹立着呢。这一日，大先生焚三炷香，先拜了后土祠，又一级一级，攀了九九八十一级阶梯，登上了，秋风楼。立刻，黄河来在了眼底，汾河来在了眼底，广袤的黄土旱塬，来在了眼底。秋风浩荡，千万棵柿子树，坠落了果实，只剩下，霜打过的柿树叶，红如血海，也来在了眼底。大先生吁出一口长气，对那说客说道："这里是什么地方？想必你也知道，华夏大地之脽，轩辕黄帝祭祀后土的地方！这里，就连树，也知廉耻，不敢数典忘祖，你说，我莫非还不如一棵树？"

说客目瞪口呆。

大先生又说："这秋风楼有多高？你可知道？我告诉你，它楼高三十三米，十一丈，人若从这楼上跳下去，想来神仙也救不活他！——今天，大不了，我从这儿朝下一跳！也学学，咱峨眉岭上那些有情有义的柿子——"

说罢，大先生纵身一跃，被同来的友人拦腰死死抱住了。

说客吓跑了。

第二天，说客带着日本人，冲进了大先生的村庄，包围了大先生的家，却扑了一个空。大先生一家，人去屋空，只剩下一条看门狗，冲着那侵略者，汪汪乱咬。日本人里里外外，搜了一个遍，捣了水缸，砸了面缸，摔了酒坛，毁了锅灶，最后，掏出枪来，一枪撂倒了狂吠不已的大黑狗。

大先生一家人，逃进了中条山里。那里是大先生妻子的娘家，当然，是现在的妻子。

五、大萍，还有山中岁月

起初，谁也不敢在大先生面前提“续弦”这档子事。他明显地老了，仿佛，一下子，老了十岁，一头墨染似的乌发中有了星星点点的银针。夜里，常听到他咳嗽，吭吭地，声音很空，在寂静中传得很远，有一种，让人不忍的哀痛。当然，在白天，他仍然是一个令人敬畏的“大先生”，重创和耻辱，最深刻的羞辱，没有改变他端正肃穆的夫子仪态。

四个儿女，最小的，只有两岁，还不懂事，时不时地，会迸出一句：“妈妈呢？”除了这个幼儿，再没有谁，在大先生面前，提起过这个女人。那孩子出麻疹是半年后的事，不想，竟把他奶妈给染上了，原来那乡下女人没出过疹子。大先生只好从家乡接来了自己年迈的姑母帮忙照料，那时，大先生的母亲也已经过世三年多了，姑母想，若是等自己再一死，这世上，就再没有谁，能主大先生的事，这世上，也再没有谁，心疼这个男人。姑母这样想着心如刀绞，她一不做，二不休，索性，从家乡，为大先生接来了一个女人，大萍。

这大萍，一切，都和从前的那女人，反着来。从前那女人，是女秀才、女先生，这大萍，没上过学，没念过书，斗大的字不识一筐；从前那女人，巴掌大的小脸，杨柳细腰，这大萍，却是脸若银盆，肥臀粗腰，敦敦厚厚，磨盘一样撼她不动。大先生哭笑不得，可这大萍，二话不说，进门来，先抱起了大病中的孩子，把这没娘的幼儿，裹在她肥厚温软的怀中，眼里流露的，全是怜惜的神情。这一下，把大先生要说的话，堵了回去。

那句话，拒绝的话，从此，再没有说出口，一辈子。

起初，这女人，大先生视而不见，只当她是没有。她出来进去，清早，用铜盆端来洗脸水，晚上，则是端来洗脚水。大先生在书房里看书，不管逗留到多晚，回到卧房，那一盆洗脚水，就悉心悉意地，等在那里了，并且，总是冒着热气。炕上，早已铺好了被褥，黄铜的汤婆子埋在棉被里，鼓鼓的，像孕妇的肚子。而几上，则是一壶热茶，那茶壶，套着保温的棉套，像穿了棉袄一样。棉套是用那种家织土布做的，红红的小格子，很拙，很亮，看着就让人一暖，是大先生家乡的风格。

渐渐地，这女人的气息，就无处不在了。先是三岁的凌天，有一天，突然穿上了虎头鞋，戴上了虎头帽，兴奋地在院子里，跑来跑去，把他写着“王”字、花红柳绿又拙又憨的老虎脚，伸给每一个人看。这只活生生的小老虎，在院子里，一晃，就晃了一个冬天。再后来，全家人，都换上了家做的棉窝或是俗名“踢倒山”的布鞋，千层底，刷了桐油，每一双鞋里，还都垫着花红柳绿的鞋垫，上面绣着富贵牡丹、喜鹊登梅、月宫折桂，还有，万字不到头。餐桌上，常常会冒出一盘花馍，盘成各种花样，点着红绿的颜色，嵌着甜香的大红枣，这也是大先生家乡的面食。还有一碟红油辣椒，他们叫，油酥辣子的，喷香洪亮的一小碟，是三餐都少不了的，用来夹热馍吃，那也是，大先生家乡最正宗的口味。这大萍，浑然不觉，却把这个家，这个宅院，用悉心悉意的日子，填成了实心。

腊月里，雪一场接一场，屋檐下的冰凌，挂了有一尺多长。耳朵都快要冻掉了，可是屋子里，却是暖洋洋。炉中的炭火，烧得哔剥响，上面坐着铜壶。酒枣开了封，漤好的柿子，也开了封。那酒枣，是她秋天里一颗一颗挑选出来的，每一颗，都端正漂亮。柿子则是她一层一层码在坛子里，码一层，中间放一个苹果。酒枣和柿子，都用白麻纸，严严地，封起来，如今开了封，满屋子，酒香，枣香，还有那一股温软奇特的果香，扑面而来，氤氲着，是专用来填那些还没填满的空隙的。酒枣和柿子，盛在大盘子里，摆上了大先生书房窗下条案上，人一撩门帘，走进来，熏风扑面。大先生一阵怅然，一阵心痛：从前，这个节令，那条案上，供的是蜡梅，或是，水仙。他望着这些朴素的、红火的、实打实的果实，眼圈红了。

这一晚，她端来了洗脚水，转身离去时，大先生伸手拽住了她的胳膊。

“你不嫌我？”大先生开口说。

她鼻子一酸，石头终于说话了，铁树终于开花了。泪光慢慢蒙住了她的眼睛，她问道:“嫌你啥？”

“老。”大先生哑着嗓子回答。

她摇头，眼泪流下来，她回身伸手抹了一把。这回身低头抹泪的动作，让大先生，心头一恸。傻女人哪！他怜惜地想，他知道他一辈子会对这女人好。

那一晚，是腊月二十三，灶王爷上天的时辰。外面，鞭炮声响成了一片，噼噼啪啪，十分嚣张热闹，是个喜庆的日子。

现在，这一家人，都来到了大萍的娘家。那是个小山村，窝在中条山里，山根下面。那山，可是座宝山，埋藏着各种有色金属，铜、铝矾土，还有别的什么。那里，满山都生长着药材，黄芪、川穹、菖蒲。春天，惊蛰一过，采菖蒲的人就进了山。有经验有运气的采药人，甚至还能挖到冬虫夏草。核桃也是那里的一宝，还有柿子树。冬天，第一场雪后，山坳里，或是向阳的山坡上，柿子树的大叶子，竟然还未落尽，白雪一映，真是精神，就像最红的玛瑙，美不胜收，人看了，就觉得抖擞和感动。

这山中的岁月，在大先生，是避世，在大萍，则是如鱼得水。她扶起磨杠推磨，拿起梭子织布，抄起扁担挑水，进山挖药，下地开荒，没有她不会的。男工女佣，到这时，已星散而去，只剩下做饭的孙大两口子还忠心耿耿跟随着他们。山根下，几孔土窑，一个大院子，安置了这一家人。院子空荡荡的，来年开春，大萍就一镢一镐地开垦出来，撒下菜籽，捉来鸡娃，养了奶羊，是一户过日子的农家了。到夏天，南瓜开了花，茄子扁豆爬上架，也开了花，黄的黄，紫的紫，大朵小朵，竟也是姹紫嫣红蜂飞蝶舞的气象。大先生挥毫写下了几个字："竹篱茅舍自甘心"。没有宣纸，就写在糊窗户的白棉纸上，算是明志，其实是，满心的不甘，不甘心也没办法的事。

这一年，凌香十六岁了，高中还没有毕业。大弟凌寒也将满十五，两个人，都失学在家。夏天就快过去的时候，一天，有一个人，辗转地，从西安来到了这山村里，要把凌寒带出去读书。这个人，当然也是大先生的学生，冒了风险才来到这里。本来，说好了，是只带凌寒一个人出去的，可是，事到临头，谁也没想到，突然冒出了个挡道的凌香。

"带上我。"凌香说。

凌香说话，从来不会疾言厉色，可是却说一不二，掷地有声。一家人，除了大先生，人人都很有点怕她，用人、弟弟们，包括大萍。其实，就连大先生，对这个长女，也是心存顾忌的，还有着，难以言说的心疼。她孤僻、冷漠，不爱说话，独往独来，和这家里的人，似乎，谁也不亲。大先生其实是知道那原因的，正因为知道，所以，尤其没有办法。一来二去，弄得大先生独自和这孩子面对时，就总有些小心翼翼，总有些局促和不自然。

兵荒马乱，一个女孩子，出门在外总归是不放心的，何况，眼下家里的经济状况，十分拮据，一下子，供两个人出去念书，哪里是件容易的事？大先生犯愁了，踌躇再三，说出两个字:“再说。”凌香听了，久久不语，忽然“扑通”一声，跪下了。这一跪，让大先生悲从中来，万箭钻心一般。他从这孩子脸上、眼睛里，分明看到的，是另一个人的神情，是另一个人的复活。这一跪，是悬崖绝壁前的摊牌，是生死的摊牌，不容分说，决绝，大义凛然。

第二天，来人从山里带走的，就不只是凌寒一个人了，还有凌香。凌香走出去很远，一直不敢回头，她知道父亲就在村口那棵柿子树下站着，一头灰苍苍的头发，她怕他看见自己眼里的泪水。

六、告诉你一句话

但是，凌香是必然要走的。她一直、一直等待着这一天，从八岁的某一天起就一直等待着这一天，这是一个不能更改的命运，也是一个召唤。

她来到西安，很顺利地，通过了考试，插进了高三年级，吃住自然都在学校，就这样，做了一名流亡的学生。读书在她，从来不算一件困难的事，许多隐秘的快乐是别人体会不到的。日子自然是苦的，流离失所怎么会不苦？可流亡学生千千万万，又不是她一个。她是很能吃苦的呢，这一点，连她自己原先也不知道！从家里带来的一点点钱，她花得十分、十分仔细，花每一分钱都让她又心疼又愧疚。后来，一个偶然的机会，她开始给报纸投稿，再后来，竟在一家报纸开辟了一个小专栏:《流亡学生日记》，写那些沦陷区的所见所闻。这一来，就有了一点小小的收入，虽然不多，可是积攒起来，也是能派大用场的。

父亲的学生，能托付子女的学生，自然不会是泛泛之交。她不喜欢拐弯抹角，有一天，当这学生来学校探望她时，她忽然单刀直入地发难了，她说:“你有我妈的消息吗？”

“妈”这个字，这个字眼，已经许多年，没有出口了。这个字，梗在喉头，堵在心口，吐不出，也咽不下。她从来没有管大萍叫过“妈”，尽管，她知道，大萍其实是当得起“妈”这个称呼的。有一年，她得伤寒，高烧不退，大萍在她身边，衣不解带地守了她七天七夜！她弄脏的内衣裤都是大萍亲手帮她洗净的。病中，大萍那张铜盆大脸，俯下来，热烘烘，带着身体的善意，贴近她的时候，一股一股的热浪，在她身子里汹涌着，让她眼热鼻酸。可是，她还是叫不出那个字，那个要命的字，那个字，若一出口，她就彻底崩塌了。

父亲的学生，做梦也没有想到，这孩子，她会给他出这样一个大难题。他大惊失色，张口结舌，支吾着乱摇头。可是这十六岁的姑娘，脸上有一种让他害怕的表情，豁出去的烈士的表情，还有着，黑洞似的绝望。他心里不禁一动，拿谎言搪塞这孩子是残忍的啊，他想，于是，他回答："很久没有她的消息了，有好几年了。"

"那，最后得到她的消息，她在哪里？"

"汉口。"

汉口，她想，咽了一下口水。并不算远，不在天边，也不在海角。她的神情，让父亲的学生，深感不安。父亲的学生说："不过她现在肯定不在汉口了。席方平，哦，他最后一封信上说，他们——"他停顿了一下，"他们就要出国了。"

出国！凌香闭了下眼睛，浑身冰冷，就像，周身的血脉，都被冰封住了，凝结成了剔透的树挂。她攥着的拳头，也冻成了冰坨，两条腿，则成了冰柱。父亲的学生，以为她会掉泪，会哭，可是没有。慢慢慢慢她缓过来，活过来，有了血色和人气，她说："谢谢你。"

父亲的学生，暗自松出一口长气，以为这事，就算是过去了。不想，几天后，她忽然找上了家门。她单刀直入，劈头就问：“你有没有张君的地址？”

他又是一惊，不知道，她是从哪里得知了“张君”这至关重要的名字。不等他措辞，她穷追不舍地又是一句：“张君是在汉口吧？当年，他们去汉口，就是投奔张君，是不是？”

他一步步地，被逼进了死角，没了退路。她虎视眈眈，横在前面，就仿佛，猎人和猎物，狭路相逢。他摇摇头，对她说：“你让我想想。”

三天后，父亲的学生，给了她需要的东西：张君的地址。他想了三天三夜，才做出这样一个痛苦的决定，妥协的决定。父亲的学生这样想，假如，不给她指一条明路，谁知道这孩子一个人还要怎样瞎闯瞎撞？这孩子，是那种一条道走到黑的人，是那种，撞了南墙也不回头的人，是那种，明知是火坑也要跳的人。他很透彻地看清了这点，也看清了，那潜在的更大的危险。还有，还有，那就是，这孩子她太教人不忍，她盲人骑瞎马似的奋不顾身，她从小小年纪起一天一天积攒起的思念与痛苦，让他不忍。他对这孩子说：“你要记住，是你，让我做了背叛先生的事。”

一个月后，这孩子她上路了。得到张君回信的第二天，她就刻不容缓地出发。她给父亲的学生，留了一张便条，上面写着：“大恩大德，此生不忘。”其时，距离考试和寒假，只有一个月了。可这孩子一天都不能再等，她等了八年，等了三千天，耗尽了她的耐心，谁知道，这一个月内，这三十个白昼和黑夜，会发生什么样的变故？这孩子她从小就是一个最没有安全感的人，她不信任——时间。

现在，她的目的地是确凿的：四川、重庆、青木关，剩下的就一片茫然了。她怀揣着可怜的一点盘缠，一点干粮，踏上了一辆长途汽车。她只知道那车是朝南，开往石泉的。朝南，总归不会错，四川不就在陕西的南边吗？那车，拥挤不堪，走走停停，公路十分糟糕，又被日本人的炸弹，炸出了许许多多的弹坑，她坐在后座，无数次，她整个人被抛起来，头碰住了车皮，浑身的骨头，颠散了架。可是这一晚，他们的车，并没有预期抵达石泉，而是只停在了宁陕。一车旅客，下来打尖，人家都去了羊肉泡馍馆，她没有，只在一家茶摊上，要了一大碗白开水，泡自家带的馍吃。

生平第一次，她一个人，独自坐在夜行的汽车上。四周黑如深渊，只车灯的光束移动着，像黑夜划开的伤口。车厢里，起着鼾声，可她睡不着。她没有丝毫睡意。她大睁着眼睛，望着漆黑的陌生的窗外。她心里一阵一阵地恐惧、害怕，不知道这么走下去，能不能真的到达她要去的地方。重庆，青木关，在这无边的深渊似的黑暗里，这名字给人无限虚幻和缥缈的感觉，极端不真实，仿佛那是，天国的某个地方，天国的车站。她听到某种清脆的琳琅的响声，一阵又一阵，原来，那是她自己牙齿在打战。

汽车在黎明时分抵达石泉。小镇还昏睡着，空气清新而凛冽，那是田野、牛粪，还有河流的气味，人间的气味。小小一条镇街，由于这笨拙的汽车与一车人的到达，竟有了一点喧腾。勇气就是在这时又回到了凌香身上，她看着太阳一点点升起来，她想，条条大路通罗马，何况一个青木关？

再往前，朝西，应该就是汉中了。可据说公路被炸毁了，不再通汽车。凌香就是在这里等车子时遇到了几个东北流亡学生，那几个学生，也是要去重庆的。凌香从此就加入到了他们的行列。他们先是乘马车，后来又乘驴车，再后来，步行，一段段、一里里、一步步地，接近着巴山蜀水。总算，汉中到了，很庆幸地，他们在汉中，搭上了开往广元的大卡车。广元，那里已经是四川的地面了。在广元，他们乘上了船。

船，在嘉陵江上航行，顺流而下。是一条大木船，八个船夫扳桨，一个老大掌舵，还有个烧饭的船娘。船客除了他们这几个流亡学生，就只有两个商人、一个教书先生。船本是载货的，载人，算是夹带。这一路行来，他们风餐露宿，可说是吃尽了苦头，一天吃不上一餐饭的时候也是有的，在破庙里、在人家的牛圈里、在山洞中过夜更是家常便饭。如今，这船，在他们眼中，竟有了挪亚方舟的意味，救世的意味。竹篷子船舱，虽然矮，可是安全，就像窑洞的穹顶；两边长长的木板铺，平平坦坦，是世上最舒坦的炕；船娘烧出的糙米饭、辣子笋干，是人间最美的美味。甲板上，扳桨的船夫，“哟——嗬”，“哟——嗬”，齐声喊着的号子，那也是，和平世界的声音。凌香舒展身板躺在舱里，在这和平的、又痛苦又欢乐的号子声里，睡熟了。

醒来时，舱里很静，很暗，所有的声音，似乎，都在极远的远处。有一会儿她忘了自己身在何处，很茫然，船身摇荡着，就像一个巨大的摇篮，一个久违的摇篮。摇它的那双手啊！她觉得一阵迷糊，像做梦。就在这时她听到了舱外的人声，真切的人声，原来流亡学生们都在甲板上呢，大家都在甲板上。“我的家在东北松花江上——”一个男声颤巍巍地唱起来。“江”这个字，让她想起了自己身在何方：平生第一次，她来在了一条大江上，“哟——嗬”，“哟——嗬”的号子，那是川江上的号子，那是蜀天蜀地的声音！她静静地听，听，热泪涌出了眼睛，哭了。

傍晚，船泊剑阁，船老大望着天边的晚霞，说：“好天气啊，顺风顺水！”

真的是顺风顺水。三天后，船就抵达了合川。刚好，一队敌人的飞机从江面上飞过，是要去轰炸重庆的，顺便，朝江心投下几枚炸弹。江面开了花，有一枚炸中了他们的船尾。船被巨浪掀翻了，一船人，八个船工、船老大和船娘、商人、教书先生，还有历尽艰辛就要抵达目的地的流亡学生，全部葬身江底。

只救上来一个人，凌香。

合川过去，是北碚，北碚过去，就是重庆，在重庆与北碚之间，有一个小镇，叫青木关。青木关有一片竹林，在临近江边的坡上，竹林外有几间草屋，草屋里住着一户最普通的逃难的人家，男人教书，女人也教书。

这一天，黄昏时分，女先生在灶火旁，正料理着晚饭。从旁边屋子里，不停地传来男先生阵阵咳嗽的声音，“吭吭”地，是害着肺病的人的咳嗽。一群孩子，在竹林外一小片空场地上，抽着木陀螺。冬天的太阳，早早地，沉进江里去了，江水变成了一条奔腾的血河。有人从江那边走来了，跛着腿，衣衫褴褛，沿着石头台阶，一级级地，朝坡上爬，慢慢地，露出了黑黑的头顶、脸、半个身子、腿和脚，来到了空场上，竹林外空场上。那一群玩耍的孩子，瞪大了眼睛，瞧着这不速之客。客人问了孩子们一句什么，只见一个五六岁的小姑娘，转身朝屋里跑，嘴里喊着：“妈，妈！有个要饭的找你！”

女先生闻声出来了，从茅屋里钻出来，蓬着头，青菜叶粘在手上，一身的柴烟味。起初她没有认出来人，说："谁呀？"突然间她的嘴张大了，人就像钉在了地上，她的脸和手，一下子，变得雪白，浑身的血，仿佛被什么东西刹那间吸光了，她站在那里，就像一个苍白透明的惊叹号！只见来人，一步步地，跛着，朝她走来，走在和她近在咫尺的对面。来人说："你说过，永远也不会丢下我，八年来我没有一天忘记过这话——我来，是要告诉你一句话：你——不值得我这么、这么样牵挂！"

说完，她掉头而去。

"凌香！宝——"女先生，梅巧，大喊一声，倒在地上。

七、传奇的结局

入冬以来，席方平就一直咳嗽不止。梅巧想为他生一个火盆，却没有钱买木炭——木炭的价钱比黄金还要贵！梅巧就把厚厚的草纸烤热了，一层层，给他敷在脊背上，又把橘子在火上烤熟了，上面滴一滴麻油，让他每天空腹吃下去。她还用梨煮水，用白萝卜熬粥，总之，她把她知道的那些民间偏方验方，一一都试过了，可是那咳嗽的趋势仍旧是愈演愈烈。

夜晚，他咳嗽得最剧烈的时候，她就把他抱在怀里，就像抱一个孩子。

“好一点不？”她总是这样问。

“好多了。”他总是这样回答。

他在她温暖的怀里，那让他更加软弱。他们常常相拥着到天亮。有时，他会说：“要是能睡在一盘暖炕上，该多舒服啊。”她就把他抱得更紧一些，说：“是啊，南方哪儿都好，就这一样不好。”她知道，他心里想说的，其实不是这些话，他也知道她知道。

他们都躲避着一个字眼、一个事实，那就是，结核，或者说，肺痨。可他们心里比谁都清楚他们遭遇了它，遭遇了这瘟神。他们彼此在对方面前掩藏着内心巨大的恐惧。失眠的夜晚，他们躺在南方阴冷潮湿的草房里谈论的，永远都是一些鸡毛蒜皮的小事，关于北方的小事，比如，小米粥，比如，冬天的烘柿子，比如，一碗热腾腾的“头脑”，那是家乡冬季早晨最美的美食。他“吭吭”的剧烈的咳嗽声像电流一样一波一波传导到她身上，让她害怕得发抖。她只有把他抱得更紧，她想，一遍一遍地想：上帝，这是我的，我唯一的，你不能把他夺去……

有一夜他突然讲起了他亡母的一件小事。他说，他们家乡河东有一个习俗，婚后的女人要送丈夫一件信物——一件绣品，类似荷包的一只小口袋，却并不是普通的荷包，不装钱，不装烟，而是——牙袋！知道那是做什么用的？人老了，掉牙了，满口的牙，一颗一颗地脱落，那口袋，就是装这落牙的。一颗一颗的落牙，装进这小荷包里，到最后的时刻，是要携带在身上，一颗也不能少，带到另一个世界里去的。这样的荷包，牙袋，女人要绣两只，绣一对，一只给丈夫，一只给自己，那意思就是，白头偕老，那是对“白头偕老”的郑重承诺。

“我娘身上，就贴身系着一只这牙荷包，牙袋，红绸子底，绣着鸳鸯。另一只，让我爹带走了，只不过，我爹的那只荷包，里面是空的——他没活到掉牙的年纪，就撇下我们撒手去了，他辜负了那只牙袋……”

他搂着梅巧，他的女人，这么说。她浆果一样成熟的、温暖的、经血旺盛的身体，让他无限依恋和难舍。多么好的身子啊！他把脸紧紧贴在她的脸上，突然地，哭了。

一周后，他的枕边，多了一样东西，一件绣品，小小的，红布做底，勾着牙边，上面绣了两只五彩的鸳鸯：最俗、最艳的图案，却绣得风生水起，惊心动魄，针针见血。另一只，同样的两只让人惊心的鸳鸯，攥在梅巧的手里，梅巧俯下身来，黑森森的眼睛，对着他的脸，一字一顿地，说道：“席方平，你听好了，你，是不能辜负这只牙荷包的啊！”

梅巧说完这话，眼泪就滚了出来。

这就是他们的故事，以传奇开始，却没有一个传奇的结局。两个心高万丈生死相随的有为青年最终落在了生活艰辛的窘境之中。不是所有的浪漫出逃，最终，都会在巴黎的塞纳河边、伦敦的老街区，或是上野的樱花树下，戏剧性地落脚，而更多的时候是，这世上，又多了一对贫贱夫妻而已。

其实，在凌香看到梅巧的最初一刹那，她就原谅梅巧了。看到梅巧从茅屋里，烟熏火燎地钻出来，蓬着头发，穿打补丁的衣服，手上粘着菜叶的那一刹那，她就原谅梅巧了。或者说，更早，在她乘坐的木船被炸沉，整整一船人，葬身水底，那和她一路行来已情同手足的流亡学生们，那和她一样年轻一样茁壮健康的生命瞬间灰飞烟灭的那一时刻，她就原谅梅巧了。可她还是说了那句话，那句话，梗在喉头，坠在心头，是必须要说的。说完了，她才能重新成为一个善良温情柔软的孩子，一个悲天悯人的孩子。

八、饥荒

又是许多年过去了。

这一年，是一个饥荒年，大饥荒。不仅是乡村，城里人也在挨饿。所有的城市，也许，除了北京和上海，都陷落在了饥馑之中。在凌香的城市，许多人都患上了浮肿病，皮肤肿得明晃晃，头脸都显得很大，像橡皮人。有许多年轻的女人闭了经。这些浮肿患者，有时，凭医院的证明，可以去购买一些“营养品”，比如，用麦麸和糠做的饼干。

人们都在为吃忙碌着，动着各种各样的脑筋，城郊的野菜，早就让人挖光了，豆腐渣，还有，喂牲口的豆饼，成了人们四处寻觅最抢手最热门的食物。发明了一种饮品，叫小球藻，是一种藻类的东西，养在大池子里，绿莹莹的，据说营养价值很高，幼儿园和小学校的孩子们，排着队，去领一茶缸小球藻喝。当然，供应浮肿患者的糠饼干，也是发明之一。

这一年，凌香三十七岁，是两个孩子的母亲。这两个孩子，一个十二岁，一个十岁，正是长身体的时候，正是，怎么吃也吃不饱的时候。配给供应的粮食，自然不够他们吃的，逢年过节凭证购买的肉、蛋，不够他们填牙缝的。这就需要大量购买高价的粮食和高价的食品。好在，凌香还有这力量。她丈夫，是一家大型企业的高工，她自己，则在一所高校任教，两个人的月收入，还有一些积蓄，一分不剩，全用来买吃的了。

每月，发薪水后的那个星期天，是凌香最忙碌的日子。一大早，她就携带着一些吃食，乘三十公里汽车，去看望父亲。她父亲大先生，新中国成立后，就一直担任着一所高等专科学校的校长。那学校，不在省城，却设在这个交通并不十分便利的小城里。大先生不光担任校长，还教书，还著书，他喜欢小城这种避世的安静的气氛。

学校坐落在汾河岸边，校园十分辽阔，有一种，跑马占地的豪气和奢侈。那里面的建筑，全都出自苏联专家的设计，笨拙、坚固、大，也是奢侈的。这样的建筑群里必定要有一座礼堂，上面耸立着克里姆林宫式的尖顶和红星。大先生的家，是一栋独立的建筑，西式的平房，红砖，石头台阶，带长长的有出檐的前廊。院子很大，种着石榴、香椿和枣树，而那些空地，则被大萍一块块开垦出来，种各种蔬菜，甚至，还种玉米这样的粮食。

在一九六〇年代，这样的开垦和种植，就有了拯救的意思在了。

大先生四个儿女，如今，天南地北，全不在身边，只有凌香一人，离得最近。一个月，至少，有一个星期天，是大先生的节日。这一天之前，前好几天，大先生和大萍就开始为这节日做准备了。大萍挎着篮子去排各种各样的长队，买凭票证供给的宝贵的东西：粮、油、一点点肉、蛋之类。大先生则去排另外的队，去买更加宝贵的高价白糖、糕点，还有，好一些牌子的香烟等珍稀物品。像大先生这样的人士，偶尔，会有一些特殊的供给，不多，大先生都攒着，是要将这好钢用在刀刃上。到了这一天，一大早，大萍就拌好了饺子馅，猪肉白菜，或者是羊肉胡萝卜，香香的一大盆。大萍的饺子，是很拿得出手的，皮薄馅大，鼓着肚子，白白胖胖，排着队，整整齐齐几盖帘。一家子，三口人，食量再大，几盖帘饺子哪里吃得完？剩下的，也都煮出来，晾好了，一个个码进饭盒里。大先生说:“带走吧。”

凌香从来都是吃罢午饭就告辞,大先生和大萍,也从不多留她。那些糕点、白糖,一样样地,全让大萍塞进了她的提包里。永远是,她带来的少,带走的太多、太多。若她推辞,大先生就生气,说:“又不是给你的,带回去,给明明、亮亮吃。”

带走的,不仅仅是糕点、白糖,煮好的饺子,常常还有晒干的各种蔬菜:茄子条、萝卜干、干豆角等,也是一包一包的。还有一条烟,大前门,或者,凤凰。这烟,总是由大先生亲手拿出来,沉默不语地,给她塞到提包里。

是啊,大前门或者凤凰,总不能再拿明明和亮亮做幌子了。凌香的丈夫,也是从不抽烟的,这烟,就显得很没头没脑和突兀。凌香心知肚明,却从不说破,她拎着大包小包出门去,走出好远,回头看,大萍搀着大先生,还在那门前站着,朝她这边望呢。

现在,凌香该到她的第二站了,三十公里外的省城。

五十年代初叶,席方平和梅巧,带着他们唯一的女儿,回到了这里,这个悲情城市。

他们回到北方,当然是因为健康,席方平再也不能承受南方阴冷潮湿的冬季。所以,当他终于接受了家乡省城一所中学的聘书时,他想,他这是向自己的青春缴械了。

他在那所中学里教数学，梅巧也一样，仍旧是教小学，做孩子王。他们的家，就安在离那所中学不远的一处四合院里，租住了人家两间东屋。自己动手，搭建了小厨房。这一住，就是十年，他们的女儿，从这四合院里，考入了北京的一所大学，毕业后，一下子被分配到了甘肃，支边去了。

饥荒到来了，让人措手不及。前两年，还红红火火闹大食堂呢，吃饭不要钱，仿佛到了共产主义。可饥荒一下子就来了，说来就来了。要说，梅巧其实是很会过日子的，很会精打细算，可任凭她再会过日子，也没办法让一日三餐都吃饱肚子了，再精打细算，也调度不开那有限的、可怜的三五斤细粮，以及每人每月的二两棉籽油了。还在三年前，由于肺病，席方平就病休在家吃了劳保，而一个小学教师的工资，又实在是有限，买高价粮的钱都捉襟见肘，何况营养品？梅巧就把所有的细粮省下来，给席方平吃，自己吃掺干菜、掺糠的窝窝，把油省下来，给席方平炒菜，自己吃腌制的酸菜、咸菜。逢年过节那区区一斤肉，则是买来肥膘，炼成猪油，油渣做馅，配上萝卜白菜，给席方平蒸包子。

“你呢？你怎么不吃？”席方平端起饭碗疑惑地问她。

她抽着一支劣质的香烟，最便宜的白皮烟，这是她从年轻时就染上的嗜好，也是从前的日子留在她身上的唯一遗迹。她深深地吸一口烟，回答说：“你先吃，我还赶着判作业呢。”

要不就是说:“刚才包子出笼，我趁热先吃过了。”席方平不相信，审问地，盯着她的脸，她面不改色，说:“你看你这个人，就这点讨厌，婆婆妈妈，我现在饭量大，饿不到时候嘛。”她还说:“这些日子我比从前能吃多了，都吃胖了。”

她的脸，真的是胖了，明光光的，晃人眼。席方平知道，那是——浮肿。

他愤怒了，他说:“梅巧，你当我是傻子呀！你当我瞎了眼呀！”

梅巧的脸，突然之间，变得十分严肃，她盯住了他，慢慢地开了口，她说:“我身体好，吃什么，都抗得住。你不行，你全靠营养来撑着，没有营养，你活不了几天！你听好了，我不让你把我扔到半路上，那样我也活不了——你要救你自己，救我！所以，你必须闭上眼，狠下心，吃！”

她恶狠狠地、一字千钧地，说出那个“吃”字，眼圈红了。

有一天，凌香来省城参加一个会议。晚饭后，会议上没有安排什么事情，她就到梅巧家去了。说来，这些年来，凌香姐妹兄弟四人，只有她一个和梅巧保持着联络。凌寒、凌霜、凌天，对梅巧，就当世界上没她这个人。只有凌香，月月给梅巧写信，寄一些钱，知道他们的生活是不宽裕的。有时，去省城出差或开会，就到她那里去看一看，当然，从没有过夜留宿过，因为有席方平在，毕竟，是很不方便的。席方平一直让凌香感到局促和为难，不知道拿这人怎么办。这一生，凌香只听到父亲提到过一次“席方平”这名字，那还是很多年前，除夕，全家人在一起吃团年饭，那一晚，大先生喝了酒，喝醉了，他忽然用筷子指点着大家，没头没脑冒出一句：“你们要记住，记好了，席——方——平，这个人，是咱们全家人的仇敌！”

那时，凌寒、凌霜、凌天，全都回过头来，同仇敌忾地，瞧着大姐，他们的眼睛在说，你听听，你听听，你居然认贼作父！他们都知道这些年来凌香和梅巧来往的事情，他们都知道凌香舍不下梅巧。这让他们不愉快，觉得这人背叛了全家，背叛了父亲。他们是将“梅巧”和“席方平”合而为一了。不过凌香这个人谁又能拿她怎么样？不是就连日本鬼子的炸弹也没能把她“怎么样”吗？凌香没有生气，只是很意外，这么多年了呀！她以为那件事对父亲来说，已经“过去”了，可原来并没有——过去。

她很惊讶。

这一天，凌香从会议上出来去看梅巧，进了那日益拥挤混乱的四合院，一看，梅巧家厨房里亮着一盏昏灯，就进去了。一推门，就看到梅巧正坐在灶台边小板凳上，吃着一个——糠窝窝。听到动静，梅巧一仰脸，凌香吓一跳，那张脸肿得就像戴了一张橡皮面具！凌香呆了半晌，走上去，从梅巧手里，夺过那黑乎乎团不成团的东西，咬了一口，眼泪就下来了。

下一个星期天，凌香又来了，背了大包和小包，也不说话，大包里是粮食，都是高价粮——挂面、小米和玉茭面，小包里则是白糖、水果糖，还有鸡蛋。她一样一样往外掏，绷着脸，像是和谁生气。这些东西，救命的东西，则摊了半炕头。梅巧用手摸摸这样，摸摸那样，哭了。

一个月一次的探望，就是始于这个时候。从前，凌香每月是必要去探望大先生的，现在，她延长了这路线，延长了三十多公里，大先生那里，就成了一个中转站。从前，她背包里带去的东西，是要卸空的，现在则是，卸一半留一半；从前，在大先生家，她待得很从容，现在则是，撂下午饭的碗筷就要匆匆出发。起初，她不知道怎样跟大先生解释，她想了一些笨拙的理由作为提前告辞的借口，比如，明明不舒服，要不就是，亮亮不舒服，或者说，家里有点什么什么事。这样说的时候，她从不去看大先生的眼睛。忽然有一天，她发现自己不需要再找任何借口了：那一天，大先生把一条凤凰牌香烟，悄悄塞进了她提包里。她恍然大悟，知道了，大先生，父亲，心里是明镜高悬的啊。

只不过，她不说，他也不说，都不说破，很默契。不同的是，她从父亲家里带走的东西，比从前，多了许多。这叫她不安，可是父亲不由分说，父亲指挥着大萍，装这个，带那个。凌香想拦，拦不住，拦紧了，父亲就叹息一声，说：“又不是给你！”她知道，她当然知道这个，七十多岁的父亲，在饥荒的年代，饥饿的年代，从自己牙缝里节省出、克扣出这一点一滴的食物，这恩义是为了谁。所以，她才尤其不安、难过。

她逼迫梅巧，当着她面，一个一个地，吃下她带去的饺子。她像阎罗一样不留情面地逼迫着梅巧，吃下一饭盒，一个不许剩。这是她能为父亲做的，唯一的事情，她能为白发苍苍的父亲做的，唯一的事情。

九、心爱的树

三年的饥荒过去了，更大的灾难，还没有到来。一段和平的丰衣足食的日子来临了。那每月一次的探望，仍旧继续着，成了一种习惯。现在，到了那一天，梅巧也能张罗着为凌香包饺子弄吃的东西了。

梅巧的饺子，是另一种风格，很细巧、精致，像她这个人。凌香一边吃一边称赞，梅巧坐她对面，抽着香烟，说：“你包的饺子，也很香啊，就是样子笨了点。”

“那是大萍包的。”凌香脱口说。

梅巧怔了一怔。香烟在她指间，缭绕着。许久她笑了一声，说：“你父亲，还那样吗？”

“哪样？”

“古板，霸道，不通情理，狭隘，脏，留那么长的黑指甲，吃饭吧唧嘴。”

凌香放下了筷子，狠狠地、严厉地，盯着梅巧——父亲从前的妻子，说道：“我从来，几十年来，没从我父亲，我爸爸嘴里，听到说你一个‘不’字，几十年来，他没说过你一个不好——”

“他嘴里不说，心里可是在诅咒我！”梅巧打断了凌香的话，“他在心里，一天要咒我八十遍！他亲口跟我说过，他说，梅巧，你这么背叛我，你这么走了，我一天咒你八十遍——”她哽了一下，眼圈红了，长长一截烟灰，噗地落下来，落在饭桌上，她背过了脸，“你爸爸，他还好吧？”她声音变得伤感、温存。

“好。”凌香回答。

他并不好。凌香却一点不知道。儿女们，他谁也没告诉。他怀里揣了一张前列腺癌的诊断书，医生让他住院，开刀，他不。他从不相信西医的刀和剪，不相信现代医学的神话。他确实是个古板的人。他在一个老中医也是他的老朋友那里接受治疗，老朋友给他开出一剂剂汤药、丸药，他勤勉地、恭敬地吃下去，老朋友说：“大先生啊，这世上的药，从来都是只治能治好的病的。”

他笑了，哪能听不懂？他回答说：“老弟，我知道你不是神仙，开不出一剂起死回生汤。”

他躲进书房里，清理一些东西，书稿、讲义、讲稿，他一生的心血，点点滴滴，全在这里了，他一生的时光，也在这里了。他抚摸它们，爱惜地，一张一张掀动，和它们，做着告别。他清理架上的书，线装的、简装的，一本一本，都是老朋友，知己知彼的，不离不弃，陪伴了他几十年，也是恩深义重的。他心怀感激抽出一本，掀掀，翻翻，再抽出一本，掀掀，翻翻，又抽出一本，掀掀，翻翻。忽然，一张纸飘下来，大蝴蝶一样，翩翩地，落在了地板上，落在他脚边。

是一张信笺，宣纸，上面有水印的字迹：不二斋。那是从前，他书斋的宅号。

他拾起来，只见上面，用毛笔写着这样几个字："梅：你这可恨的女人，你还好吧——"

是一封没有发出的信，永不会发出的信，不知什么时候，藏在了那里，他的手，抖起来，他站不住了，几十年岁月，像浩荡长风一样，扑面而来，思念，扑面而来。他的眼睛潮湿了。

下一次，凌香来探望他和大萍时，他告诉凌香，下周他要去省城参加一个会议。他问道："你能不能陪我去？"

那是一个可开可不开的会，务虚的会议，平时，大先生是不喜欢开这样的会议的，可这一次，他很踊跃积极。这踊跃的态度让凌香生疑。当他们父女俩终于坐在了开往省城的火车上时，凌香发问了："爹，你到底，有什么事，说吧。”

大先生沉吟了一下，把眼睛望向了车窗外：“我，想见你妈一面，行吗？”

六十年代中叶，一九六五年，这个地处内陆的北方城市，没有咖啡馆，也没有茶座。他们两个人，大先生和梅巧，见面的地点，约在了——火车站。

火车站候车室。

这个城市，交通不算发达，它不在那些重要的铁路干线上，每天，从这城市过往的车辆，不算很多，下午，两三点钟的辰光，几乎没有列车在这里停靠，是候车室里比较安静的时候。

梅巧来了。

凌香推了推大先生，把远远走来的梅巧，指给他看。他看见了一个……老太婆。这老太婆径直朝他们走来，逆着时光，朝大先生走来。十六岁的梅巧，嘴唇像鲜花般红润，两只大大的清水眼，吃了惊吓，就像，鹿的眼睛。这幅画，在大先生心里，不褪色地，收藏了四十多年，一时间他很糊涂，不知道，这两鬓染霜的老太婆和梅巧，有什么相干？

他听到凌香叫“妈”，站起来，他也站起来。现在他们面对面站在了一个车站里。那永不再年轻的脸，衰老的脸，刹那间让他大恸。四十多年的时光，呼呼地，如同大风，刮得他站不住脚，睁不开眼。他们愣愣地，你望我，我望你，对视了半晌，身边是来来往往的旅人。凌香说："坐吧。"他们就都坐下了，左一个，右一个，中间隔着一个凌香，都不知道该说些什么。还是凌香先开了口，凌香说："热吧？"

梅巧摇摇头，说："不热。"

"我去买汽水。"凌香站起了身，走了。

头顶上，大大的几个电风扇，旋转着，发出嗡嗡的响声。一时间，有一种奇怪的安静，笼罩了午后的车站。所有的声音都远去了，人声、车声、广播声，一切，一切，如退潮的水一样渐行渐远。只有他们裸露着，像两块被岁月击打的礁石。大先生摸索了一阵，从衣兜里掏出烟来，是一盒凤凰。他夹出一支，递到了梅巧面前，说："抽一支吧？"

梅巧接了过来，说："好。"

他自己，也夹出一支，然后，摸出打火机，打，打，却打不着。梅巧就从他手里，把打火机接过来，一打，着了。蓝蓝的小火苗，悠悠的，那么美，那么伤感，楚楚动人。梅巧把它举到大先生脸前，他凑了上去，猛吸两口，竟呛出了泪似的。梅巧自己也点着了，他们就坐着，吸烟。

"你还好吧？"大先生开口了。

"还好。"梅巧回答道，"你也好吧？"

"好。"他说。

梅巧吐出一口烟雾，那烟，有一种辛辣的熟知的浓香，那是梅巧喜爱的味道。

“那些烟，都是你让凌香捎来的吧？”梅巧忽然问出这么一句话。

大先生愣了一下。

“还有那些东西。”

“不全是。”大先生忙纠正。

原来，梅巧心里也是明镜高悬的呀。知道得清清楚楚，那些救命的食物，那些粒粒赛珠玑的粮食，那些糕点、白糖，是出自哪里。她没有拒绝，心里是领了他这深恩厚义的。

“大恩不言谢，”梅巧眼睛望着别处，轻轻地，却异常清晰地说，“大恩不言谢。”她声音哽了一下。

“梅巧，不要这么说。”

“大先生，我不说。”

他们都不知道，此时此境，再说些什么。两个人，默默望着。他们要说的话，都化作了袅袅香烟。他们跨过了三十四年的岁月，来到一个车站，好像就是为了在一起抽一根烟。一根烟抽尽了，大先生摁灭了烟头，说道：“昨天，我去了趟头道巷，转了转，十六号院子——”他顿了一顿，头道巷，十六号，那是他们从前的家，“十六号院子还在呢，做了小学校，不过那棵树，大槐树，多好的一棵大树呀，不在了，让人家锯掉了。”

从前，很久以前，她总是把大槐树的叶子，涂染成汹涌的澎湃的蓝色。那时她心里是多么不安分啊。梅巧笑了一笑。

“我知道，”她回答说，“锯掉好几年了。说来也巧，那天我刚好有事路过那里，成年八辈子也不路过一回，就那天，偏偏路过了。看见工人们正在那里伐它呢，两个人，扯着大钢锯，滋拉，滋拉，扯过来，锯口那儿，就留出一大串眼泪，滋拉，滋拉，扯过去，又是一串眼泪，我看得清清楚楚，老槐树哭呢……”

她不说了，别过了脸。

这脸，刻着时间的痕迹，岁月的痕迹，有了真实感。是梅巧，唯一的梅巧，老去的不能挽回的梅巧。午后的阳光，从阔大的玻璃窗里照射进来，她整个人，沐在那光中，永逝不返的一切，沐在那光中。那光，就好像，神光。远处，有一辆列车，轰鸣着朝这里开来了，是大先生就要登上的列车，是所有人终将要登上的列车。他眼睛潮湿了。

他想说，梅巧，下辈子，若是碰上了，还能认出你吗？却没有说出口。

2005 年 10 月 20 日草成

2005 年 12 月 24 日二稿于太原

在传说中

一九〇一年，清光绪二十七年，慈禧太后一行从西安回銮途经我的家乡开封。他们抵达开封的日子是农历十月初二，奉召而来的庆王奕劻和他们同日到达，只不过早了几个时辰。一时间，冠盖云集我家乡的大街小巷，开封成了实际上的清廷所在地。

这一年，已经有多少大事发生过了。屈辱的《辛丑条约》已于农历七月在京城签订，而李鸿章却在条约签订后不久病逝。清廷的最后一根擎天柱倒下了。这消息传来时慈禧太后一行还正在前往开封的路上。秋凉十月，万木萧萧，鸿雁哀鸣，从官道上可以看见白茫茫一条黄河水，护驾的人中，不知有多少人眼望河水心生感慨，想道，气数尽了，气数尽了。

开封行宫，早已装饰一新，等待着慈禧太后和她的傀儡儿子。还要有一些事情发生呢，就在这开封行宫里，慈禧太后还要做一件大事，她将废去太子溥儁“大阿哥”的名号，将他逐出宫门。她一步步向洋人妥协着、退让着，眼看着一个个人头落地，白花花的银子流往外邦。

当然，小铜意儿不知道这些家国大事。这一年，一九〇一年，农历辛丑年，小铜意儿虚岁七岁。他只偶然听人说起过“两宫两宫”的，他还以为人们说的是蟋蟀，后来才知道说的是太后和皇上，可他挺纳闷，心想，明明是一男一女，怎么非要说是“两公”呢?

“两宫”于农历十一月初四起驾回銮，自有一番热闹。通往黄河柳园口的跸道上，新铺了黄沙，那都是用水洗过的均匀洁净的沙粒，金灿灿的，在秋阳的照耀下晃着人和马的眼睛。车轮轧在上面，沙沙作响，声音细碎干净。护驾的官兵，夹道跪送，只见一地的红缨帽，就像一地的落红。新打造的龙船，停泊在古渡口，岸边，早已设下香案，光绪皇帝焚香奠酒，致祭河神。这个倒霉的皇帝，面色苍白，眼神看上去像诗人一样落魄忧伤。

我家乡的黄河，起了恻隐之心，她想，这个可怜的孩子啊！这个没有亲娘的孩子啊！她用风平浪静抚慰了他，汩汩的水声是她一声接一声的叹息。他望着河面上美不胜收的粼粼金波，望着天地间和平温柔的美景，装作晃眼的样子垂下了头。他承受不了这巨大的仁厚的柔情，他想，我何德何能啊，他还想，日子是多么糟糕啊！他这么想着眼泪就夺眶而出，一滴一滴打在了他四处开绽破旧的鞋面上。

一、大头和尚刘翠妞

小铜意儿家住在庙门街，街的尽头，连接着一条横街，两条街形成一个工工整整的“丁”字，丁字交叉处，就是我家乡著名的城隍庙。那横街的名字，不用说，自然就叫作城隍庙街。

城隍庙自然供着城隍，我家乡的城隍是谁？不知道。只知道，这城隍身边有一对泥塑的童男女，六七岁模样，男的叫大头和尚，女的呢，叫刘翠妞。

大头和尚模样很喜人，光头大脑袋，大眼睛，两个大腮帮子，鲜艳得像红苹果，咬一口芳香四溢似的，一身灰裤褂，黑芒鞋，脖子上挂一串楠木珠。刘翠妞红袄绿裤，垂双环，戴根银锁链，也是一张香喷喷笑嘻嘻的苹果脸，额上还点一个梅花痣。这一对小儿女，正是贪玩的年纪，却日日夜夜陪伴着一个黑胡子城隍爷，别人不说，小铜意儿心里就直惋惜，小铜意儿心想，大头和尚虽说总有好吃的，可成天只有一个刘翠妞做伴，多不热闹啊！和一个胖妞玩，能玩出什么名堂？

城隍庙香火旺盛，初一、十五，总有人来进香。平日里，庙门前小广场上，也是热闹的。特别是晚上，这里就是我家乡的夜市。无数小吃摊云集在这里，卖酱羊肉、卖芝麻酱火烧、卖炸油馍头胡辣汤、卖花生糕糖梨水、煮荸荠菱角，还有四时的鲜果，等等，生的熟的，凉的热的，应有尽有。那香味啊，细水长流，氤氤氲氲，连成了片，夜色都被它浸透了，变得殷实。再没什么能比这人间烟火气能让一个城市满足了，也再没什么能比这殷实的夜晚，能让我家乡的父老乡亲感到踏实和心安了。

这里自然还是小铜意儿们的乐园，庙门街和城隍庙街上住家的孩子们，大多是小门小户人家的孩子，他们理直气壮地把这小广场当作自家的后院。除了数九寒天，除了刮风下雨的日子，天天都有孩子来这里玩耍，他们捉迷藏，扮官兵捉强盗，有时也在月光下抽陀螺斗蟋蟀。我家乡的孩子，把陀螺叫作“得楼”，他们人人都能把“得楼”抽打得如同旋风一般。他们爬墙上树，上房揭瓦，夜夜都像是狂欢夜。夜深了，玩累了，每人就要掏出两枚汗津津的大铜子，买一碗胡辣汤，两根油馍头做夜宵。那胡辣汤，是我家乡特有的一种美食，浓郁的羊汤做底料，里面煮了豆腐黄豆、木耳金针，上面飘一层红辣椒绿芫荽，有着我们北方的爽快和明艳，油馍头一根根的，炸得蓬松而金黄，是孩子们百吃不厌的食物。油馍头胡辣汤下了肚，孩子们这才心满意足地回家睡觉。

当然，小铜意儿不是天天都能有两枚大铜子，可隔三岔五娘总是要给他零钱花。铜意儿的大舅，在城隍庙当差打杂，他喜欢指使铜意儿给他干这干那，扫院子啦，掸香灰啦，上树捋榆钱啦，要不就是上街买东西，买包洋取灯、打瓶米酒什么的，买东西找回的零头，自然就都落进了小铜意儿的荷包。不过，小铜意儿才不单单是为了这几枚铜子帮大舅干活，不是，小铜意儿是个勤快的孩子，生来闲不住，还有就是，他特别喜欢舅舅，和舅舅亲。他也喜欢城隍庙，因为城隍庙不像别的庙宇那么阴森吓人，大头和尚、刘翠妞这两个艳丽的孩子使城隍庙看上去有一种亲切的红尘气。

大舅舅还没有成亲，这让铜意儿的娘，也就是舅舅的姐姐很着急。可舅舅自己不急，小铜意儿也不急。这舅甥俩常常一唱一和，舅舅说："娶媳妇有什么好？老不自在，哪如这样啊，一人吃饱了全家不饿，是不是铜意儿？"铜意儿回答说："那是，我长大了，也不娶媳妇，烦死人了！"舅舅又说："姑父、姨父、舅的媳妇，三不亲哪！铜意儿，你想要个'三不亲'的妗子吗？"铜意儿连连摇头，说道："才不要呢！"舅舅又说："有了'三不亲'的妗子管着，一个铜子儿也不让给铜意儿花，这中不中？"铜意儿简直有些义愤填膺了，回答说："不中不中就是不中！"气得他娘扑上去拧他的嘴，他娘说："你个小王八羔，你不娶媳妇？抓周的时候是谁一把抓了胭脂盒？"他娘揭了铜意儿的短，还是四处张罗给舅舅说亲，还逼着舅舅打扮好了去相亲。舅舅让人家相了几回，可从没被人相中过。舅舅倒没什么，他姐姐气得直掉眼泪，一边抹泪一边骂：“都瞎了眼了！都他娘瞎眼了！”

舅舅嘿嘿笑了，说：“姐呀，人家正是没瞎眼，才看不上我这瘸子啊！”

大舅生来就身有残疾，一条腿比另一条短一大截，走路像刮大风，摆得厉害，身量也长不高，二十六七的人看上去还是个孩子的身量。可除此之外，舅舅真是没一点不好啊。舅舅长得不丑，国字脸，浓眉大眼，还有一口女人样的珍珠米白牙。舅舅手很巧，世上没他不会干的活计，他会编蝈蝈笼，会扎上百样彩灯，还会画龙头，年年正月十五，城隍庙前闹红火、舞龙灯，那龙头都是由大舅舅来画。他描画的龙头，活灵活现，又威猛又精神，老辈人就说：“虽说比不上杨三两，可也算是‘天下第二龙’了。”杨三两是个什么人？铜意儿不知道，想来是个古话。可铜意儿满心不服气，他想，这世上，还能有比舅舅画龙画得更像的人？除非他画出条活龙来！舅舅不光善画，还会拉胡琴唱曲儿，铜意儿常常招来一大帮孩子听舅舅唱，还点名要听那个《小大姐吃杏》：

有一个小大姐她才十六，她不搽那个官粉是自来的就，漂白那个布衫银锁链，贴身还带了一个红兜兜……

舅舅每次唱到这儿，小铜意儿不知怎么一下子就想起了刘翠妞，刘翠妞成天穿红戴绿的，可不就是个臭美的小大姐吗?

小大姐扭扭捏捏朝前走，
她看见那个杏树结得也怪稠，
小大姐心眼里想吃杏，
她东瞅瞅西望望没有砖头……

小铜意儿忙跟着舅舅清脆地和一声：“没有砖头！”心里很快活，他知道下面将要发生什么，心想，哈，刘翠妞，你就要倒霉了！

小大姐坐下就把那个绣鞋来抽，
她照着那个杏树猛一“揉”（平声），
（白）哎呀，不好了！（唱）树梢上卧了一个凶斑鸠，
也是那大姐的手头巧，坤鞋带挂住了斑鸠的头，
你看吧！那斑鸠，顶着个绣鞋满天的悠，
小大姐，赤巴个脚丫撵斑鸠，
斑鸠斑鸠你回来，
回来快把俺那绣鞋丢，
若不然，婆婆家知道定要把俺奴家休……

听到这儿，孩子们哈哈大笑，高兴得不得了，齐声应和：“把俺奴家休！”舅舅就说：“将来娶媳妇，可别娶回个馋嘴的小大姐！”铜意儿一撇嘴，回答说：“谁娶媳妇？烦死人了！”

铜意儿心里满是对女孩儿的鄙夷，再看见刘翠妞，就摇头对她说：“嗨，你呀，刘翠妞，你不会打‘得楼’，不会斗蛐蛐，就会吃杏，真没个意思。”刘翠妞歪着个好看的大脑袋，不理他。他四下看看，见没有人，就用手掌蘸了把香灰，悄悄抹到了刘翠妞的红脸蛋上。

舅舅一个人住在城隍庙后院一间小偏厦里，冬天，下雪的日子，拢一只铜火盆，火盆里埋几只白薯，舅甥俩围着炉火，等那白薯在火盆里吱吱叫着冒出温暖的香气。不是上香的日子，庙里没有一个香客，也没有一个杂人，雪沙沙落着，落雪的声音静谧而湿润。舅舅用火剪拨开炭火，夹出烤熟的白薯，掰开来，金红的瓤，袅袅白汽，像雾中的大花，是这暗沉沉小屋里的一点艳情。舅舅催铜意儿，趁热吃，铜意儿嗅着那浓郁的甜香，心里想，这大雪天，没人来上供献，大头和尚、刘翠妞，他俩吃什么呢？

小铜意儿坐不住了，他用棉袍襟兜起两只烤白薯，跑出了房门。雪地白亮亮的晃了他的眼，他穿了棉窝的脚在白茫茫的雪地上踩出一溜脚印。舅舅望着那一溜脚印想起一副对联：“虎行雪地梅花五，鹤立霜田竹叶三”，心里忽然觉得有些惆怅和空落。他低头望一眼手里红芯的白薯，觉得那红妖娆得着实刺目。

有了雪光的映衬，庙堂里要比平日亮一些，可小铜意儿跑进来还是觉得眼前一暗，和舅舅的小屋比起来，这里又阴又冷，小铜意儿脱口说：“好冷！”可大头和尚、刘翠妞却还是一如既往穿着夏天的衣裳，也没有人给他们拢盆火。他看看衣襟里的红薯，一只大，一只分明要小一些，这倒叫他犯了难，给谁吃小的呢？想了想，他很不好意思地把大白薯给了——刘翠妞，小的给了大头和尚。他怕大头和尚见怪，红着脸嘟哝了一句：“俺不是抹了刘翠妞一脸灰嘛！”

这个雪天过去不久，有一件大事发生了，舅舅的娘、小铜意儿的姥姥，给大舅舅买回一个童养媳！这童养媳，十二三岁，又瘦又黄，辫子像老鼠尾巴一样细，上面爬满白花花的虮子，是个要饭的小闺女，家里遭了蝗灾，秋粮颗粒无收，无奈何，跟着爹娘兄弟沿黄河一路讨饭来到我富庶的家乡。他们讨饭讨到小铜意儿家门上，铜意儿娘先起了意。她看这闺女，不缺胳膊不缺腿，人长得还不算丑，又看那家人很老实，心想，真是千里姻缘一线牵哪！

铜意儿娘和铜意儿姥姥，三下五除二，做成了这件大事。请来对门饭铺掌柜做中人，立下字据，钱货两讫，一手交钱，一手交人，十两雪花银，买回一个童养媳。我家乡方言，把童养媳说成是“团圆媳”，铜意儿娘和铜意儿姥姥，虽说花了钱，心里却一片光明，她们看到了那美景，先“团圆”着，要不了三五年，就可以圆房生孩子了呀！

“团圆媳”一进门，就让她婆婆按住用剃刀剃了个大光头，是怕她头上的虮子过给别人。“团圆媳”满心不乐意，满心的难过和伤心，口不能言，只有低头流泪，那样子，不像是嫁给人家做媳妇，倒像是剃度出家一般。剃成光头的“团圆媳”，人更瑟缩得低了半截，不敢往人前站。那一天，舅舅被叫回了家，进了门，看见一个后背慌慌张张一闪，闪进了厨房门，舅舅啥也没看见，只看见一个青萝卜样的光头。舅舅一愣怔，心想：咋弄回一个秃小子来？

他姐姐扑哧笑了，说：“傻兄弟，看见了吧，那就是你媳妇啊。”姐姐这句话，说得十分动情和温柔。

他想问：是不是生了秃疮？又问不出口，姐姐看出了他的心思，啪地一拍巴掌，说：“放心吧，吃几顿饱饭，要不了一年半载，就是一头好头发。”

他红了脸。

一家人，唯有小铜意儿不满意，他问着舅舅：“大舅，你说话不算话，你还是给我娶回‘三不亲’来了。”舅舅回答：“谁说的？这不是还没成亲嘛！”

“可都已经‘团圆’了呀！”

“铜意儿呀，”舅舅和解地、讨好地摸摸外甥的头，“你看，这不都是你姥姥和你娘逼得嘛。再说，人都是要成亲的呀！”

“大头和尚也成亲？”

“那倒不，他是和尚嘛。”

“刘翠妞也成亲？”

“她是金童玉女，神仙呀。”

舅舅眼睛里闪烁着喜气，藏也藏不住，这使他一张脸看上去流光溢彩，他嘴里哼着小曲儿，摇摆着身子出出入入，铜意儿第一次发现他走路的样子是那么不顺眼那么难看。铜意儿想，一个光头小媳妇，一点也没看头，丑死了，高兴个什么劲？这么想着，他竟然有点为舅舅难过起来。

立春了，雪消了，灯节过去了，二月二也过去了。城隍庙门前又渐渐变得热闹。小吃摊一个一个地，雨后蘑菇一样生长出来，城隍庙又成了一个被食物的香气笼罩的城隍庙。孩子们都长大了一岁，陀螺抽得更完美了，上房爬树的本领也更高了，特别是过年得到的压岁钱，将每个人的荷包都撑得鼓鼓的，更是让人高兴和满足的事。又有新伙伴加入到游戏的队伍中，眼看着铜意儿们的队伍在日渐壮大，广场上的小摊主们，又高兴，又发愁。高兴的是又添了生意做，发愁的是，这群孩子疯跑野马，少不了要惹些事端，不是撞翻了谁的煤油灯，就是踢倒了谁家的长条凳，要不就是碰掉了人家手里的碗。惹了祸，摊主们少不得大声叱骂一顿，却也并不真的生气，他们还是喜欢孩子们带来的这旺盛的人气和热闹的景象的。

有一天，不知道那天是个农历初几，没月亮，也没星星，广场上比平时显黑，孩子们商量着要玩官兵捉强盗，正叽叽喳喳吵嚷着闹分家，忽听一个声音说：“带俺们不带？”

孩子们一回头，看见一个小男孩儿，身边跟着个小闺女，站在黑地里，影影绰绰的，看不清眉眼，听声音很耳生。孩子们就说：“带你，不带妞，带妞跑不快。”

“谁说俺跑不快？”没想到男孩儿还没说话，那个女孩儿倒抢在前头开了腔，“俺又没缠脚，不信咱比比？”

女孩儿的声音，脆如银铃，落地有声，溅起许多的银星星，像萤火虫一样漫天狂飞。傻小子们都愣住了，半晌，为首的一个叫德保的男孩儿说：“中，带你就带你，不过你们只能当强盗，强盗才带强盗婆。”

“当强盗就当强盗！”女孩儿回答得很干脆，“还有谁当强盗啊？”

大家扭捏着，不吭声，其实，谁心里不想跟这么一个强盗婆落草呢？正扭捏着，只听女孩儿又开口了：“哎，小铜意儿，你愿意不愿意当强盗？”

“当就当！”小铜意儿很快活，马上站到了“强盗婆”身旁，忽然觉得奇怪了，心想：咦？她怎么知道我的名字呢？我又不认识她！

德保见“强盗婆”挑中了小铜意儿，心里有些妒忌了，马上嚷嚷说：“不中，铜意儿哪能当强盗？他是个胆小鬼！看见出红差，就吓得尿裤子，哪能当强盗？”

“谁尿裤子了？谁尿裤子了？”铜意儿见被人揭了短，急得叫起来，“我敢吃长虫，你敢吃？”

吃长虫的事，倒是真的。有一回，铜意儿和他爹去拜客，那家人是南蛮子，留他们吃饭，桌上有碗肉，很香。铜意儿吃完了才知道，那是蛇肉，吓得他回家的路上就吐了。

“好了好了！”女孩儿当机立断，“就让小铜意儿当强盗，你看，他连长虫都敢吃嘛！”

其实，当强盗也没什么大不了，就是隐蔽起来，不让官军找到，然后趁其不备“拔旗破营”。这一晚，官军屡屡失利，强盗回回得手，最后德保生了气，亲自坐镇守营。官军的营，设在西北角一棵老槐树下，德保背靠槐树，一动不动，就像生了根，就像老树下又长出一棵挺拔的小树。稍远处，就是热闹的夜市，各种叫卖声随风而来，各种香气随风而来，更衬出了这槐树下的清冷。谁家墙角下，蛐蛐叫着，听叫声就知道那一定是头身手矫健的好蛐蛐，打遍天下无敌手。这世上，有多少诱惑在引诱着这孩子，可他岿然不动。

几个小强盗躲在他身后不远的地方，对了，他们根本没有跑远，就躲在官军的眼皮子底下，这就是“灯下黑”的道理呀。他们等着时机偷袭，可这德保到底不是别人，他长了三只眼、六只耳朵呢。他爹是开油坊的，人送外号叫“滑刘”，少说也有一百个心眼儿，德保比他爹，自然也差不到哪儿去。小铜意儿气馁了，就等着束手就擒了，若是个真强盗，碰到这对头，只能等着戴枷站木笼了！就在这时候，小强盗婆忽然心生一计，她弯腰拾了个小石子朝远处用力一丢，趁着骨碌碌的响动，悄悄潜身过去。德保大叫一声：“谁？”一边飞身朝那黑影扑去。说时迟，那时快，强盗婆叫德保拿下了，可他身后的“大营”，也叫小铜意儿们乘虚偷袭成功了。

别提德保多沮丧了，他想，哪里跑来这么一个鬼精灵呀！官军个个垂头丧气，而强盗们则喜笑颜开。正得意呢，那新来的男孩儿说话了，他说：“咱破了德保的营，可德保也拿了咱的人，是不是？不输不赢，扯平了！”

小强盗婆想想，大度地说：“行，扯平就扯平！”

这一来，可说是皆大欢喜。德保争回了面子，也高兴了，一高兴，就觉出了肚饿，大家呼啸着冲向小食摊。天晚了，小食摊上已没有了多少食客，孩子们挤挤挨挨各自抢占了桌凳。小铜意儿在一盏油灯前坐下，灯苗一闪一闪，在他脸上温柔地跳舞。他从怀里掏出大铜板，朝盛铜钱的小笸箩里“当”地一扔，说：“一碗胡辣汤！”一回头，看见那兄妹俩在远处黑影里站着，忙招呼说：“来喝胡辣汤呀！这家的胡辣汤最香啦！”

兄妹俩朝前走，忽然刮过一阵风，灯苗忽悠忽悠闪几闪，灭了。所有的灯苗，忽悠忽悠闪几闪，全灭了。小广场顿时黑下来，可是黑得真美，只见炉火的红光，像黑夜的心事，这里那里，温存地、情意绵绵地舔着硕大的锅底。刹那间，人们似乎被这黑，被这神秘而新鲜的黑夜震慑住了，谁也想不起点灯。兄妹俩摸黑过来挨着小铜意儿坐下，大家亲密地挤在一起，哥哥掏出两枚铜板来，朝盛铜钱的小笸箩筐里一扔，只听“当、当”两响，小强盗婆立刻快活地高声喊：“两碗胡辣汤！”

“耶！好亮的嗓！”老板一边盛汤一边喝彩。

第二天早晨，这老板打着哈欠坐在窗前算账，发现一件怪事，只见那盛铜钱的小笸箩筐里，有两个——纸钱，就是人们烧奠用的那种白麻纸，轻飘飘的，杂在一堆铜板里，半藏半露，似乎很为自己的没有重量而羞涩。他“咦”了一声，心想：怪事呀！哪里跑来的纸钱？他想这准是哪个孩子的恶作剧，他骂了一声：“小王八犊子！”一边把那两个纸钱拈出来扔了。

从那天晚上之后，这兄妹二人，就常常来找孩子们玩耍了。他们和小铜意儿做了朋友，和德保也不错，他们一块儿打“得楼”，滚铁环，当然最喜欢玩的还是官兵捉强盗或者，藏老闷儿。差不多总是德保提议，说：“咱玩藏老闷儿吧？”要不就是：“咱玩捉强盗吧。”德保其实是暗暗憋着劲要和这“小强盗婆”斗法。不过，十次有九次是德保败下阵来。这个鬼精灵啊，她藏身的地方，十个德保也找她不着，好像她会遁地术。她还是个千里眼顺风耳，谁的藏身之处，也瞒她不过。她还天生会使计谋，三十六计她样样通似的。相比之下，她哥倒像个没嘴的葫芦，实心眼，就爱咧着嘴嘿嘿地憨笑。他们和小铜意儿一样，玩起来就没个够，不记得钟点和时辰。他们也嘴馋，喜欢各种零食，特别是香喷喷的胡辣汤和油馍头，没有一回不是拿它们做夜宵。只不过，有些奇怪的是，这兄妹二人，从没有在白天出现过，他们似乎专挑没有月色的夜晚出来玩耍，黑着来黑着去。

且说那卖胡辣汤的老板，姓苏，叫苏丑小。这苏丑小另一个早晨起来算账，怪事情，钱笸箩里又出现了两枚白纸钱！从此，隔三岔五，这白纸钱就像记熟了路的野物，开始频频光顾。苏丑小想：“菩萨呀，这是咋回事？”他猜想会不会是得罪了什么人，冲撞了什么人。可他又会得罪谁呢？他守着一份小买卖，见人不笑不说话，也从没有克扣过谁。谁不知道苏丑小的胡辣汤，货真价实，羊肉都是鲜羊肉，城隍庙街头一份儿。再看那白纸钱，虽说是个冥物，倒没有戾气，相反倒挺家常，还有着一种温润的、羞涩的表情，就像是被谁家的母鸡悄悄下到这筐里的鸡蛋。可不管怎么说，纸钱到底不是寻常物，它还是让这老实的买卖人感到不安。

这一天，傍晚，太阳落山了，晚霞把天边烧成一片血海。苏丑小刚刚支好摊子，生意还没有开张，难得有这样清静的一刻。他袖着手仰头看那晚霞，他心想：天咋流这么多血？天又不是女人，月月来潮？这天地间的事，有多少是人不明白的呀！他想起了钱笸箩里的的纸钱，不由得叹了口气。这时，只听旁边有人叫了他一声，是卖炸油馍头的吴老三。“苏大哥，”吴老三撩起油腻腻的围裙擦着手，“我跟你说件怪事。”

“啥怪事？”苏丑小心一动。

“这些日子，我这钱笸箩里，不知咋的，老有两张纸钱，你说这事怪不怪？”

“你也收了纸钱？”苏丑小惊讶地问。

“是呀，开头我还当是哪个小王八羔子闹着玩，没当个事，可后来就觉着不像了。咋，苏大哥，莫非你也收了纸钱了？”

“可不是嘛！”苏丑小一拍手，“我这心里，正为这事不自在呢！”

“咋？你们也都收了纸钱了？”另一边，也是卖胡辣汤的李老板大呼小叫搭了腔，“哎呀，我还以为就我一个人碰上鬼了呢！”

这一喊，左近的人就都听见了，卖煮糖梨的、卖火烧的、卖花生糕的、卖冰糖葫芦的，人人都开了口，原来，这一段日子，差不多人人都收到过纸钱，有的只收到过一半回，有的三五回，收的最多的，还是苏丑小、吴老三、李老板这些卖胡辣汤炸油馍头的。

可是，谁也想不出，这纸钱是从哪里来的。他们想呀想，脑瓜子想疼了，也想不出什么可疑之处。流逝而去的每一个夜晚，似乎都是和平的、坦荡的、安详的、善意的，回响着孩子们的欢叫和美食撩人的香味儿。这样的夜晚能有什么凶险、阴谋和不测呢？最后还是苏丑小对大伙儿说：“都别瞎猜了，以后，咱多留点神就是了。”他接着回头对李老板开了句玩笑，说：“兴许是你的胡辣汤太香了，把鬼都给引出来了。”

“耶！再香还能香过你的去？要真是有鬼，也是你这远近闻名的苏家胡辣汤给引来的。没错，就是你！你引来的怕还是个女鬼！”李老板反唇相讥。

大伙儿都笑了。苏丑小觉得心里轻松不少。原来不是他一个人遇到了什么麻烦事，不是谁和他过不去。身后的炉灶上，羊汤在大锅里咕嘟咕嘟打着滚，那香气引得苏丑小自己都流下了口水。他想，兴许真是有个嘴馋的鬼来喝羊肉汤了，那又怎么样？要说苏家胡辣汤，真是配方独特，用料讲究，每根羊骨头都要砸出骨髓来呢。想来那鬼不是个恶鬼，公平买卖，又不欠人一文钱。

天气越来越暖，桃杏花早开过去了，丁香花也开过去了，忽然间，又到了槐花盛开的节令。今年的槐花似乎格外繁茂，大街小巷，每一棵槐树，都绽放出密匝匝洁白如雪的花朵，千串万串，千穗万穗，是这六朝古都的艳遇。槐花温暖的甜香，随风出城，香气就笼罩了柳园渡，河水携带着槐花香，东流入海。我家乡的夏天来临了，孩子们脱下了夹衣，换上了夏布的裤褂，卖蒲扇的挑着挑子出来了，卖绢扇纱扇团扇的店铺，也备齐了新货。流萤出现在夜晚的天空，城外片片藕塘里，蛙鸣开始闹人。要不了多久，满塘的莲花也要开了。我家乡的夏天，姹紫嫣红，真是妖娆啊！可是，就在这笼天盖地的花香中，小铜意儿总是能闻出一种奇怪的味道，那是小强盗婆身上的气味，不是槐花香，不是莲花香，也不是脂粉香，是什么香？不知道，却丝丝缕缕，若有若无，像烟岚又像活物。假如他们玩藏老闷儿，轮到小铜意儿逮人，他总是能凭着鼻子嗅出那小强盗婆的藏身之处。他闻香而去，一逮一个准儿。小铜意儿心想：德保可真笨哪，他难道闻不见她身上那好闻的香味吗？他没有鼻子吗？他忽然想起娘说的“抓周”的事，脸不由得红了，心想：是不是自己的鼻子对世上的香味特别贪呢？

天暖了，孩子们在户外逗留的时间，也越来越长。瓜果都下来了，城隍庙前新添了许多卖瓜果的摊子，卖麦黄杏的、大白桃的，还有紫李子红海棠的，夕阳下它们流金溢彩，看着就叫人心生爱意。不过蚊子也变得猖獗，乘凉的人们就在院子里或者当街点起艾蒿熏蚊子，这使夜晚的气味变得更加丰富和耐人寻味。孩子们人人都被蚊子咬出一身红疙瘩，小铜意儿这时就很羡慕小强盗婆，他想：大概她不用点艾蒿身上的香气就能把蚊子熏跑吧？不是说有一种香草可以驱毒虫吗？也许她就是一棵香草。

这一天是个大阴天，没有星星也没有月亮，天黑得很沉，孩子们吃罢晚饭照例又聚在了广场上。那小兄妹俩也来了，一连好几天，不知为什么大家没见他俩的面，这时见了很高兴。德保问小强盗婆："哎，是不是你娘嫌你太疯，给你缠脚了？""想得美！"小强盗婆一梗脖子回答，"想把俺的脚缠成粽子，你好抓俺关木笼啊！"大家都笑了。

这一天，他们玩"老鹰捉小鸡"，兄妹俩憋了这些天没出门，玩得忘了情。起风了，乌云悄悄散去了，他们不知道，星星悄悄露出来了，他们也不知道，忽然间，一下子，出了大月亮。农历十五的月亮，柔情四溢地，把它的清辉洒向大地，做游戏的孩子们，纤毫毕露地浮现在光明的月色中。那一会儿，刚巧轮到小铜意儿当老雕，他站在一排孩子的正对面，他第一个看到了那奇迹，只见他一下子住了脚步，慢慢慢慢睁大了眼睛，甚至，张大了嘴，他想：我是不是在做梦？他使劲揉了揉眼，又看，这下，他看清了，只听他高兴地大叫一声："大头和尚、刘翠妞！"

孩子们愣住了，月光下，大家互相打量，不明白小铜意儿在说什么，长长的一排队伍乱了阵脚。但是月光真是太清澈了，它存心要露出黑夜掩藏的秘密，只听又一个孩子惊叫起来："哎呀，大头和尚、刘翠妞！"那孩子兴奋地用手指着对面孩子的脸。这一下，所有的人，都看到了月光下那奇迹：那张开"翅膀"扮母鸡的孩子，光头大脑袋，忽闪闪的大眼睛，灰裤褂，黑芒鞋，不是大头和尚是谁？再看他身后，红袄绿裤一个妞儿，垂双环，戴银锁链，香喷喷的苹果脸，额上点一个梅花痣，不是刘翠妞又是谁？

"哎呀呀！大头和尚、刘翠妞！"孩子们一片惊呼。

大头和尚垂着手，嘿嘿嘿憨笑，觉得怪不好意思。刘翠妞则是银铃似的笑，落地有声，清亮地像是撒了一地银屑。孩子们围上来，不知说什么好，也只是笑。刘翠妞给笑急了，一跺脚，露出了小强盗婆的本来面目："嗨，我说小铜意儿！你们还玩不玩？不玩我可要回家啦！"

"玩玩玩！"大家一迭声地喊。

这一晚啊，孩子们简直玩疯了，直玩到夜深才散伙。好在天气热，大人们在屋里睡不着，就在当院支了竹凉床，躺在床上乘凉看星星，有人家甚至把竹凉床支到了胡同里，也就不急着催孩子回家睡觉。孩子们玩完老鹰捉小鸡，不过瘾，又玩起官兵捉强盗。小铜意儿拉着刘翠妞，甩开众人，跑啊跑，七拐八绕，远远跑到了一片空场上。那里有口甜水井，有棵老榆树，还有不知谁开出的菜园子。两人趴在瓜架下，脸挨着脸，四周一片清香，是黄瓜花、丝瓜花，还有豆角花的香气。月光洒下来，如银似水，丝瓜叶子的黑影在他们脸上跳舞。刘翠妞叹息一声，忽然说："月亮可真好看哪！"

小铜意儿忙扭脸看她。

"天真好看哪！"她又叹息一声。

她神往地看天、看月亮，还有星星。天让她感动。她很少看到有月亮和星星的夜空，她看到的永远只是城隍庙黑黑的屋顶，真憋屈啊。天原来是这样一个无边的大奇迹，星星像最亮的泪滴，她都看哭了。她快乐地哭着，哭得小铜意儿也有点鼻酸起来。一个天有什么好哭的？小铜意儿心酸地想，可是她连天都没见过。

蛐蛐在菜地里叫，金铃子在草丛里叫，纺织娘在树叶里叫，还有许多的虫子，都在叫。可是他心里很静。他安静地和这小姑娘一起，领略着人间美景。这世上，还有多少东西是她没见过的呀，他真想让她看见一切，知道一切，他忽然对她说："我大舅娶'团圆媳'了。"

“啥叫团圆媳？”

“就是‘三不亲’，妗子，”小铜意儿耐心地解释，“我大舅说他不想娶亲，其实是假的。那个小团圆媳丑死了，剃个大光头，像个小尼姑，可我大舅呢，还怪美的呢。”小铜意儿不以为然地撇撇嘴，“我说刘翠妞，你可别给人家当团圆媳啊。”

“我才不会呢！我才不给人家当妗子呢，还得剃光头！”刘翠妞回答得很干脆。

小铜意儿放心了。为什么放心，他也不知道。他嘿嘿嘿地笑起来。他和她挨得这么近，她身上的香味，融入四周的花香中，像温暖的水一样，一浪一浪拥着他。他的鼻子真是贪恋世上的香气啊。他想告诉她“抓周”抓了香粉盒的事，却没说出口。他忽然想起往事，想起有一回他竟把香灰抹到了她脸上，觉得怪不好意思。

“哎，我抹过你一脸灰，你记恨我不？”他悄悄地问。

“可俺也吃过你的烤白薯呀！”她细声细气回答。

一语未了，只听有人大喝一声：“拿下！”原来是德保带着他的“兵勇”包围了他们。这是德保第一次当众拿住小强盗婆，别提心里有多得意。真是皆大欢喜的一晚啊。夜露下来了，孩子们玩累了，口渴了，大家商量着去瓜摊上买西瓜吃。可这一来，大头和尚、刘翠妞犯了愁，这么好的月亮地，叫他们没处躲也没处藏。大头和尚只好说：

“算了吧，你们吃吧，俺们走了。”可孩子们怎么能就这样让他们扫兴而去？还是德保想了个主意，说：“这有啥难的？”他让大家簇拥着兄妹俩来到瓜摊前，围成一个圈，脸朝里，把他俩像包心菜似的包在中间，又像一朵花，他俩做了花蕊。孩子们快乐地包住了一个大秘密，大家脸对脸吃西瓜，你冲我挤一下眼，我冲你挤一下眼，快活无比。

大头和尚悄声说：“今天的瓜，俺请客。”

那其实是最后的欢聚、最后的晚宴，可孩子们谁也不知道。他们高高兴兴回到家，嘴快的孩子们进门就嚷嚷：“娘，娘，你猜今天谁跟俺们玩来着？大头和尚、刘翠妞！”

当娘的困得睁不开眼，随口瞎应着，没当它一回事。可是第二天，醒来后一琢磨，有点儿不对劲，失急慌忙地推醒孩子盘问：“德保，德保，你说昨个晚上谁跟你们玩来？”

“大头和尚、刘翠妞嘛！”孩子脱口就答。

这一天，大头和尚、刘翠妞的名字，在我家乡晴朗无云的天空下，像稠密的树叶一样哗啦啦不停地翻卷，闪着银白的光芒。这是一个不同寻常的日子，大家都知道了昨晚发生的事。城隍庙前那些小摊小贩，绘声绘色向街坊四邻诉说着这几个月来他们钱笸箩里是怎样收到了纸钱，如今可知道这纸钱的来历了，原来是那一对小泥胎在作怪！德保他爹，人称“滑刘”的油坊老板，忧心忡忡打量着他的独养儿子，觉得他脸上弥漫着妖气。说来也巧，那晚大概德保西瓜吃多了，闹肚子，有些腹泻、发烧。他爹想，了不得了！慌慌张张和街坊们商量着怎样禳灯送祟。道士们也惊动了，地方上也惊动了，大家出钱，备下了朱砂、灯油、石灰、香烛、酒和黄表纸，可这大头和尚、刘翠妞，到底不是狐仙蛇精，不是游魂野鬼，碍着城隍爷的脸，平常驱妖除邪的道法，不好施到他们身上。人们左商量右商量，左不行右也不是，最后，还是道长说："听天命吧。"于是他在庙外焚香作法，手持七星剑，折腾了一通，最后用剑尖在地上龙飞凤舞写下四个字："出城上路。"

就这样，大头和尚、刘翠妞，出城去了。他们俩被一辆大车连夜送出了城外。道长带了"滑刘"几个人，坐在后面的车上，押送着他们。大头和尚身穿灰裤褂、黑芒鞋，身旁站着永远笑嘻嘻的刘翠妞。他们被人用手巾蒙住了眼，为的是不让他们记住回家的路。他们蒙住眼，脸上还是一脸的笑。大车晃晃悠悠出了城，也不知出的是东门还是西门，他们蒙着眼，眼前一片漆黑。其实，就是不蒙眼，那也是一个月黑风高夜，杀人放火天。耳边是黄河的涛声，哗哗地拍着岸，他们心里害怕，可脸上还在笑。大车走啊走，走了整一夜，天明来到了一个沙岗子下。人们像卸货一样卸下了他们，把他们扔在沙地上。想想不放心，几个人，七手八脚，在沙地上刨出一个坑，用黄沙把他们活活掩埋了。

那一晚，我家乡的孩子，跟在大车的后面，为朋友送行。他们小小年纪，从没有离别的经验，这是第一次。他们手拉着手，相互从对方身上获得安慰和勇气。他们跟着大车，在城里兜圈子，车还没出城他们就先迷了路。大人们呵斥着他们，赶他们回家，他们只能远远地跟在后面。大车这是要到哪里去呢？他们伤心地想。大车轱碌碌出了城门，也不知那是南门还是北门。车一出城就快马加鞭朝前赶，他们不敢再往前去了，他们知道城门就要关了。天上没有一颗星，连流萤也不见一只。没有灯火的城外，伸手不见五指。大车无声无息地被这无边的黑暗吞吃了，他们的朋友被黑暗吞吃了。他们又伤心又害怕，就站在城门口，流下了眼泪。

城隍庙里，再也没有那一对好看的金童玉女了。庙殿里那一种亲切的鲜艳的家常气，荡然无存，现在那里变得和所有的庙一样凛然和阴冷。小铜意儿再也不喜欢到这庙殿里去了，那里只能引起他的想念和伤感。

他不知道他们去了哪里，过得好不好。他想，那一定是很远的什么地方，远得让他们迷了路。现在，他连舅舅也有些怨愤起来，因为舅舅也没有帮大头和尚、刘翠妞说一句话。谁也没有帮这两个孩子说一句话就赶走了他们，让他们小小年纪孤苦伶仃流落外乡。他问舅舅：“他俩招谁惹谁了？”舅舅回答不出，只好说：“他们不该出来呀！他们是泥胎呀！”“他们出来玩玩就咋了？他们是听了俺的话才出来的呀！”小铜意儿悲伤地喊，觉得是自己害了他们。要不是他总在大头和尚面前炫耀那些孩子的把戏，炫耀那些把戏多么有趣和快乐，也许，他们还不会动心呢！

城隍庙前的小广场上，照样云集着小吃摊，也照样跑着玩耍的孩子，只不过，这热闹已不是那热闹了。这热闹是被挫伤过的，藏了隐痛。渐渐地，小铜意儿、德保这些孩子就从广场上消失了，他们到了念书的年龄，都被送进了塾学里开蒙念书，不再是没笼头的马，也有的孩子进了铺子里当学徒。新一轮孩子补了他们的缺，继承着他们的游戏。新一轮孩子玩着官兵捉强盗，玩累了，就从怀里掏出两枚大铜子，往苏丑小的小笸箩筐里当啷一扔，说道：“一碗胡辣汤！”那当啷的声响，是夜晚的音乐。

苏丑小的钱笸箩里，再也没有出现过纸钱，它们全都货真价实，一枚枚大铜子儿，沉甸甸的，躺在筐底，泛着乌光。有时算账的时候，苏丑小将一枚铜钱托在掌中，眯起眼，打量许久，不知为什么他倒有些希望它们在清晨的熹光中变成纸钱，那样，他就会知道，那两个被黄沙埋住的泥胎孩子——大头和尚、刘翠妞，还好好地活着。

二、血眼龙与女香客

年年正月十五，城隍庙前要耍龙灯。铜意儿的大舅舅是扎龙灯的好手，他用铁丝、竹子扎龙头，上面缠上麻布，再裹上绢、绸或细洋布，然后用彩笔描画出龙的眼睛、嘴、长长的须和龙角，他描画的龙头，活灵活现，舞起来，差不多就是一条活龙。

可是，老辈人都说，我家乡，画龙画得最好的人，是杨三两。杨三两的龙，那是无人可比的，天下第一，铜意儿的大舅舅，他的龙画得再好，也无非就是一个“像”字，可杨三两，他却是能生生地画出一条活龙来啊。

杨三两本是个锡匠，却酷爱画画儿，尤爱画花鸟虫鱼，画出了名气，据说闺阁中的女人都喜欢用他的画做绣样。他的画，无论尺幅大小，润格一律白银三两，人们就送了他“杨三两”的外号。他也并不嫌弃，索性用它题款，竟拿来做了别号。久而久之，他的真名倒不大被人提起了。

杨三两画龙头，却是从不收润笔的。年年正月，“破五”一过，地方上就有人出面请他去画龙。灯节那几日，人们挤得人山人海，特别是那些平日足不出户的闺阁中的妇女，梳洗打扮了，拥上街头，就为的是看“杨三两的龙”。杨三两的龙一舞起来，那可真是，天地生辉，把别家的龙全比下去了。他的龙，身上的每一片鳞都是活的，饱满，有腥气，闪着金光，那是龙中的龙，而舞龙的小伙子，个个短打扮，英姿飒爽，则是人中俊杰。这龙和人所到之处，闺阁妇女们的眼睛，就被黏得再也甩不开了。

十五过罢，龙就收在了城隍庙里，待到来年灯节前，再拾掇出来重新描画一番。停放外乡人灵柩的慕霭堂边，有一间偏殿，放着城隍爷的銮驾、全套执事，还有舞龙的家什和锣鼓响器。城隍爷的銮驾，平时用不着，只有祈雨时才派得上用场。我家乡百姓们祈雨，就用銮驾也就是轿子，将城隍爷抬出来，掀掉轿顶，让他在太阳下暴晒。

说起来，我家乡开封，守着一条黄河，却是常常遭旱灾。孩子们在饭桌上从小就听熟了一句话，大人们总是说："八十三场好雨，才能换来手里的白馍呀！"这"八十三"，原来是说，农历八月、十月和来年三月，这三个月份，各需一场透雨，土地才能保墒，冬小麦才能顺利播种、抽芽、灌浆。八十三场好雨，才有这黄河两岸麦浪翻滚的人间美景。

可是这一年，八月过去了，十月也过了，没下过一场透雨，我家乡的父老在焦灼中度过了一个干旱少雪的冬天。人们商量着要在灯节时好好舞一回龙灯，动动响器。"破五"一过，地方上就开始筹划灯节的大事。各家各户捐了钱，准备扎一条新龙。杨三两自然被请来画龙头和点龙睛。我家乡习俗，匠人们画好了龙头，最后两只眼睛，要由最有威望的老人或地方官出面，象征性地点两点，这龙才是一条完美无瑕的龙。只有杨三两的龙，是别人碰不得的，他平生最得意的事，就是为自己的龙“点睛”。

这一年，杨三两已过不惑之年，年轻时做锡匠，染上了肺病。腊月里，旧病复发，咳喘不止，吐了血，病势汹涌。可也有人说，杨三两得的是心病。他喜欢上了一个年轻的小寡妇。那小寡妇，总是差人来买他的花鸟虫鱼做绣样，回家在白绫子上一针一线绣出来，绣得一点不走样。鸟是杨三两的鸟，花是杨三两的花。花和鸟都是活物，花香盈鼻，鸟则会叫、会飞。据说，我家乡的“汴绣”，特别适合绣工笔花鸟人物，小寡妇就是得了“汴绣”的真传。小寡妇将绣好的绣品带给杨三两，托他变卖。杨三两爱不释手，他想，这世上，哪个凡人配使这绝妙的绣品呢?

他自己将这绣品一件一件地买下来，银子托人捎给她。再后来，她来买他的画，他免了润格。杨三两是个狂人，他曾放言，天王老子来买他的画，也是三两价。可他免了她的钱。也是惺惺相惜，这女人，竟一针一针绣出了一幅《韩熙载夜宴图》送他！杨三两展开这绣品，惊出一身大汗，心想：神品哪！有感于怀，他连夜在灯下画出一幅《听琴图》来，不用说是高山流水遇知音的意思。这画，到了女人手中，不想惹出了麻烦。女人的族人本来就听说了一些风言风语，现在见了这画，倒坐实了流言似的。女人的婆家，虽说潦倒了，却也是个大户望族，容不得这私相传递的丑事，也丢不起这脸，于是，悄悄地，在一个夜晚，叫人砸了杨三两的画堂，打了他个动不得！从此，再也没有了那小寡妇的音讯，杨三两日夜悬挂着她，不知她是死是活。

这传闻，谁也不知真假，不过，杨三两在这个冬天病疴沉重，却是有目共睹。本来，人病到这份上，照说是不该劳动他的，可事关一城人、一方人的生计大事，杨三两还是拖着病体来到了城隍庙。新龙头已扎好了架子，裹上了绫绢，一见那白绫绢，杨三两眼睛就湿了。他用手抚摸那绫子，眼泪滴在上面，他觉得这世上的绫子都有情有义，和他心有灵犀。它们吃下他的墨和颜料就像吞下他的气血精神，咽下了他的心事。他手握画笔，满心都是柔情，他想，或许，此生中，这是他的最后一条龙了。他已记不清画过多少条龙，可是这是最后一条。这最后一条，他画得无限缠绵，他一笔笔，一笔笔，都怀了悼亡般的悲痛。那龙渐渐地显了形，露出了它的须角、它的鳞爪、它的口鼻耳目，最后，只剩下了它的眼珠，它还是个瞎子呢！杨三两屏息凝神，用尽毕生的力气，点下去。哦哟哟，刹那间，拨云见日，这哪里是匠人笔下的龙睛，它就是一条活龙的眼睛，幽深，精神，汪着水，可真是一双美目啊！杨三两满意地扔下画笔，不想，一口血喷涌而出，血喷到了那龙的左眼上，登时，成了一只血眼。

那一年灯节，这血眼的龙，真是万人瞩目，为了争看这龙，不少孩子挤丢了鞋，许多铺子也被挤坏了门面。这血眼龙舞到哪里，妇女们就哭到哪里。她们一边看一边哭，她们从没见过这么美、这么神奇，却又这么伤心的龙。她们一看它那只血眼就忍不住流眼泪。它舞得是那么缠绵悲伤，叫她们心里生出怜惜和无尽的爱意。灯节过后不久杨三两就病逝了，这血眼龙是这神奇匠人最后的绝笔。

画匠死了，血眼龙被收在了城隍庙慕霭堂边那间偏殿里，要到明年这个时候它才会重见天日。这一年，虽说新扎了龙灯，大动了响器，可是整整一个三月，还是没下一滴雨。中原的夏季到了，麦子在龟裂的土地上奄奄待毙。人们只好祈雨了，黄河沿岸到处是戴着柳枝抬着三牲祈雨的队伍。人们头顶骄阳跪在沙滩上。我家乡的城隍也被惊动了，他坐在被扯掉轿顶的轿子里，和这焦渴的土地一起受难。

一日一日地，没有雨的消息，天空湛蓝，清早起来就是好日头。麦子就快枯焦了，人们天不亮就起来车水、挑水。小孩子们也跟着大人踩水车，把娇嫩的小脚板踩得血肉模糊。城里的妇女，许多人忌了荤腥，吃起了长斋，她们念佛念得口唇都破了，流着血。老人们则忧虑地望着没有一丝浮云的碧空，心里暗想：老天爷这是要收人了。

雨是在一个夜里突然下起来的，事先没有一点征兆，黄昏时，还是一天的晚霞，可是半夜里，忽然间，起了雷声。雷也不是那种炸雷，而是沉沉的、隐隐的、很体己的那种。雨势沉着迅疾，却不算暴烈，反而有着难言的缠绵和隐衷似的，最适合久旱的土地。一城人都醒了，四乡的人都醒了，男人和孩子们窜进雨地里，欢叫着淋雨，女人们则一边念佛一边流泪。到早晨，四乡的人纷纷拥向附近的龙王庙，城里人则来到城隍庙，烧香谢恩还愿。

这是一个快乐的早晨，天清气爽。这个早晨，城隍庙的差役发现一桩怪事。那时，城隍庙的差役自然还不是铜意儿的大舅舅，那差役是个孤老头。那孤老头早晨起来，看见慕靄堂边那偏殿的窗户破了一个大窟窿，窗棂隔扇断了，窗纸也扯破了，吊在那里，像个破风筝。孤老头心想：耶嗨，莫非是遭了贼？他失急慌忙推门进去一看，只见，一切都好好的，所有的东西都好好的，零七碎八，一样不缺，一样不短，独独缺了一条血眼龙！

这一下，我家乡的父老，黄河沿岸四乡的父老才恍然大悟，原来，这一场救命的雨，是血眼龙所为，原来，杨三两竟活活地画出了一条活龙来！多能的杨三两，多仁义的血眼龙啊！我家乡的父老人人奔走相告，传播着这奇事。可是，血眼龙哪里去了？没人知道，有人说它一定是游进了黄河，顺河而下入了渤海，有人则说它潜进了哪处深潭。

人们猜测着它的种种去处，说得就像是亲眼所见。

七天之后，血眼龙突然出现在了我家乡黄河故道的沙地上。它遍体鳞伤，奄奄待毙。原来，它擅自行雨，触犯了天条，被捉拿到了天庭。现在，天罚它到人间来受难了。天要让这条血气方刚年青俊美的小龙受尽折磨而死。天罚它死的方法真是闻所未闻，又卑污又龌龊，天要让苍蝇来“蛩死它”。它一身是血，血腥味就像诱饵，顺风千里而去，不一会儿工夫，黄河故道白茫茫的沙地上，成千上万只苍蝇嗡嗡嗡欢唱着飞了来，包围了血眼龙，落脚在它身上，吃它的肉，喝它的血，又吃又喝，吃饱喝足，就在它身上交媾，产下无数粒苍蝇卵。原来，天把这年青俊美的小龙赐给了苍蝇们做食物和乐园。还不如一刀砍死它哪，还不如砍它千刀万刀哪！俊美的血眼龙困在沙滩上，忍受着苍蝇们的折磨和凌辱，动弹不得，它闭上了眼睛，心想：让我快点死吧，让我快点死吧。

我家乡的父老乡亲被惊动了，他们喊着说：“去看血眼龙啊！去看血眼龙啊！”他们扶老携幼、骑马乘车出城门，朝北，来到沙地上，远远地，就闻到了那一股腥臭。他们看见血眼龙了，天爷哟，这哪里还是灯节上那条神俊的小龙呀，这哪里还是每一片金鳞都美得晃人眼的血眼龙呀，它都被苍蝇糊黑了，像一截烧焦的木头，丢弃在烈日之下，散发着恶臭。人们惊愕地住了脚步，有人一下子蹲在地上呕吐起来，人们害怕了，知道它真是犯了天条，犯了大罪，在受难。我家乡的父老乡亲，都是规矩本分的百姓，哪里敢跟天作对？这一来，受了大大的惊吓，再也不敢上前搭救了。

就在这时，另一群人，出了城，朝沙地上来了，朝黄河故道来了。这是一群平日足不出户的闺阁妇女，为首的，就是那个娇小、善绣花鸟虫鱼的小寡妇，是那个绣过《韩熙载夜宴图》酬知己的小寡妇。其实，这群妇女中，寡妇占了大多半，她们人人身穿素服，不施脂粉，裤脚扎得紧紧的，可尽管这样打扮，还是掩盖不住她们中许多人的天生丽质和娇媚。她们捣着小脚朝这沙地上急匆匆走来，一人拿把大蒲扇，她们走得大汗淋淋。说实话，她们缠过的足哪里走过这么远的路，可是她们走来了，她们闻见了腥臭，瞧见了黑压压观望的人群，她们分开人群朝前走，穿过沙地来到受罪的小龙身边，她们一看血眼龙那惨状眼泪就下来了，她们心疼地跪下来，把它怜惜地围在中间。它忽然睁开了眼睛，天爷呀，她们看见了一双怎样的美目啊！她们看见了一只怎样伤心欲绝的血眼哪！这美目和血眼，曾经让她们那样痴迷、喜爱和伤心。她们没有白喜爱它一场，它仁义地、缠绵地报答了她们的爱意和怜惜，它拯救了她们的家园，它实在是重情重义啊，为此，它将要付出它的生命，还有，它的俊美。

我家乡的女人们愤怒了，她们想，它可以死，可它不能死得这么脏、这么丑！它活着是一个美生灵，死也是一个美生灵！她们要让这美生灵死得干净，走得清白。娇小的小寡妇带头揩去了眼泪，她说：“嫂子们，大姐大妹子，咱还等啥？给它轰啊！”她举起手里的大蒲扇，“呼”地就是一扇子，就像看到号令一般，她们都举起了蒲扇，一扇子下去。哦哟哟，了不得，苍蝇“轰”地飞起来，霎时间天都被它们遮黑了。这一下，远处观望的人群，吓得变了脸，他们想：造孽呀，天怒了！他们抱头就跑。一时间，人喊马叫，乱成了一锅粥，不大工夫，沙地上就成了狼藉的空场。

只剩下了她们，我家乡有情有义的姐妹，还有受难的血眼龙。她们不会丢下它。她们一扇子接一扇子，那风使苍蝇再也无法在美味的龙身上下脚。苍蝇们生气了，开始从她们身后围剿这些女人。好肥大的绿头苍蝇哟，也不知道有几千几万只，像下雨一样簌簌簌落在了她们头发上、脸上、耳朵眼里，落在了她们背上、衣服上、鞋袜上，她们变成了苍蝇人了！她们变成了黢黑黢黑的苍蝇人也顾不得自己。她们犟啊，还是不住手地扇啊扇，就是不让苍蝇在血眼龙身上站脚。她们的脸都被苍蝇糊严了，只剩下了眼睛，那眼睛里满是对这少年般的美生灵的悲悯。更多的苍蝇乌压压飞过来，加入这吞噬和围剿。苍蝇们前仆后继，她们则不屈不挠。她们坐在滚热滚热的沙地上，就像蓬草生了根。太阳西斜了，坠落了，月亮上来了，又下去了，这一场人与苍蝇的鏖战，直战了三天三夜！姐妹们手腕肿成了白薯，胳膊像灌了铅，蒲扇也分崩离析，散了架。第四个早晨来到了，这第四个早晨，来得真是艰难，她们中十停人有九停人使尽了气力，精疲力竭倒下去了。第一个倒下去的是娇小的小寡妇，她倒下去身子还扑在血眼龙身上，她们一个个扑倒在血眼龙身上，用她们的身体为它做最后的、最后的遮挡。她们再也没有别的办法了，她们想：苍蝇啊，要吃，就先把俺们吃了吧。

就在这时，隆隆地，天上起了雷声，眨眼工夫，乌云密布，遮住了太阳，只见狂风大作，黄沙迷了人的眼，奇迹就是在这时发生了，千万只苍蝇霎时没了踪影，咔嚓嚓一声大炸雷，炸得山摇地动，河水倒流。暴雨说话间倾盆而下，下白了天。白茫茫的暴雨中，倒下去的女人们，她们被烈日榨干的身体拼命吸吮着雨水，慢慢饱满、柔软。她们醒过来时，暴雨过去了，乌云散尽了，被暴雨洗净的天空蓝得那么仁慈和澄澈，那才是至善的天空。再看看四周，沙地黄灿灿的，干净、空旷、湿润，多么静谧和平。不见了遮天蔽日的苍蝇，也不见了受难的血眼龙。龙腾身而去了，上天宽赦了这年轻善良的小龙，上天被女人们坚韧的爱意感动了。女人们跪在沙地上，仰起头，看见了那美景：她们看见了一道彩虹，七色的彩虹，像天空突然吐露的肺腑之言，妖娆、缠绵、多情地俯看着大地和人间。女人们知道，那是俊美的血眼龙在和她们告别。

从此，每逢初一和十五，这一群女人，就相约到我家乡的城隍庙——血眼龙的诞生之地烧香，月月、岁岁、年年，从无间断，一直到死。我家乡的人就把她们，还有后来和她们一样的女人们，称作女香客。

三、还是女香客

团圆媳的头发长出来了，起初，短短的，像茅草地，为了遮丑她总是戴一顶老太太们戴的无顶的黑帽兜，出来进去，低着头，扎着裤脚，看上去十足就是个小老太太。

团圆媳其实也有名有姓，可谁也不叫她的名儿。小铜意儿叫她“嗨”，铜意儿姥姥叫她“大妞”，铜意儿娘则称她为“妹子”，而大舅舅呢，则什么也不叫。

全家人，只有铜意儿的小舅舅，为称呼这团圆媳的事情发愁。

照说，他该叫这团圆媳“嫂子”，可毕竟她和哥哥还没圆房，再说，她比他还年纪小，就是将来圆房了，叫嫂子也别扭。他当然更不能叫她“妹子”，索性也学小铜意儿，叫她“嗨”。

团圆媳很勤快，从早到晚，手不拾闲，可还是要挨婆婆的骂。做饭时，婆婆烙“烙馍”，她在灶下拉风箱、添柴烧火。火大了，婆婆的小擀面杖“梆”地就敲到了她头上，火小了，又是“梆”的一下子，好像她的头不是头，是羊皮鼓或者铜锣。

挨了打，她不哭也不叫，缩着脖，呼塌呼塌拉风箱。时间长了，她就养成了缩脖子的习惯，好像时刻准备着让人梆她的头。她还总是耷拉着眉毛和嘴角，一副受屈的样儿，让她婆婆百般看不顺眼，骂她说：“谁欠你八百钱哪？”

铜意儿姥姥家不富裕，他姥爷活着时在一家绸缎庄当二掌柜，挣下了这处院子，小小巧巧，严严整整，里外两进，前院种着石榴，后院栽着榆槐，可惜这院子置下不久他姥爷就得急病去了，留下孤儿寡母，靠一点积蓄过日子。为了贴补家用，姥姥常揽一些活计做：洗衣服拆被褥，缝缝连连，或者给人绣鞋面，有了团圆媳，洗洗连连的粗事，就成了团圆媳的，她自己则只管描花绣朵。铜意儿姥姥年轻时手很巧，是绣花的好手，如今老了，眼神不济了，可那针法是熟透了的，街坊四邻，有嫁闺女娶媳妇的，或是给老人做寿衣的，还是要来求她绣东西。

小团圆媳就常常到河边洗衣服，那河叫惠济河，不知从哪里流来，也不知流向哪去，也许它要流向汴水吧。而汴水，则要流经一个叫“瓜州”的地方。“汴水流，泗水流，流到瓜州古渡头”，瓜州在哪里呢？小团圆媳不知道这些，她眯着眼睛看河水，眼光很温柔。夕阳落进了河里，河水一片金红，好像那夕阳粉身碎骨了。她就想：太阳啊，你也有想不开的事儿呀？你也觉得日子没奔头呀？这么想着，她就觉得有点鼻酸。

大舅舅从城隍庙回家来，有时装作顺路买东西的样子来到河边，想帮团圆媳把装满湿衣服的柳条篮子扤回家。河沿上洗衣服的女人们就打趣他：“耶嗨，知道心疼小媳妇呀！”他脸皮薄，受不住女人们的打趣，也不敢去扤篮子，落荒而逃。这一逃，那腿就瘸得越发厉害，身子左晃右摆，那样子啊，真是不受看。团圆媳涨红了脸，羞得不敢抬眼睛，心里想：天爷呀！

小舅舅倒真是顺路。小舅舅在一家中药铺里当学徒，十天半月回次家。从药铺回家来，必定路过惠济河，有时碰得巧，赶上了，就帮小团圆媳把湿衣服扤回去。他扤着篮子在前边走，小团圆媳隔两三丈远跟在身后，叫街上玩耍的小孩子看见了，就喊叫起来，说：“新郎官，走前头，新媳妇，羞羞答答跟后头，丈人家住在驴肉汤锅铺里头！”小舅舅听见了，就装没听见。

冬天，惠济河结了冰，小团圆媳就用棒捶砸开冰凌洗衣服。十冬腊月，河水寒彻刺骨，手一浸进去，就像万根钢针扎，慢慢地，就冻木了，棒槌也握不住。一冬天下来，她的手总是红肿着，十个手指头肿成了红萝卜，裂着无数血口子，生了冻疮。大舅舅看着很心疼，可是不好意思说什么，小舅舅看不过眼去，就从学徒的中药铺里抓来了冬青叶、野菊花几味草药，用草纸包了带回家，对他娘说："冬青叶煮水治冻疮，灵得很，让她煮了洗手吧。"

他娘说："耶？我年年下河洗衣服，哪年不长冻疮？也没见你们爷几个谁放过个屁！她的手就那主贵？"

他娘骂过了，把那草药包撂一边，到晚上，却还是煮了冬青水，让团圆媳泡手。屋子里暗沉沉的，一灯如豆，铜盆里的水，冒出温暖而湿润的白气，水中漂浮着一小朵一小朵野白菊。团圆媳两只手慢慢浸进去，麻酥酥的，又疼又痒，热气熏着她的眼，熏出了眼泪。她婆婆在一边叹口气："妞儿啊，你也别埋怨，人谁不是这么过来的？我嫁到他们老孙家三十年，哪一年冬天不下河沿，在冰窟窿里洗衣裳？"她摇摇头伤感起来，"这人哪，说起来和鸡一样，两只手刨食吃的命，谁让咱托生成个人呢？"

团圆媳垂着头，默默流着泪，享受着这温暖的、芳香的时刻。她觉得两只手酥软了，软得没了筋骨，软得就像水草。她整个的人也软下来，软成流沙和泥土，有什么东西悄悄破土而出了。

冬去春来，好像一眨眼工夫，小团圆媳长出了一头乌油油的好头发。她摘掉了老太太的黑帽兜，在脑后梳起了独辫子，辫梢上的红头绳鲜艳而妖娆。那辫子虽说还不够长，可它像冬麦一样吸吮着天地的精华迎风拔节。她出来进去不再缩头缩脑，原来她竟有一个长长的美人颈！那脸也渐渐看出了形状，是一张俊俏的鹅蛋脸。要不了两年，这小团圆媳就将像蝉蜕一样脱颖而出，出落成一个明艳的新人。这一天就要到来了，它已经露出了曙色和霞光。现在，她脱下了笨重的冬衣，扤着柳条篮到河沿上洗衣裳。女人们看见了眼前一亮，就说：“耶嗨！想不到三寸丁瘸子还怪有艳福啊！”

河沿上的女人，见多识广，什么奇事没见过？小团圆媳渐渐喜欢上了在河沿上洗衣裳，看风景。有时看人吹吹打打娶亲迎亲，有时也看人吹吹打打出殡发丧。看见过从北边过来贩货的骆驼队，也看见过南边过来化缘的和尚，还看见过那些发愿许愿的孝子，十冬腊月，穿单衣，赤巴脚套草鞋，或是五黄六月天，捂着大棉袄，一路高喊着：“阿——弥陀佛！”或者是“无——量寿佛！”从河沿下的大路上走过去。女人们听见喊“阿——弥陀佛”，就说：“哦，是爹病了。”听见喊“无——量寿佛”，就说：“啊，是娘病了。”小团圆媳不知道这其中的奥秘，就问身旁的大嫂，谁知大嫂回答说：“嗨，俺也不知道呀！老辈就这么喊嘛。”于是小团圆媳也不再追究，再听见人家喊：“无——量寿佛！”也恍然大悟地说道：“啊，是娘病了。”

有时还会看见一群女人，结伴出城或是进城，挓着篮子，篮子上苫着红布。河沿上的女人们就说：“嘿快看，女香客！”初一、十五、佛祖的生日，或是哪个庙的道场，她们就赶去进香。她们吃长斋，神情沉默而谦和。她们大多是小脚的女人，梳着光溜溜的小纂儿，紧紧裹着裤腿，黑鞋面上总是蒙着黄尘。她们捣着结实的小脚远远走过来，洗衣的女人们就敛了声息。五黄六月天，她们身上好像也有很重的阴气，她们从小团圆媳身后经过，小团圆媳就觉得后脊背蹿上一阵阵凉气。洗衣的女人们告诉小团圆媳，那都是一些青春丧偶的寡妇。小团圆媳长吁一口气，心想：妈耶，怪不得。

后来小团圆媳听说了杨三两、小寡妇，还有血眼龙的故事，听说了小寡妇是怎样舍命搭救血眼龙的奇事。再看见那些女香客，她就从中寻找着奇事的影子。她想：哪个人是那个娇俏的小寡妇呢？看来看去哪个人也不像。她问洗衣的大嫂，谁亲眼见过小寡妇，到底怎么个好看？大嫂们就笑了，说，嗨，哪辈子的事了，再好看的女人，早也化了灰。小团圆媳眯起眼睛望着她们渐行渐远的身影，觉得这群人真是怪奇怪，人人能豁命！不过，也难怪，她们都是些寡妇啊！

现在，小团圆媳已经做得一手好饭菜，那烙馍烙得呀，一张张薄得像纸，馍上的火花也十分匀净。绿豆芽、黄豆芽，用花椒油爆炒出来，一根根支棱着，又脆又香，卷到烙馍里，那滋味妙不可言。小铜意儿一口气能吃下十几张去。团圆媳蒸“菜蟒”，也是透亮的皮，里面的韭菜绿莹莹的，盘在蒸笼里，一掀笼盖，香气扑鼻，那颜色，真是漂亮啊，绿得真像那种叫作“竹叶青”的小青蛇，是名副其实的“菜蟒”。团圆媳把这样的饭食拾到笸箩筐里，上面盖上干净的笼布，往饭桌上沉着地、快乐地一墩，心想：看你还能挑出我啥毛病？

婆婆瞟她一眼，尝一口，说：“家有万贯，不点双灯，放恁多油，明个还过不过了？”要不就说：“打死卖盐的了。”铜意儿就在一边说：“咦？姥姥，你张开嘴，让俺看看你的舌头，咋和俺们都不一样？”大家都笑了，他姥姥说：“孬孙！”现在，小铜意儿有些喜欢小团圆媳了，至少，他喜欢吃团圆媳做的饭，觉得比娘、比姥姥做的饭菜都好吃。

铜意儿上学后，有了一个学名，叫赵庭芳，是先生给起的。可家里人还是习惯叫他“铜意儿”“铜意儿”的。铜意儿长高了，贪吃，却很瘦，不像小时候那么爱淘气。他静了许多，也再不去城隍庙里找大舅舅玩，那是他的伤心之地，碰不得的。大舅舅还在庙里当差打杂，因为还没有和小团圆媳圆房，仍然一个人住在庙后院那小偏厦里。冬天，在炭盆里埋两块白薯，不为吃，为的是闻那一股香味儿。有时，则在炭盆里埋进几块金灿灿的橘子皮，那橘皮的香味就更长久，可陪伴他度过冬天的漫漫长夜。眼看着，圆房的日子越来越近了，他却越来越有心事。

团圆媳一天天地，艳丽如花，那是让他承受不起的娇艳。她清亮的眼睛，从来不看他一眼。她看花、看树、看天上的朝云晚霞、看夜空的流萤和星河、看温暖的惠济河水和河边的垂柳、看雪后的黄河，看那些所有好看的东西，就是不看他。她的眼睛太贪恋世间的美色，容不得一粒沙子。她看他迎面走来时，总是忙不迭垂下眼皮，怕那难看的走姿伤了她的眼，她太爱惜她的眼睛了！她为他盛汤添饭，接碗时若是不小心碰了他的手，她就像碰了蜥蜴，或者长虫似的一颤，起一身鸡皮疙瘩。这个家里，再没有谁，比他更清楚地看出了她的厌恶，这个女人，她要和他过一辈子，要和他吃一锅饭枕一个枕头，可是她是这么见不得他！

铜意儿的小舅舅如今出徒了，做了乐仁堂药铺里的伙计，每天用小戥子给人抓药，出来进去，身上总是有一股草药味儿。那草药香从他的指尖慢慢渗进了他骨子里，使他变成了一个儒雅俊逸的人。他的长衫总是洗得干干净净，浆得服服帖帖，他的白布袜总是补得平平整整，一点儿也不硌脚，他荷包上的绣花，总是清雅的样式，一束兰草，或是一枝桂花，很配他的人。那都是小团圆媳的功劳。小团圆媳喜欢做锦上添花的事，她愿意让俊美的人更俊美。那是她的天性，她爱这世间赏心悦目的事物。

小舅舅生在八月，所以起名叫桂生。桂生出徒后就常住在家里，他爱吃团圆媳做的饭，他觉着，吃惯了团圆媳的饭，再吃别人的饭就像猪食一样难以下咽。他也爱看团圆媳忙里忙外做活计的样子，那让他踏实、快乐。他习惯了进门就有把热毛巾擦脸，有一杯可口的香茶解乏。他还很恋他的床铺，被褥永远拆洗得干干净净，上面一股好闻的河水和太阳味儿。逢到端阳、除夕，那床铺上，不是有双新绱好的千层底布鞋，鞋底涂了桐油，就是有双新布袜。而到八月他的生日，则是一只新荷包，上面绣着清雅幽静的花样。

这一年，他收到的荷包上，绣的是桂花和玉兔，荷包是宝蓝色的碎缎子，那是最静的夜空的颜色。这荷包，真是让桂生心生欢喜，他觉得这是见过的最好看最清雅的绣品。他爱惜地拴在腰里，觉得那小玉兔一下一下拱他的腰，活了似的，又痒又柔软。几天后将是八月节，他得空到鼓楼街大布店里，扯了一段新款式的杭绸，桃红地，里面隐隐起着同色的暗花。这娇艳的颜色，真是非她莫属啊，谁还配穿这天边云彩般的颜色呢？可怎么给她好呢？这叫他犯了愁。他想来想去，结果又跑到布店里，扯了一段灰绸子，他当着娘的面，把灰绸子给了娘，把杭绸给了她，眼睛望着娘，说:“过节了，做件夹袄穿吧。”

他娘说:“耶，桂生啊，过个八月节，做啥新衣服？有钱也不能瞎花呀，还得留给你娶媳妇呢。”

“娶媳妇”这三个字，让他感到一阵茫然。是啊，那不是他的媳妇，这和他一块儿长大的、青梅竹马知冷知热的女人，永远不会是他的媳妇。从前，他替她挎着装了湿衣服的竹篮，从河边一路走回家，落山的太阳把他俩染成金色，孩子们唱着歌谣，说:“新郎官，走前头，新媳妇，羞羞答答跟后头。”可她永远、永远不会做他的新媳妇。这么想着，他心里一绞。

八月节就要到了，小团圆媳忙里忙外，可谁都能看出她心里的快乐。她眼睛比往常更明亮，春水一般，起着阵阵涟漪，好像有鱼在里面欢快地摆尾打挺。她大辫子松松地垂在脑后，鬓角毛毛的，还有一点收束不住的放浪劲儿。她扎着围裙，手里拿一把菜刀，在院子里杀鸡，先是把鸡撵得满院子飞，好容易捉住了，嘴里却念念有词:

小鸡小鸡你别怪，
你是阳间一刀菜，
不怨你，不怨我，
怨你主家卖给我。

她念得情真意切又理直气壮，把自己撇清了，手起刀落，一撒手，扑棱棱一声，鸡跳着脚蹿上了屋顶，在瓦楞上凄厉无比地惨叫。院子里留下了点点血迹，像散落的桃花瓣。她掂着菜刀，惊得目瞪口呆，一回头，看见了房檐下站着的桂生，她无可奈何地笑了，说道：“不中，俺下不了狠手。”

那鸡最后当然还是变成了“一刀菜”，让人给杀了，是桂生杀的。八月十五的饭桌上，就有了鸡肉吃。小团圆媳给他们做了黄焖鸡，她把鸡肉剁成块，裹上面粉，先在油锅里炸了，然后再兑上各种作料上笼蒸，十分入味。这一天，家人都聚齐了，大舅舅、小舅舅，还有铜意儿和他娘。铜意儿他爹在山西人开的票号里做事，常年不回家，所以，他和娘也就把姥姥家当自己家。这一天，饭桌就摆在当院里，为的是看月亮。女人们先焚香拜月，然后男人们才团团入座。饭菜摆了一桌子，还有烫好的黄酒，月饼则摞在盘子里，垒成宝塔状，散发着油香和桂花香，也是团圆媳的手艺。这一天，连团圆媳也破例被婆婆招呼上了桌，真是皆大欢喜的团圆宴。团圆媳上了桌也坐不稳当，一会儿给这个斟酒，一会儿给那个添汤盛饭。她很少动筷子，可她眼睛里流淌着满足和快乐，那快乐溢出来，悄悄地，溢了满脸满身。她望着月光下这满满一桌人，温暖地想：他们都是我的亲人，我这辈子要好好待他们。“亲人”这字眼，一时间，竟差点儿使她流出泪来。

黄焖鸡满满一大碗，摆在桌子正中，可大部分都进了铜意儿的嘴里。他面前的骨头最多，也吮得最干净，连一根筋也剩不下，小一些的骨头都蒸酥了，被他结实的牙齿嚼得咯嘣咯嘣响，那声音听起来真是美妙诱人，叫人想起遥远的亲爱的时光。姥姥笑着说：“我年轻的时候，牙口也这么好，小胡桃在嘴里咬得咯嘣嘣、咯嘣嘣的。”大家都笑了。小铜意儿一仰脸，说：“哎！给我盛一碗汤，我吃咸了。”

姥姥就说：“你叫谁呢？哎、哎的，没大没小。往后啊，该改改口了，叫妗子！”姥姥说着把眼睛转向了大舅舅：“富生啊，我和你姐，把日子看好了，九月十六是好日子，把你们的事办了吧！”

富生呆住了，桂生也一下子抬起头，他觉得心都要不跳了。姥姥没有留意这兄弟两人可疑的脸色，自顾自说下去：“圆房嘛，虽说不用太张扬，可也是一辈子的事，也是你们爹下世后咱家第一桩喜事，你们的爹会享福，他一伸腿走了，把你们姐仨撂给我，我也算对得起他。这酒席总要置两桌，亲戚街坊喝杯喜酒。银姐呀，你是个‘全福人’，过两天就来给他们缝被窝，再带大妞儿去打件银首饰。大妞儿，大妞儿！你听见没？”

小团圆媳慢慢抬起头，他们都看见了她的脸，八月十五的好月亮，照得她没处躲也没处藏。那脸白得像面具，一滴血也没有了。她的血在倒流，血顺着她的脚汩汩地、汩汩地流出去，像条断头河，流进了地底。地则在摇晃，晃得她坐不稳。她听见婆婆在叫她，一声声地，像叫魂儿。她的魂大概是飞走了，她的魂像嫦娥一样投奔月亮去了。这个让人寒心的人间哪！她的嘴唇一阵一阵哆嗦，发不出声，那样子，叫桂生心如刀割。

一个美好的、相亲相爱的团圆夜毁掉了。这一晚，桂生酩酊大醉，富生也醉了。女人们吃罢饭先离了席，兄弟两人在月下对饮，最后醉成了两摊泥，先还又哭又笑，说着醉话，桂生说："富生啊，富生啊，你哪儿来这么大福分？你的福比天还大呀！"富生说："桂生啊，兄弟啊，你说这话不亏心？我不要我这天大的福，我情愿跟你换，你换不换？啊？你换不换？"他用拳头咚咚地捶着自己的残腿，泪流满面。铜意儿吓坏了，去拽大舅舅的手，不想教大舅舅一把搂住，抱在了怀里，哭着说："铜意儿，铜意儿，大舅丢东西了，大舅丢了件宝贝。孩儿啊，你帮大舅去找找吧！"

小团圆媳一个人回了屋，关上房门，再也听不见前边院里的动静。她从柜子里取出桂生送她的衣料。活了这么大，十八年来，这是第一次，有人送她礼物。桃红的杭绸，多么尊贵，多么柔软，多么明艳。她展在床上，用手轻轻摩挲，她的手就像埋进了四月仁爱的河水里。在这之前，她不知已经这样温存地、喜悦地摩挲了它多少遍，它是她实实在在的一个梦想，看得见，摸得着，藏得住。她望着它凄然一笑，眼泪一滴一滴滴下来，滴在绸子上。沾了泪的绸子，颜色变深了，一大点一大点，像斑斑的血痕。小团圆媳安静地流了一会儿眼泪，回身从针线笸箩里拿起剪子，她要动手裁这衣料了，要为自己缝一件新衣。长这么大，活了十八年，小团圆媳穿的都是粗布衣裳，补丁摞补丁，现在，她要为自己缝一件绫罗绸缎的新装。

她量尺寸，打粉线，俯下身，把粉线叨起来，牙一松，噗的一声响，荡起小小一缕烟。她咔嚓咔嚓下剪子，“张小泉”的剪刀，刀锋雪亮，剪得又狠又解气。灯苗一跳一跳，像只飞虫，忽明忽暗，可是她不怕，她十八岁的眼睛，穿针引线，再细的针鼻也难不住她。她手在绸子上飞，针如行云流水，缝得酣畅淋漓。灯油熬干了，灯焰最后伤心地跳了几跳，灭了，而天边却已露出了曙色，窗纸发白了。

这一天，她没出屋，马不停蹄，赶着给自己做夹袄。她烧熨斗，打浆糊，挽扣袢，下手如飞。她心里催自己，快呀，快呀，要不来不及了。来不及什么？她不知道，只觉得有件要紧的事情，在前边等着她。她得风雨兼程赶着去。桂生酒醒了，富生也酒醒了，兄弟两人照了面，脸色讪讪的。桂生叫了一声“哥”，富生宽厚地笑笑，没说话。兄弟两人相跟着出了院门，各奔东西，一个往城隍庙，一个去药铺，心里都种了芥蒂。太阳升高了，又落下，又一个黄昏来临了，比起前一个黄昏，这个黄昏要清静得多，除了团圆媳和婆婆，家里再没别人。团圆媳她缝完了最后一针线，大功告成了。那夹袄，领口、袖口、衣襟，勾了黑色的云纹，黑色压着桃红，黑云滚滚，可那红反而更妖艳，透出冲天一怒的杀气和豪气。她静静打量着那新夹袄，脊梁骨一阵一阵发凉。

日子在飞逝，九月十六迈着长腿，朝他们走来，那样子就像个没心没肺的顽童，又像个要挟的无赖。现在，富生一天到晚不着家，对圆房的事，不闻不问，任凭娘和姐姐去料理。自从八月十五之后，这家里，就很少看到这兄弟两人的影子，桂生也借故搬到药铺子里去住了。这一天，他回家取东西，在后院里和小团圆媳照了面。两人都大吃一惊，他们俩，十几天不见，都瘦尖了下巴。他们眼睛碰眼睛，碰上了，轰一下，像遭了雷劈。作孽啊，那是碰不得的啊。她嘴唇哆嗦得像枯叶，站也站不稳，抽身要走，他慌忙叫住了她，他说："哎——"

她站住了，回过头，对他说："在家里，俺娘叫俺……粉桃。"

粉桃！这名字好艳情，好水灵！他张了几次嘴，却叫不出声，他让泪哽住了。她的泪也流下来，流了一脸，她都快把"粉桃"这名字给忘了。多少个没名没姓的日子像黄土一样把“粉桃”这名字埋住了。现在它钻出了土，它从小团圆媳的躯体中拱出来，好大好肥美的一树仙桃！他一阵心酸，她更心酸，她望着他，忽然冲口说出一句：“你带俺跑吧。”

说出这句话，她一下子知道了，这些天，她等着的那件大事，那件要紧的事，原来就是这个。她等的就是这个“跑”，她风雨兼程要追赶的就是这个不要脸的“跑”字。她一下子豁然开朗，她横下了心，一咬牙，又说一遍：“你带俺跑吧，俺死活是你的人哩！”

桂生变了脸。他让这个“跑”字惊呆了，他惊得心惊胆战，目瞪口呆，半晌缓不过神。她真是大胆啊，她真是个能豁命的女人啊。可是，“跑”这种忤逆的事，他还从来、从来都不曾想过，他张口结舌，半晌，挣出一句：“咱跑了，俺可怜的哥咋活？还有俺娘。”

她笑了，她说：“是啊，他们咋活？”她泪如雨下，望着桂生，说：“那俺咋活？你咋活，哥？”这一声“哥”，叫得桂生心都碎了，他泣不成声，他说：“粉桃啊，妹子啊，咱们俩，等来世吧！”说完这话，他一捂脸，跌跌撞撞跑出了院门。

太阳落山了，梁上燕子归巢了，小团圆媳收了泪，不哭了。她哭够了。自从来到他们家，她还没这么痛快地哭过，她觉得心都哭得敞亮了，天高地阔，万里无云了。她来到灶房，舀水洗了把脸。锅里水开了，咯嗒嗒的，等她下面条。面条早已擀好了，码在秫秸编的锅拍子上。那面条，一根根，又细又薄，婆婆总爱对她念叨做面条的口诀，说是："擀薄切仄（窄），多待俩客。"那是婆婆勤俭持家众多律条中的一条。案板上，茄丝炝好了锅，里面炝了不少花椒和蒜瓣，闻着很香。小团圆媳三下五除二，一锅香喷喷的茄丝汤面做好了。那是桂生爱吃的晚饭，小团圆媳想着，心里又是一绞。

这一天，男人们没回家，饭桌上，除了这婆媳俩，就是铜意儿和他娘。银姐问小团圆媳："你眼睛咋了？"小团圆媳回答说："不咋，刚才烧锅，迷了。"银姐心里犯了疑。银姐是个明眼人，那天八月节，她把那兄弟两人的醉态看了个明明白白，看得她心里直哆嗦。她暗想：天爷呀，菩萨呀，这可如何是好啊？她心惊肉跳，一头是她嫡亲的大兄弟，一头是她嫡亲的小兄弟，手心手背，都是她的骨肉手足，让她怨哪一个？要怨也只能怨这狐狸精，如若不是狐狸，哪能让这一家子两兄弟都迷了心窍、乱了伦常？狐狸呀，狐狸呀！她恨得牙根痒痒，可又是谁把这狐狸引进家门的呢？是她自己呀。

她担了很重的心事，风吹草动都叫她心惊，她怕进娘家的门，又不能不进，结果她反倒赖在了娘家不走了。她替兄弟拾掇新房，缝被褥，两只耳朵却像狗耳朵似的日夜竖着，捕捉着这家里任何一点风吹草动。她不盼别的，只盼日子长腿，一迈，迈到九月十六那一天，平平安安圆了房。她还恨不得让天狗把其他日子一口吞吃掉，就剩九月十六这一天。她等九月十六那一天，真是等也等不及了，就像久旱盼甘霖一样望穿了眼。

这一夜，她带着铜意儿就歇在娘家。她留意着小团圆媳的动静，见她吃罢饭，刷了锅，脸色很平和。她还一口气喝了两大海碗汤面条，把香油咸菜咬得咯嘣嘣响，这也叫银姐放了些心。临睡前，银姐又借故到她屋里绕了一遭儿，见她在灯下，正给铜意儿缝笔套，那笔套，是铜意儿求她缝的。其实，铜意儿并不缺笔套使，可就是想用小团圆媳给缝的，好像她手上有蜜。看来，狐狸就是狐狸呀，是男的，无论老幼，都喜欢那骚味。

团圆媳在笔套上，绣了一只玉如意，那玉如意绣得玲珑剔透，没有一点瑕疵，让她自己看着都爱不释手。这要谢谢婆婆，是婆婆教给了她一手好绣活。她抚摸着那如意，觉得岁月像水一样从她指缝间流。她心里一阵难过，觉得有点对不住婆婆。可是晚了，九头牛也拉不回她了。她打开柜子，取出她的新夹袄，哗地一抖，好鲜亮啊，桃红的一片云，晃得她眼泪都出来了。她换上了新衣裳，照照镜子，她想看一眼穿新衣的自己是个啥模样。她看见了如霞似锦的一个美人儿，她想，真是人是衣裳马是鞍哪。她还想起一句话，就是“好马配好鞍，好女配好男”，她是个好女，鲜灵灵，水汪汪，没有一点瑕疵的好女啊，这辈子，她和她的好男人错过了，他告诉她：“粉桃啊，咱们俩，等来世吧。”好啊，那她就不要今世了，她宁可舍了今世到来生去等他，她要穿上这件他送她的衣服，等他们来生再见时，好让他一眼、一眼就认出她……

她穿戴整齐，下地，朝北，恭恭敬敬磕了三个头，给天地、给生她的爹娘、给养她的婆婆，然后，她取出一条汗巾，把一只方凳架在八仙桌上，她踩上去，最后说：“桂生，走千山过万水，我在来世等你！”说完就把自己交出去了。

这时，突然地，起了三声更鼓。熟睡的小铜意儿一激灵坐起来，他隐约听到有人在耳边喊他，铜意儿，铜意儿，好像是久违的刘翠妞的声音，小强盗婆的声音。他一下子跳下了地，出了屋，跟着那声音，穿过黑漆漆的院子，做梦似的推开一扇屋门，刘翠妞！他想喊，可是哪里有刘翠妞的影子？灯苗忽悠忽悠一阵晃，只见一个人，忽悠忽悠吊在房梁上。他“嗷”地尖叫一声，吓出一身冷汗，醒过神，他扑上去抱住她的腿，朝上举，浑身发抖，不停尖叫，尖叫声把街坊四邻都惊醒了，尖叫声终于引来了娘和姥姥，铜意儿一见娘和姥姥，眼一黑，就晕过去了。

小团圆媳被救下了，可是另一个人却死了。这家里，大约注定要遭逢一桩丧事。这世上，最无辜、最善良、最亲的一个人，在小团圆媳得救的第二天，离开了人间。小团圆媳寻死觅活，使这人伤心不已。他想：我就这么不招她待见啊？他又想：妥了，成全了他们吧。这么一想，他才猛醒，原来，这念头，在他心里藏了不是一天两天，捂了不是一天两天，都捂得发了芽。这念头就像一条蛇，缠着他身子，叫他日夜不得安生。妥了，成全了他们吧！这最后的一锤定音，让他一下子轻松下来，好像他卡住了那蛇的七寸。他想：没啥舍不得的了，我该上路了。他又赌气地想：我可不能在你们眼皮子底下上路，走也走不痛快！这个早晨，天清气爽，是中原是我家乡最美的秋天的早晨，铜意儿的大舅舅，洗了脸，梳了头，辫子打得光溜溜，出发了。他一瘸一拐，摇摆着小身子，朝城外走。他走的这条路，若干若干年后，我也要走。那是通往黄河通往柳园渡的大路。若干若干年后，我骑着自行车，和一帮朋友呼啸着去看黄河。就是在那一次，我见到了大片大片的苇田，我有生以来第一次在黄河里乘了渡船，我们还在河岸边点起篝火煮鱼汤喝，黄河上，明月初升的美景，让我终生难忘。那同样也是一个秋天，铜意儿的大舅富生最后一次听到了大雁的叫声，他还看到了落叶像蝴蝶一样轻缓地坠向地面，农人们在苇田里割苇子，那是很遭罪的一件农活。割下来的苇子，打成捆，驮回去，晒干了，可以拢火，当柴烧，也可以编成苇席卖。富生一瘸一拐地走，虽说已是秋凉九月，可还是走出一身汗。太阳越升越高，官道上，有了车马，有了人烟。有个人迎面走来，身后跟着个小小子，模样有些像铜意儿，看样子像是串亲戚，穿着簇新的大褂儿。富生眼一热，眼泪流下来。他流着泪朝前走，闻到了河腥气。河腥气越来越重，渐渐地，笼罩了一切。

渡口停着一只摆渡的大船，飞着成群的苍蝇。富生曾经梦想过，有一天，他带着小团圆媳，乘舟、坐船，去她的家乡孟津走亲戚，看老泰山。小团圆媳开了脸，梳着俏皮的小纂儿，身子被太阳晒得暄腾腾，怀里抱着他们的儿。他望着浩浩荡荡洒满阳光的河面，想起这梦想。他摇摇头，说："桂生啊，哥成全你们了。"然后他就像鱼一样飞身投进了滔滔的河水。

有一年，我家乡的火药厂爆炸了。不知道那是哪一年哪一日，哪一年哪一日其实也并不重要。我家乡的火药厂，建于何时，何人所建，生产什么，这些，也并不重要。我只知道，它发生过一次大爆炸，那一次大爆炸，可谓惊天动地。人们纷纷说，我家乡开封，被这爆炸炸得沉陷了。那最高的建筑——铁塔，就是这城市的标尺，爆炸过后，城外的黄河，本来就已是一条悬河，现在，它的高度，已经可以没住铁塔的塔尖，只要风吹草动，只要堤坝开一个小小的缺口，整个开封城，就会城毁人灭。

可是，黄河的汛期，说到就到了。一连几天，天降大雨，大雨把天地都下黑了。城里城外，人们忧心忡忡，人人睁着眼睛睡觉，青壮年们都上了河堤，垒石抬土筑坝。人们敲着锣，守在坝上，发布着有关洪水的讯息。这时，另一支队伍也出动了，这是一支女人们的队伍，小脚的女人，扎着裤腿，蹒蹒跚跚出了城。她们捣着红薯样的小脚，朝山上走。她们有人打伞，有人戴斗笠，上山时，山路又陡又滑，打伞的人就把伞丢下了，戴斗笠的就把自己的斗笠摘下来，扣到打伞人的头上。她们互相照应，手牵着手，一个人滑倒了，把其他人也拽到了泥水里。她们人人都滚成了泥猴，淋成了落汤鸡。她们同心协力终于来到了山上，山上有座庙，不知道那叫个什么庙，很小的一座小庙，可大概和河有关系。她们就在雨地中跪下来，向上苍祈祷。她们为她们的城做着虔诚的祷告，她们求天保佑她们的城，保佑她们的家和亲人儿女。她们从跪下来就不打算再站起，她们也不吃不喝。大雨浇着她们，斗笠也早被风掀跑了。她们就这么头顶苍穹跪在雨地里，她们黑黑的一群像野草一样卑贱又像石头一样坚韧，她们在雨地中扎了根。天黑了，又白了，天黑天白一个样，天黑是雨，天白还是雨。雨偶尔停一停，亮一下，过后却下得更不得了，正应了那句话：“亮一亮，下一丈。”她们想：菩萨耶，别说下一丈，下一尺也了不得了，下三寸也了不得了！

她们祷告着，磨得嘴唇起了泡，流了血，雨水灌进嘴里，成了血水，咽下去，一股浓郁的血腥味。她们眼渐渐黑了，分不清黑夜和白天，膝盖也磨破了，早已是血肉一团。有人倒下去了，倒不下的就跪着。三天过去了，第四个白天也过去了，倒下的人越来越多了，到夜晚，最后、最后一个人也倒下了，没有了祈祷声，天地忽然陷入神奇的寂静。寂静中，倒下去的女人们，昏昏沉沉听到了一阵喊声，那喊声很远，却异常清晰，一个字，一个字，落进她们耳朵里，她们听到有人喊："抬高——抬高——"

她们挣扎着爬起来，仰望苍天。雨住了，云翻卷着散去，那声音，就来自那里，来自天穹。那是一片和声，像是一种劳动的号子。那声音齐声喊着："抬高——抬高——"喊声中，她们看见，她们的家乡，她们沉陷的城，在一点一点升起，铁塔在升起，这城市的桅杆在升起。她们哭了。

粉桃，小团圆媳，这受尽磨难的女人，跪在人群中，默默地为这被拯救的城市喜悦地哭泣。

2003 年 4 月 7 日一稿于太原

2003 年 4 月 28 日二稿于太原